AtV

FRED VARGAS, geboren 1957, lebt in Paris. Im Hauptberuf ist Frédérique V. Archäologin. Ihren Krimis, die sie *»rompols«* nennt, bescheinigt ein deutscher Rezensent »grandios gebuddelte Irrwege«, und die französische Kritik schreibt: »Es gibt eine Magie Vargas: ein origineller Blick, mehr noch poetisch denn realistisch, eine leichte, sprühende Intelligenz, ein scharfer Verstand, von Humor temperiert, die Lust am Spiel und am Augenzwinkern.« (Le Monde). – In ihrem ersten in Deutschland übersetzten Roman, »Die schöne Diva von Saint-Jacques«, führte die Autorin drei arbeitslose Historiker ein, Mathias, Marc und Lucien, die der Zufall zu Kriminalisten macht. In diesem zweiten Krimi werden die drei Jungakademiker erneut in einen Fall hineingezogen, bei dem sie mit ihren ungewöhnlichen Begabungen – wie gelegentlich auch Besessenheiten – herausfinden, was die Profis von der Polizei nicht erkennen wollen. Außerdem liegen vor: »Es geht noch ein Zug von der Gare du Nord« und »Bei Einbruch der Nacht«.

Was bewegt die sympathische alte Hure Marthe, die heute einen Bouquinistenstand am Seine-Ufer betreibt, den leicht beknackten Akkordeonspieler Clément vor der Polizei zu verstecken, der doch des Mordes an zwei jungen Frauen schwer verdächtig ist? Ihr Freund Louis Kehlweiler, ehemaliger Inspektor des Pariser Innenministeriums, sagt widerstrebend zu, ihr zu helfen. Er quartiert den Typen in der »Bruchbude« seiner jungen Historikerfreunde ein – die hellauf begeistert sind über den mörderischen Gast. Aber bald erwacht Kehlweilers kriminalistischer Ehrgeiz wieder, sein Langzeitgedächtnis beginnt zu ticken, er packt seine Kröte Bufo ins Handschuhfach seines Wagens und fährt nach Nevers an der Loire, wo vor acht Jahren ein ganz ähnliches Verbrechen unaufgeklärt blieb.

Fred Vargas

Der untröstliche Witwer von Montparnasse

Kriminalroman

Aus dem Französischen
von Tobias Scheffel

Aufbau Taschenbuch Verlag

Titel der Originalausgabe
Sans feu ni lieu

ISBN 3-7466-1518-6

7. Auflage 2002

Einbandgestaltung Torsten Lemme
Satz LVD GmbH, Berlin
Druck Elsnerdruck GmbH, Berlin
Printed in Germany

www.aufbau-taschenbuch.de

1

»Ein zweites Mordopfer in Paris aufgefunden. Siehe S. 6«

Louis Kehlweiler warf die Zeitung auf den Tisch. Er hatte die Nase voll davon und nicht die Absicht, sich auf Seite sechs zu stürzen. Später, wenn die ganze Geschichte sich beruhigt hätte, würde er den Artikel vielleicht ausschneiden und abheften.

Er ging in die Küche und machte ein Bier auf. Es war das vorletzte aus dem Vorrat. Mit dem Kuli schrieb er sich ein großes »B« auf den Handrücken. Diese drükkende Julihitze zwang einen, den Verbrauch gewaltig zu steigern. Heute abend würde er die neuesten Nachrichten über die Regierungsumbildung, den Streik der Bahnarbeiter und die auf die Straßen gekippten Melonen lesen. Und Seite sechs würde er friedlich überblättern.

Mit offenem Hemd und der Flasche in der Hand machte sich Louis wieder an die Arbeit. Er übersetzte eine umfangreiche Bismarck-Biographie. Das wurde gut bezahlt, und er rechnete damit, dem Kanzler des Deutschen Reichs noch einige Monate auf der Tasche zu liegen. Er übersetzte eine Seite, dann unterbrach er die Arbeit und nahm die Hände von der Tastatur. Seine Gedanken hatten Bismarck verlassen, um sich einem Behälter mit Deckel zuzuwenden, in dem er seine Schuhe aufbewahren könnte und der sich im Wandschrank sehr ordentlich machen würde.

Ziemlich unzufrieden schob er den Stuhl zurück, ging ein paar Schritte im Zimmer auf und ab und fuhr sich durchs Haar. Der Regen fiel auf das Blechdach, mit der Übersetzung ging es gut voran, und es gab keinen Grund, sich so anzustellen. Nachdenklich fuhr er seiner Kröte, die auf dem Schreibtisch in einer Stiftablage schlief, mit einem Finger über den Rücken. Er beugte sich vor, blickte wieder auf den Bildschirm und las halblaut den Satz, den er gerade übersetzte: »Es ist wenig wahrscheinlich, daß Bismarck bereits zu Beginn des Monats Mai vorgehabt hatte, ...« Dann fiel sein Blick wieder auf die zusammengelegte Zeitung auf dem Schreibtisch.

Ein zweites Mordopfer in Paris aufgefunden. Siehe S. 6. O. k., weiter. Das ging ihn nichts an. Er wandte sich wieder dem Bildschirm zu, wo der deutsche Reichskanzler wartete. Er mußte sich nicht um Seite sechs kümmern. Es war ganz einfach nicht mehr sein Job. Sein Job bestand jetzt darin, Sachen aus dem Deutschen ins Französische zu übersetzen und so gut wie möglich auszudrücken, warum Bismarck zu Anfang dieses Monats Mai etwas ganz Bestimmtes nicht hatte vorhaben können. Das war ein ruhiger Job, er ernährte ihn, und außerdem lernte er noch was dabei.

Louis tippte zwanzig Zeilen. Er war bei »denn in der Tat deutete nichts darauf hin, daß er darüber verärgert war«, als er erneut die Arbeit unterbrach. Seine Gedanken waren wieder bei dieser Sache mit dem Behälter angelangt, und er versuchte hartnäckig, das Problem mit dem Berg Schuhe zu klären.

Louis erhob sich, holte das letzte Bier aus dem Kühlschrank, blieb dort stehen und trank in kleinen Schlukken aus der Flasche. Er durchschaute die Sache. Die Tatsache, daß seine Gedanken sich hartnäckig in häusliche Fragen verrannten, war ein bedenkliches Zeichen. Louis kannte dieses Zeichen sehr gut, es deutete auf Flucht. Flucht vor Projekten, ein Rückzug von Ideen, diskretes geistiges Elend. Weniger die Tatsache, daß er an den Berg von Schuhen dachte, bereitete ihm Sorgen. Jeder Mensch kann nebenbei an so etwas denken, ohne daß man daraus gleich eine große Geschichte macht. Nein, es war die Tatsache, daß ihm diese Beschäftigung Spaß machte.

Louis trank zwei Schlucke. Dann waren da noch die Hemden, er hatte sogar schon daran gedacht, die Hemden aufzuräumen, das war noch keine Woche her.

Kein Zweifel, Flucht. Nur Typen, die überhaupt nicht mehr wissen, was sie mit sich anstellen sollen, beschäftigten sich mangels Möglichkeit, die Welt zu verbessern, damit, ihren Kleiderschrank neu zu ordnen. Er stellte die Flasche auf die Theke und ging ins Zimmer zurück, um sich die Zeitung genauer anzusehen. Denn im Grunde war er wegen dieser Morde an den Rand des häuslichen Elends gelangt und nahe dran, seinen kompletten Haushalt umzukrempeln. Nicht wegen Bismarck. Nein. Er hatte keine großen Probleme mit diesem Typen, der ihm seinen Lebensunterhalt sicherte. Darum ging es nicht.

Es ging um die verdammten Morde. Zwei tote Frauen in zwei Wochen, von denen das ganze Land redete und über die er so gründlich nachdachte, als hätte er ein Recht, über sie und ihren Mörder nachdenken zu dürfen, wo ihn das doch überhaupt nichts mehr anging.

Nach dem Fall mit dem Hundehaufen auf dem Eisengitter hatte er beschlossen, sich nicht mehr in die Verbrechen dieser Welt einzumischen, da er es lächerlich fand, eine Karriere als unbezahlter Kriminalist anzufangen, nur weil er in fünfundzwanzig Jahren Tätigkeit im Innenministerium solche schmutzigen Gewohnheiten erworben hatte. Solange er noch mit einer Mission betraut war, war ihm seine Arbeit immer statthaft vorgekommen. Jetzt, wo er allein seiner schlechten Laune ausgesetzt war, schien ihm die Arbeit eines Ermittlers immer mehr der fragwürdigen Tätigkeit eines Schnüfflers und Skalpjägers zu ähneln. Wenn man ganz allein einem Verbrechen nachschnüffelte, obwohl niemand einen dazu aufgefordert hatte, wenn man sich auf die Zeitungen stürzte, Artikel anhäufte – was war das anderes als eine heikle Zerstreuung und ein zweifelhaftes Lebensmotiv?

So hatte Kehlweiler, ein Mann, der sich rasch selbst verdächtigte, bevor er andere verdächtigte, der freiwilligen kriminalistischen Arbeit, die ihm plötzlich zwischen Perversion und Groteske zu pendeln schien, den Rücken gekehrt; und doch drängte ein dunkler Teil seines Ichs immer wieder dahin. Jetzt, wo er sich stoisch auf die alleinige Gesellschaft von Bismarck beschränkt hatte, überraschte er seine Gedanken dabei, wie sie im Irrgarten überflüssiger Häuslichkeit herumtollten. Mit Plastikschachteln fängt es an, und man weiß nicht, wo es enden wird.

Louis ließ die leere Flasche in den Mülleimer fallen. Er warf einen Blick auf den Schreibtisch, wo drohend die zusammengefaltete Zeitung lag. Bufo, die Kröte, war vorübergehend aus dem Schlaf erwacht und hatte sich auf der Zeitung breitgemacht. Louis hob sie vorsichtig hoch. Er fand, seine Kröte war ein Betrüger. Sie tat so, als sei sie im Winterschlaf, und das mitten im Sommer, aber das war eine Finte, sie bewegte sich, sobald man sie nicht mehr ansah. Um die Wahrheit zu sagen: Bufo hatte unter dem Einfluß der Häuslichkeit all ihr Wissen zum Thema Winterschlaf verloren, weigerte sich aber aus Stolz, das zuzugeben.

»Du bist ein dämlicher Purist«, sagte Louis zu ihr und setzte sie wieder in die Stiftablage. »Dein alberner Winterschlaf beeindruckt niemanden, was denkst du dir? Du brauchst nur das zu tun, wozu du in der Lage bist, und Schluß.«

Mit einer langsamen Bewegung zog er die Zeitung zu sich heran.

Er zögerte eine Sekunde, dann schlug er Seite sechs auf. *Ein zweites Mordopfer in Paris aufgefunden.*

2

Clément hatte panische Angst. Jetzt hätte er Grips gebraucht, aber Clément war ein Idiot, seit mehr als zwanzig Jahren hörte er nichts anderes. »Clément, du bist ein Idiot, streng dich an.«

Der alte Lehrer im Erziehungsheim hatte sich große Mühe gegeben. »Clément, streng dich ein bißchen an und versuche, an mehr als eine Sache zugleich zu denken, zum Beispiel an zwei Sachen zugleich, verstehst du? Nimm das Beispiel mit dem Vogel und dem Zweig. Denk an den Vogel, der sich auf den Zweig setzt. Klein a, der Vogel, klein b, der Regenwurm, klein c, das Nest, klein d, der Baum, klein e, du ordnest deine Ideen, du verknüpfst sie, du denkst dir etwas aus. Kapierst du den Trick, Clément?«

Clément seufzte. Er hatte Tage gebraucht, um zu verstehen, was der Regenwurm in der Geschichte verloren hatte.

Denk nicht mehr an den Vogel, denk an heute. Klein a, Paris, klein b, die ermordete Frau. Clément wischte sich die Nase mit dem Handrücken ab. Sein Arm zitterte. Klein c, Marthe in Paris finden. Seit Stunden suchte er sie jetzt, fragte überall nach ihr, fragte alle Prostituierten, denen er begegnete. Mindestens zwanzig, oder vierzig, na ja, viele jedenfalls. Es war doch nicht möglich, daß sich niemand mehr an Marthe Gardel erinnerte. Klein c, Marthe finden. Clément ging weiter, es war Anfang Juli, er schwitzte in der großen Hitze; sein blaues Akkordeon hielt er unter den Arm geklemmt.

Vielleicht hatte sie, hatte seine Marthe Paris verlassen, seitdem er vor fünfzehn Jahren weggegangen war. Oder vielleicht war sie gestorben.

Abrupt blieb er mitten auf dem Boulevard du Montparnasse stehen. Wenn sie Paris verlassen hatte, wenn sie gestorben war, dann war er erledigt. Erledigt, er war erledigt. Nur Marthe würde ihm helfen, nur Marthe würde ihn verstecken. Die einzige Frau, die ihn nie als Kretin behandelt hatte, die einzige, die ihm mit der Hand durchs Haar gefahren war. Aber was nutzt eine Stadt wie Paris, wenn man niemand darin findet?

Clément packte sich das Akkordeon auf die Schulter, er hatte zu feuchte Hände, um es weiter unterm Arm zu halten, er hatte Angst, es könne ihm runterfallen. Ohne Akkordeon und ohne Marthe und mit der ermordeten Frau war er erledigt. Er ließ den Blick über die Kreuzung schweifen. In der kleinen Seitenstraße entdeckte er zwei Prostituierte, und das machte ihm wieder Mut.

Die junge Frau an der Rue Delambre sah, wie ein schlechtgekleideter, häßlicher Typ näher kam, seine Hände ragten aus zu kurzen Hemdsärmeln, er trug eine kleine Tasche über der Schulter, war etwa dreißig Jahre alt und erweckte ganz den Eindruck eines Trottels. Sie wich etwas zurück, es gibt Typen, die man lieber vermeiden sollte.

»Nicht bei mir«, sagte sie und schüttelte den Kopf, als Clément vor ihr stehenblieb. »Geh zu Gisèle.«

Die junge Frau zeigte mit dem Daumen auf eine Kollegin drei Gebäude weiter. Gisèle war dreißig Jahre im Beruf, sie hatte nie Angst vor irgendwas.

Clément sah sie mit seinen großen Augen an. Es machte ihm nichts aus, zurückgewiesen zu werden, noch bevor er gefragt hatte. Das war er gewöhnt.

»Ich suche eine Freundin, Marthe«, brachte er mühsam hervor. »Marthe Gardel. Sie steht nicht im Telefonbuch.«

»Eine Freundin?« fragte die junge Frau mißtrauisch. »Weißt du nicht mehr, wo sie arbeitet?«

»Sie arbeitet nicht mehr. Früher war sie aber die Schönste an der Mutualité. Alle kannten Marthe Gardel.«

»Ich bin nicht ›alle‹, und bin auch nicht das städtische Adreßbuch. Was willst du von ihr?«

Clément wich einen Schritt zurück. Er mochte es nicht, wenn man zu energisch mit ihm sprach.

»Was will ich von ihr?« wiederholte er.

Er durfte nicht zuviel sagen, durfte sich nicht verraten. Nur Marthe konnte ihn verstehen.

Die junge Frau schüttelte den Kopf. Dieser Typ war wirklich ein Trottel, und er redete wie ein Trottel. Da hieß es Abstand halten. Gleichzeitig erregte er ein bißchen Mitleid. Sie sah ihm zu, wie er ganz vorsichtig sein Akkordeon auf dem Bürgersteig absetzte.

»Wenn ich dich recht verstehe, war diese Marthe aus der Branche?«

Clément nickte.

»Gut. Rühr dich nicht vom Fleck.«

Die junge Frau ging schlurfend zu Gisèle hinüber.

»Da ist ein Typ, der eine Freundin sucht, die inzwischen in Rente ist; war früher in der Ecke Maubert-Mutualité. Marthe Gardel, hast du sowas in deiner Kartei? Bei der Post gibt's sie jedenfalls nicht mehr.«

Gisèle reckte das Kinn. Sie wußte viel, Dinge, die nicht einmal die Post wußte, und das machte sie wichtig.

»Meine liebe kleine Line«, sagte Gisèle, »wer Marthe Gardel nicht gekannt hat, hat praktisch nichts gekannt. Geht's um den Künstler da hinten? Sag ihm, er soll herkommen, ich beweg mich nicht gern von meiner Tür weg, das weißt du.«

Von weitem gab ihm die junge Line ein Zeichen. Clément spürte, wie sein Herz klopfte. Er hob sein Instrument auf und rannte zu der dicken Gisèle. Er rannte unbeholfen.

»Wie ein Tolpatsch«, diagnostizierte Gisèle leise und zog an ihrer Zigarette. »Scheint auf dem letzten Loch zu pfeifen.«

Clément wiederholte das Manöver mit dem Akkordeon vor Gisèles Füßen und hob dann den Blick. »Du fragst nach der alten Marthe? Was willst du von ihr? Zu der alten Marthe kommt man nicht so einfach, besser, du weißt das gleich. Steht praktisch unter Denkmalschutz, da braucht man Genehmigungen. Und du scheinst mir ein bißchen eigenartig zu sein, entschuldige. Ich will nicht, daß ihr ein Mißgeschick passiert. Was willst du von ihr?«

»Die *alte* Marthe?« wiederholte Clément.

»Ja, und? Sie ist über Siebzig, weißt du das nicht? Kennst du sie nun oder nicht?«

»Ja«, sagte Clément und wich einen halben Schritt zurück.

»Der Beweis?«

»Ich kenne sie, sie hat mir alles beigebracht.«

»Das ist ihr Job.«

»Nein, sie hat mir beigebracht zu lesen.«

Line fing an zu lachen. Gisèle warf ihr einen strengen Blick zu.

»Lach nicht, blöde Gans. Du hast keine Ahnung vom Leben. Sie hat dir beigebracht zu lesen?« fragte sie Clément dann etwas sanfter.

»Als ich klein war.«

»Ja, das ist ganz ihre Art. Was willst du von ihr? Wie heißt du?«

Clément strengte sich an. Da war der Mord, die ermordete Frau. Er mußte lügen, erfinden. ›Klein e, du denkst dir was aus.‹ Das war das Schwierigste dabei.

»Ich will ihr Geld zurückgeben.«

»Das geht«, erwiderte Gisèle. »Die alte Marthe ist immer knapp bei Kasse. Wieviel?«

»Viertausend«, sagte Clément aufs Geratewohl.

Das Gespräch ermüdete ihn. Es war ein bißchen schnell für ihn, er hatte schreckliche Angst davor, etwas zu sagen, was er nicht sagen durfte.

Gisèle dachte nach. Klar, der Typ war ziemlich seltsam, aber Marthe wußte sich zu verteidigen. Und viertausend waren viertausend.

»Gut, ich glaub dir«, sagte sie. »Kennst du die Bouquinisten an den Quais?«

»An den Quais? An den Seine-Quais?«

»Ja doch, Dummkopf. So viele verschiedene gibt's hier ja nicht! Also: an den Quais, am linken Seineufer, auf der Höhe der Rue de Nevers, da kannst du sie nicht verfehlen. Sie hat einen kleinen Bouquinistenstand, den hat ihr ein Freund besorgt. Die alte Marthe bewegt sich nicht gerne. Behältst du das? Sicher? Du machst nicht gerade den Eindruck, besonders helle zu sein, entschuldige.«

Clément starrte sie an, ohne zu antworten. Er wagte nicht, noch einmal nachzufragen. Und trotzdem, sein Herz hämmerte, er mußte Marthe finden, alles hing davon ab.

»Also gut«, seufzte Gisèle. »Ich werd's dir aufschreiben.«

»Du gibst dir zuviel Mühe«, sagte Line achselzuckend.

»Halt die Klappe«, wiederholte Gisèle. »Du hast keine Ahnung.«

Sie kramte in ihrer Tasche und holte einen leeren Umschlag und einen Bleistiftstummel heraus. Sie schrieb ordentlich und in großen Buchstaben, sie hatte den Verdacht, daß der Junge tatsächlich nicht sehr helle war.

»Mit dem hier wirst du sie wiederfinden. Richte ihr schöne Grüße von Gisèle aus der Rue Delambre aus. Und keine Dummheiten, klar? Ich vertrau dir.«

Clément nickte. Er packte schnell den Umschlag ein und hob sein Akkordeon auf.

»Ach, sag mal«, sagte Gisèle, »spiel mir doch noch was vor, damit ich sehe, daß das kein Trick ist. Entschuldige, ich bin dann ruhiger.«

Clément hängte sich das Instrument um und zog sorgfältig den Blasebalg auseinander, während ihm die Zunge leicht aus dem Mund hing. Dann spielte er, den Blick zu Boden gerichtet.

Weshalb man Trottel nicht für blöd halten sollte, sagte sich Gisèle, während sie zuhörte. Der hier war ein richtiger Musiker. Ein richtiger Trottelmusiker.

3

Clément bedankte sich umständlich und machte sich wieder auf den Weg Richtung Montparnasse. Es war fast sieben Uhr abends, und Gisèle hatte gesagt, er müsse sich beeilen, wenn er die alte Marthe noch erwischen wollte, bevor sie ihren Stand zuklappte. Mehrfach mußte er mit dem Zettel in der Hand nach dem Weg fragen. Endlich: die Rue de Nevers, der Quai und die mit Büchern vollgestopften, grüngestrichenen hölzernen Stände. Er suchte die Auslagen mit den Augen ab, aber er entdeckte nichts Vertrautes. Er mußte schon wieder nachdenken. Gisèle hatte gesagt, siebzig Jahre. Marthe war eine alte Frau geworden, er durfte nicht nach der Frau mit braunen Haaren suchen, die er in Erinnerung hatte.

Eine ältere Frau mit gefärbten Haaren und bunter Kleidung wandte ihm den Rücken zu und klappte einen Segeltuchstuhl zusammen. Sie drehte sich um, und Clément schlug sich mit den Fingern auf den Mund. Das war seine Marthe. In alt, o. k., aber das war seine Marthe, das war die, die ihm mit der Hand durchs Haar gefahren war und ihn nie als Kretin behandelt hatte. Er wischte sich die Nase ab, überquerte bei Grün die Straße und rief ihren Namen.

Die alte Marthe musterte den Mann, der sie rief. Der Typ da schien sie zu kennen. Ein schwitzender Mann, klein, mager, mit einem blauen Akkordeon unter dem Arm, das er wie einen Blumentopf hielt. Er hatte eine große Nase, leere Augen, weiße Haut, helles Haar. Clément hatte sich vor ihr aufgepflanzt, er lächelte, er erkannte alles wieder, er war in Sicherheit.

»Ja, bitte?« fragte Marthe.

Clément hatte nicht daran gedacht, daß Marthe ihn nicht erkennen könnte. Angst ergriff ihn. Und wenn Marthe ihn vergessen hatte? Und wenn Marthe alles vergessen hatte? Und wenn sie den Verstand verloren hatte?

Sein Kopf war leer, und er kam nicht einmal auf die Idee, seinen Namen zu sagen. Er stellte das Akkordeon aufs Pflaster und suchte fieberhaft nach seiner Brieftasche. Vorsichtig zog er seinen Personalausweis daraus hervor und streckte ihn Marthe ängstlich hin. Er liebte seinen Personalausweis sehr.

Marthe zuckte mit den Schultern und sah auf den abgewetzten Ausweis. Clément Didier Jean Vauquer, neunundzwanzig Jahre. Schön und gut, aber das sagte ihr überhaupt nichts. Sie sah den Mann mit den glasigen Augen an und schüttelte etwas betrübt den Kopf. Dann noch einmal den Ausweis, dann den Mann, der keuchend atmete. Sie spürte, daß sie sich ein bißchen anstrengen mußte, daß der Typ verzweifelt etwas von ihr erwartete. Aber dieses magere, abstoßende und ängstliche Gesicht hatte sie noch nie gesehen. Und doch, diese Augen, die gleich zu weinen drohten, und dieses ängstliche Warten sagten ihr irgend etwas. Die leeren Augen, die kleinen Ohren. Ein ehemaliger Kunde? Unmöglich, zu jung.

Der Mann wischte sich die Nase mit dem Handrücken ab, mit der raschen Geste eines Kindes, das kein Taschentuch hat.

»Clément ...?« murmelte Marthe. »Der kleine Clément ...?«

Der kleine Clément, mein Gott! Marthe machte rasch die Holzläden ihrer Auslage zu, schloß ab, nahm ihren Klappstuhl, ihre Zeitung, zwei Plastiktüten und zog den jungen Mann rasch am Arm.

»Komm«, sagte sie.

Wie hatte sie nur seinen Familiennamen vergessen können? Gut, sie hatte ihn auch nie benutzt. Sie hatte ihn Clément genannt, das war alles. Sie führte ihn fünfhundert Meter weiter auf den Parkplatz des Institut de France, wo sie ihren Kram zwischen zwei Autos abstellte.

»Hier ist es ruhiger«, erklärte sie.

Erleichtert ließ Clément alles mit sich geschehen.

»Na, siehst du«, fuhr Marthe fort, »ich habe dir gesagt, daß du mich später um einen Kopf überragen würdest, und du wolltest es nicht glauben. Wer hatte recht? Und wie lange ist das her ... Wie alt warst du da? Zehn. Und dann, eines Tages: verschwunden, der kleine Mann. Du hättest dich melden sollen. Ich will dir keine Vorwürfe machen, aber das hättest du tun sollen.«

Clément drückte die alte Marthe an sich, und Marthe klopfte ihm auf den Rücken. Natürlich roch er nach Schweiß, aber er war ihr kleiner Clément, und außerdem war Marthe nicht zimperlich. Sie war glücklich, ihren kleinen, verlorenen Jungen wiederzusehen, dem sie fünf Jahre lang versucht hatte ordentlich Lesen und Reden beizubringen. Als sie ihn kennengelernt hatte, wie er auf der Straße herumzog, wo ihn sein Drecksack von Vater seinem Schicksal überließ, hatte er kein Wort gesprochen, er hatte immer nur ein »Mir eh scheißegal, ich komm eh in die Hölle« gebrummt.

Marthe sah ihn besorgt an. Er schien völlig verstört.

»Mit dir stimmt was nicht«, erklärte sie.

Clément hatte sich mit hängenden Armen auf ein Auto gesetzt. Er starrte auf die Zeitung, die Marthe auf ihre Plastiktüten gelegt hatte.

»Hast du die Zeitung gelesen?« stieß er hervor.

»Ich bin beim Kreuzworträtsel.«

»Hast du das mit der ermordeten Frau gesehen?«

»Und ob ich es gesehen habe. Alle haben es gesehen. Was für ein Barbar.«

»Sie suchen mich, Marthe. Du mußt mir helfen.«

»Wer sucht dich, mein kleiner Mann?«

Clément machte eine weit ausladende Kreisbewegung.

»Die ermordete Frau«, wiederholte er. »Sie suchen mich. Sie haben mich in die Zeitung gebracht.«

Marthe klappte schnell ihren Segeltuchstuhl auseinander und setzte sich. Das Blut pochte ihr in den Schläfen. Jetzt kamen ihr nicht mehr nur die Bilder des kleinen, lernbegierigen Jungen in den Sinn, sondern sie begann sich auch an all die Dummheiten zu erinnern, die Clément zwischen neun und zwölf Jahren angestellt hatte. Die Diebstähle, die Prügeleien, wenn ihn jemand als Trottel bezeichnet hatte, die verschrammten Autos, die Kreidestücke in den Autotanks, die eingeschlagenen Scheiben, die verbrannten Mülltonnen. Er war mager und knurrte immer: »Ich komm eh in die Hölle, sagt Papa, mir ist das scheißegal.« Wie häufig hatte Marthe ihn bei den Bullen losgeeist? Zum Glück kannte sie die Kommissariate und alle, die darin arbeiteten, durch ihren Beruf in- und auswendig. Als er etwa dreizehn war, hatte Clément sich ein bißchen beruhigt.

»Um Gotteshimmelswillen, das ist doch nicht möglich«, sagte sie nach ein paar Minuten leise. »Um Gotteshimmelswillen, das ist doch nicht möglich, daß sie dich suchen.«

»Doch, mich. Sie werden mich kriegen, Marthe.«

Marthe hatte einen Kloß im Hals. Sie hörte ein Lärmen auf der Treppe und die Stimme des Kleinen, der schrie: »Sie kriegen mich, Marthe, sie kriegen mich!«, während er an die Tür trommelte. Marthe öffnete, und der Kleine warf sich ihr schluchzend in die Arme. Sie legte ihn zusammengerollt aufs Bett, das rote Federbett über ihn und streichelte ihm das Haar, bis er einschlief. Der kleine Clément war wirklich nicht sehr helle. Sie wußte es, aber sie hätte sich eher in Stücke reißen lassen, als das zuzugeben. Es gab ziemlich viele, die ihn verachteten. Es war doch nicht seine Schuld, der Kleine würde schon ruhiger werden, und er würde lernen. Und dann würde man sehen, was man sehen würde.

Na also, man hat's ja gesehen, hätte Simon gesagt, der alte Lump, der damals den Lebensmittelladen unten hatte. Immer der erste, wenn's darum ging, Leute niederzumachen. Er nannte Clément »ein sauberes Früchtchen«. Der Gedanke an den alten Dreckskerl weckte Marthes Energie. Sie wußte, was sie zu tun hatte.

Sie erhob sich, klappte ihren Stuhl zusammen und sammelte ihre Tüten ein.

»Komm«, sagte sie. »Wir bleiben nicht hier.«

4

Marthe wohnte jetzt in einem Zimmer im Erdgeschoß in einer kleinen Sackgasse in der Nähe der Bastille.

»Das hat ein Freund für mich besorgt!« sagte sie stolz zu Clément, als sie die Tür öffnete. »Wär da nicht mein ganzes Durcheinander, würde das was hermachen. Das Geschäft auf den Quais auch. Er heißt Ludwig. Hättest du gedacht, daß ich eines Tages Bücher verkaufen würde? So von einem Trottoir zum nächsten kann einem alles passieren, weißt du.«

Clément folgte ihr nur halb.

»Ludwig?«

»Das ist der Freund, von dem ich dir erzähle. Ein Mann, wie du nur wenige findest. Und du weißt, daß ich mich mit Männern auskenne. Leg dein Akkordeon ab, du ermüdest mich, Clément.«

Clément wedelte mit der Zeitung herum, er hätte gerne geredet.

»Nein«, sagte Marthe. »Leg erst dein Akkordeon ab und setz dich, du siehst doch, daß du dich kaum noch auf den Beinen halten kannst. Du wirst mir das mit dem Akkordeon noch erklären, aber das eilt nicht. Hör mir zu, mein kleiner Mann: Wir essen was zu Abend, wir trinken ein ordentliches Glas, und dann erzählst du mir in aller Ruhe deine Geschichte. Man muß die Dinge in der richtigen Reihenfolge tun. Während ich das Essen vorbereite, machst du dich frisch. Und stell jetzt das Akkordeon ab, verdammt.«

Marthe führte Clément in eine Ecke des Zimmers und zog einen Vorhang beiseite.

»Guck mal«, sagte sie. »Ein richtiges Badezimmer. Da bist du platt, was? Du nimmst jetzt ein heißes Bad, weil man immer ein heißes Bad nehmen soll, wenn es einem nicht gut geht. Wenn du was Sauberes zum Anziehen hast, dann zieh dich um. Und gib mir deine schmutzigen Sachen, ich kümmere mich heute abend drum. Bei der Hitze trocknet das schnell.«

Marthe ließ Wasser ein, schob Clément in Richtung Badezimmer und zog den Vorhang zu.

Zumindest würde er nicht mehr nach Schweiß riechen. Marthe seufzte, sie machte sich Sorgen. Sie nahm leise die Zeitung und las langsam den ganzen Artikel auf Seite sechs. Die junge Frau, deren Leiche man am Morgen zuvor gefunden hatte, wohnte in der Rue de la Tour-des-Dames; sie war niedergeschlagen, erwürgt und mit achtzehn Stichen durchbohrt worden, vielleicht mit einer Schere. Ein Gemetzel. *»Man setzt große Hoffnungen in die Zeugenaussagen der Anwohner, die übereinstimmend einen Mann erwähnen, der in den Tagen vor dem Mord täglich vor dem Gebäude des Opfers gestanden hat.«* Das Geräusch von Wasser ließ Marthe aufschrekken, Clément ließ sein Badewasser ab. Marthe schob behutsam die Zeitung beiseite.

»Setz dich, mein Junge. Es kocht.«

Clément hatte sich umgezogen und gekämmt. Er war nie schön gewesen, was vielleicht an seiner runden Nase, seiner fahlen Haut und vor allem an der Leere in seinen Augen lag. Marthe sagte, das komme, weil sie so dunkel seien, daß man die Pupille nicht von der Iris unterscheiden könne, aber wenn man sich bitte schön mal die Mühe machen würde, dann sähe er so schlecht doch gar nicht aus, und außerdem, was hatte das schließlich für eine Bedeutung. Während sie weiter die Nudeln umrührte, wiederholte Marthe im Geist die Suchmeldung, die die Zeitung im Anschluß an den Artikel abgedruckt hatte: *»... die Ermittlungen richten sich auf einen jungen Mann weißer Hautfarbe zwischen fünfundzwanzig und dreißig Jahren, klein, mager oder sehr schmal, locki-*

ges, helles Haar, glattrasiert, einfach gekleidet, graue oder beige Hosen, Turnschuhe.« Die Polizei sei in der Lage, in zwei Tagen ein Phantombild zu liefern, vielleicht früher.

Graue Hose, präzisierte Marthe und warf einen kurzen Blick auf Clément.

Sie füllte die Teller mit Nudeln und Käse und gab ein weichgekochtes Ei über das Ganze. Clément starrte wortlos auf sein Essen.

»Iß«, sagte Marthe. »Nudeln werden schnell kalt, niemand weiß, warum. Blumenkohl dagegen bleibt lange heiß. Frag, wen du willst, du wirst niemanden finden, der dir sowas erklärt.«

Clément hatte noch nie beim Essen reden können, er war unfähig, beides zugleich zu tun. Marthe hatte daher beschlossen, das Ende des Abendessens abzuwarten.

»Denk nicht dran und iß«, wiederholte sie. »Ein leerer Sack kann nicht stehen.«

Clément nickte und gehorchte.

»Und während wir essen, erzähle ich dir Geschichten aus meinem Leben, wie früher, als du klein warst. Nicht wahr, Clément? Die von dem Kunden, der immer zwei Hosen übereinander anhatte, ich bin sicher, daß du dich überhaupt nicht mehr an sie erinnerst.«

Es fiel Marthe nicht schwer, Clément zu zerstreuen. Sie besaß die Fähigkeit, stundenlang kleine Geschichten aneinanderzureihen, und häufig passierte es ihr sogar, daß sie mit sich selbst redete. Sie erzählte also die Geschichte von dem Mann mit den zwei Hosen, die von dem Brand an der Place d'Aligre, die von dem Abgeordneten, der zwei Familien hatte, die nur sie allein kannte, die Geschichte von der kleinen fuchsroten Katze, die aus dem sechsten Stock auf ihre vier Pfoten gefallen war.

»Meine Geschichten sind heute abend nicht besonders großartig«, schloß Marthe und verzog das Gesicht. »Ich bin nicht ganz bei der Sache. Ich bring jetzt den Kaffee, und dann unterhalten wir uns. Nimm dir nur Zeit.«

Clément fragte sich ängstlich, wo er beginnen sollte. Er hatte keine Ahnung, wo ›klein a‹ war. Sicher heute morgen im Café.

»Heute morgen habe ich einen Kaffee im Café getrunken.«

Clément unterbrach sich, die Finger auf den Lippen. Genau das war es, weshalb er ein Trottel war. Wie stellten all die anderen es an, nicht ›einen Kaffee im Café‹ zu sagen?

»Erzähl weiter«, sagte Marthe. »Laß dich nicht beeindrucken, das sind Kleinigkeiten, die uns egal sind.«

»Ich habe einen Kaffee im Café getrunken«, wiederholte Clément. »Da hat einer der Männer die Zeitung vorgelesen. Ich hab den Namen ›Rue de la Tour-des-Dames‹ gehört, da hab ich persönlich zugehört, und dann haben sie den Mörder beschrieben, und das war dann ich, Marthe. Niemand anderer als ich. Da war ich dann erledigt. Ich verstehe nicht, wie sie es erfahren haben. Ich hatte große Angst, folgsam bin ich persönlich in mein Hotel zurückgegangen. Ich hab meine Sachen genommen, und danach habe ich nur an eine einzige Sache gedacht, und das warst du, damit sie mich nicht schnappen.«

»Was hat das Mädchen dir getan, Clément?«

»Was für ein Mädchen, Marthe?«

»Das Mädchen, das jetzt tot ist, Clément. Hast du sie gekannt?«

»Nein. Ich hab sie nur fünf Tage lang ausspioniert. Aber sie hat mir nichts getan, das schwör ich.«

»Und warum hast du sie ausspioniert?«

Clément drückte mit einem Finger auf einen Nasenflügel und runzelte die Stirn. Es war schwierig, alles in die richtige Reihenfolge zu bringen.

»Um zu erfahren, ob sie einen Liebhaber hat. Das war dafür der Grund. Und die Topfpflanze habe ich auch gekauft, und ich habe sie hingebracht. Sie haben sie bei ihr gefunden, die ganze Erde auf dem Boden, das steht in der Zeitung.«

Marthe stand auf und holte sich eine Zigarette. Als Kind war Clément zwar nicht sehr helle gewesen, aber er war ihr weder verrückt noch grausam vorgekommen. Der junge Mann, der da jetzt an ihrem Tisch in ihrem Zimmer saß, machte ihr plötzlich angst. Einen kurzen Augenblick lang dachte sie daran, hinauszugehen und die Bullen zu rufen. Ihr kleiner Clément, um Gotteshimmelswillen. Was hatte sie gehofft? Daß er nur zufällig gemordet hätte? Ohne zu wissen, was er tat? Nicht mal das. Sie hatte gehofft, es wäre nicht wahr.

»Was ist denn in dich gefahren, Clément?« murmelte sie.

»Wegen der Topfpflanze?«

»Nein, Clément! Warum hast du sie umgebracht?« brüllte Marthe.

Ihr Schrei endete in einem Schluchzen. Voller Angst rannte Clément um den Tisch und kniete sich neben sie.

»Aber Marthe«, stammelte er, »aber Marthe, du weißt doch gut, daß ich ein braves Kind bin! Das hast du doch gesagt! Das hast du immer gesagt! War das nicht persönlich die Wahrheit? Marthe?«

»Ja, das hab ich geglaubt!« rief Marthe. »Ich hab dir alles beigebracht! Und was hast du gemacht? Glaubst du, das ist anständig?«

»Aber Marthe, sie hat mir nichts getan ...«

»Halt den Mund! Ich will nichts mehr davon hören!«

Clément stützte seinen Kopf in die Hände. Oder hatte er sich getäuscht? Was hatte er vergessen zu sagen? Er hatte sich wie gewöhnlich mit ›klein a‹ getäuscht, wie immer, er hatte nicht da angefangen, wo er hätte anfangen müssen, und hatte Marthe schrecklichen Kummer bereitet.

»Ich habe den Anfang nicht gesagt, Marthe!« sagte Clément und schüttelte sie. »Ich habe die Frau nicht umgebracht!«

»Wenn du's nicht warst, war es vielleicht der liebe Gott?«

»Du mußt mir helfen«, fuhr Clément flüsternd fort

und umklammerte Marthes Schultern, »sonst kriegen sie mich!«

»Du lügst.«

»Ich kann nicht lügen, das hast du auch immer gesagt! Du hast gesagt, man braucht zu viele Ideen, um zu lügen.«

Ja, sie erinnerte sich. Clément war unfähig, etwas zu erfinden. Weder einen kleinen Witz noch einen Trick und erst recht keine Lüge. Marthe dachte wieder an diesen Dreckskerl von Vater Simon, der ständig auf den Boden spuckte, während er den Kleinen beschimpfte. »Sauberes Früchtchen ... aus dem wird noch ein Mörder ...« Tränen brannten ihr in den Augen. Sie löste Cléments Hände von ihren Schultern, schneuzte sich geräuschvoll in die Papierserviette und atmete tief durch. Sie und Clément würden schließlich recht behalten, das konnte gar nicht anders sein. Sie oder der alte Simon, beides ging nicht.

»Gut«, sagte sie und schniefte. »Fang noch mal an.«

»Klein a«, begann Clément erschöpft von neuem, »ich habe das Mädchen überwacht. Das war nur für die Arbeit, die man von mir verlangt hat. Und der Rest ist nur ein ... ein ...«

»Zufall?«

»Zufall. Sie suchen mich, weil sie mich in ihrer Straße gesehen haben, was mich angeht. Ich habe gearbeitet. Nicht lang davor habe ich noch ein Mädchen überwacht. Genauso, für die Arbeit.«

»Noch ein Mädchen?« fragte Marthe erschreckt. »Erinnerst du dich, wo?«

»Warte«, sagte Clément und drückte mit dem Finger auf den Nasenflügel. »Ich suche.«

Marthe stand abrupt auf und ging zu ihrem Zeitungsstapel unter der Spüle. Sie zog eine Zeitung aus dem Stoß heraus und überflog sie eilig.

»Etwa am Square d'Aquitaine, Clément?«

»Genau da«, sagte Clément und lächelte erleichtert. »Da hat das erste Mädchen gewohnt. Eine ganz kleine Straße, ganz am Rand von Paris.«

»Mein armer Junge«, murmelte sie. »Mein armer Junge, weißt du denn nichts davon?«

Clément, immer noch auf den Knien, sah Marthe mit offenem Mund an.

»Das ist kein Zufall«, sagte Marthe leise. »Am Square d'Aquitaine ist vor zehn Tagen eine Frau ermordet worden.«

»War da auch eine Topfpflanze?« fragte Clément, der wieder zu flüstern anfing.

Marthe zuckte mit den Achseln.

»Ein hübscher Farn«, murmelte Clément. »Den hab ich ausgesucht, persönlich. Das hat man mir als Auftrag gegeben.«

»Von wem redest du?«

»Der, der mich in Nevers angerufen hat, um Akkordeonspieler in seinem Restaurant in Paris zu sein. Aber das Restaurant war schließlich noch nicht fertig. Er hat mir gesagt, ich soll zwei Kellnerinnen überwachen, von denen, die er einstellen will, und man muß deshalb vorher wissen, ob sie anständig sind.«

»Mein armer Clément ...«

»Glaubst du, daß man mich am Square d'Aquitaine auch gesehen hat?«

»Natürlich hat man dich da gesehen. Das ist sogar der Grund dafür, daß man dich dahin geschickt hat, mein armer Junge: damit man dich sieht. Verdammt, hättest du dir nicht denken können, daß das eine ziemlich merkwürdige Arbeit ist?«

Clément starrte Marthe mit großen Augen an.

»Ich bin ein Dummkopf, Marthe. Das weißt du doch.«

»Aber nein, Clément, du bist kein Dummkopf. Und von dem ersten Mord hast du nichts in den Nachrichten gehört?«

»Ich war im Hotel, ich hatte kein Radio.«

»Und die Zeitung?«

Clément senkte ein wenig den Kopf.

»Na ja, wegen dem Lesen ..., ich hab bißchen was davon vergessen.«

»Kannst du nicht mehr lesen?« rief Marthe.
»Nicht so gut. Auf der Zeitung ist das so klein.«
»Na bitte«, seufzte Marthe erregt. »Da siehst du, was passiert, wenn man mit dem Lernen einfach aufhört.«
»Ich stecke in einer Mannschaft, Marthe, in einer schrecklichen Mannschaft.«
»In einer schrecklichen *Machen*schaft, Clément. Du hast recht. Und glaub mir, das ist zu groß für uns.«
»Sind wir erledigt?«
»Wir sind nicht erledigt. Denn weißt du, mein kleiner Mann, die alte Marthe kennt eine Menge Leute. Und ein paar ziemlich fähige. Zu so was ist die Bildung da, verstehst du?«
Clément nickte.
»Zunächst was anderes«, fuhr Marthe fort und stand auf. »Hast du irgend jemandem erzählt, daß du hierherkommst?«
»Nein.«
»Bist du sicher? Denk nach. Hast du niemandem von mir erzählt?«
»Aber doch, den Mädchen. Ich hab vierzig Mädchen auf den Straßen gefragt, um dich zu finden. Ich kann das Telefonbuch nicht lesen, das ist zu klein geschrieben.«
»Könnten die Mädchen dich nach der Beschreibung in der Zeitung wiedererkennen? Hast du lange mit ihnen gesprochen?«
»Nein, sie haben mich persönlich sofort weggestoßen. Nur eine, nämlich das war Madame Gisèle und ihre Freundin, die beiden waren sehr nett. Sie hat gesagt, ich soll dich von Gisèle grüßen, Gisèle von der Rue ...«
»Delambre.«
»Ja. Die würden mich wiedererkennen. Aber vielleicht können sie nicht lesen?«
»Doch. Alle können lesen, mein Junge. Du bist ein besonderer Fall.«
»Ich bin kein Fall. Ich bin ein Trottel.«
»Wer sagt, daß er ein Trottel ist, ist kein Trottel«, sagte

Marthe entschieden, während sie Clément an der Schulter hielt. »Hör zu, mein Junge. Du gehst jetzt schlafen, ich stell dir ein Bett hinter dem Paravent auf. Ich geh zu Gisèle und sag ihr, sie soll die Klappe halten, genau wie ihre Freundin. Weißt du, wie die Freundin heißt? Ist das nicht die junge Line, die jetzt in der Rue Delambre steht?«

»Genau das. Du bist klasse.«

»Das ist nur ein bißchen Bildung, siehst du.«

Clément schlug plötzlich die Hände an die Wangen.

»Sie sagen, daß ich bei dir war«, murmelte er, »und sie werden mich hier schnappen. Ich muß weg, sie werden mich schnappen.«

»Im Gegenteil, du bleibst hier. Gisèle und Line werden nichts sagen, weil ich sie darum bitte. Eine Frage des Berufs, frag nicht weiter. Aber ich muß mich beeilen, ich muß sie sofort sehen. Und du gehst unter keinen Umständen raus. Und machst niemandem auf. Ich komm spät heim. Schlaf jetzt.«

5

Es war nach elf, als Marthe Gisèle auf die Schulter klopfte, die halb schlafend in ihrer Tür lehnte. Gisèle besaß die Fähigkeit, sich im Stehen auszuruhen, so wie die Pferde, sagte sie. Sie war wie ein Sportler stolz auf ihre Fähigkeit, aber Marthe hatte das immer ein bißchen traurig gefunden. Die beiden Frauen fielen einander in die Arme, vier Jahre hatten sie sich nicht gesehen.

»Gisèle«, sagte Marthe, »ich hab nicht viel Zeit. Es geht um den Mann, der vorhin nach mir gefragt hat.«

»Das hab ich mir gedacht. Hab ich eine Dummheit gemacht?«

»Du hast dich ganz richtig verhalten. Aber sollte man mit dir darüber reden, dann darfst du nicht darüber reden. Womöglich siehst du ihn sogar in der Zeitung. Na, jedenfalls darfst du nicht drüber reden.«

»Gegenüber den Bullen?«

»Zum Beispiel. Der Kleine ist meine Sache, ich kümmere mich um ihn. Verstehst du, Gisèle?«

»Es gibt nichts zu verstehen. Ich red nicht drüber, das ist alles. Was hat er gemacht?«

»Nichts. Der Kleine ist meine Sache, sag ich dir.«

»Sag mal, ist das etwa dein kleiner Junge von damals? Der, dem du Lesen beigebracht hast?«

»Du hast ganz schön was auf dem Kasten, Gisèle.«

»Seitdem ich ihn vorhin gesehen habe, ist da einiges in Bewegung gekommen«, sagte Gisèle lächelnd und ließ einen Finger vor ihrer Schläfe kreisen. »Sag mal, entschuldige, aber ich habe nicht den Eindruck, daß viel davon bei deinem Jungen hängengeblieben ist, oder?«

Marthe zuckte etwas betreten mit den Achseln.

»Er hat's nie geschafft, seine Stärken zu zeigen.«

»Das kannst du laut sagen. Aber wenn das dein Clément ist, kann man schließlich nichts dagegen einwenden, vermute ich. Das läßt sich nicht erzwingen.«

Marthe lächelte.

»Du weißt sogar noch seinen Namen?«

»Marthe, ich habe dir gesagt, da drin ist einiges in Bewegung gekommen«, sagte Gisèle und deutete erneut mit ihrem Finger auf die Schläfe. »Was denkst du denn, bei all den Stunden auf den Beinen, ohne irgendwas zu tun, da ist es doch normal, wenn du anfängst, nachzudenken. Du weißt doch, wie das ist.«

Marthe nickte.

»Wenn du genau nachrechnest«, fuhr Gisèle fort, »hast du immerhin fünfunddreißig Jahre damit verbracht, auf der Straße nachzudenken. Da kommt schon was zusammen.«

»Na ja, am Ende hab ich vor allem in meinem Zimmer vom Telefon aus gearbeitet«, wandte Marthe ein.

»Das ändert nichts, man denkt auch, wenn man im Zimmer ist und nichts tut. Während, wenn deine Hände immer beschäftigt sind, wie bei der Post zum Beispiel, dann kannst du lange versuchen, nachzudenken, es nutzt nichts.«

»Das stimmt, zum Nachdenken braucht man freie Hände.«

»Sag ich dir doch.«

»Was Clément angeht, vergiß ihn besser. Du darfst nicht drüber reden, verstehst du?«

»Das hast du mir schon gesagt, entschuldige.«

»Nimm's mir nicht übel. Ich will nur sichergehen.«

»Hat dein Clément Ärger gemacht?«

»Er hat nichts getan. Aber alle andern wollen ihm was anhängen.«

»Wer, alle anderen?«

»Die Arschlöcher.«

»Verstehe.«

»Ich verzieh mich, Gisèle. Ich verlaß mich fest auf dich. Und sag vor allem Line Bescheid. Und umarme deine Kleinen von mir. Und denk daran, ein bißchen zu schlafen.«

Die beiden Frauen umarmten sich von neuem, und Marthe entfernte sich mit kleinen, raschen Schritten. Bei Gisèle machte sie sich keine Sorgen. Selbst wenn sie, sobald das Phantombild veröffentlicht wäre, kapieren würde, daß Clément der Mörder der beiden Frauen war, würde sie die Klappe halten. Jedenfalls so lange, bis sie zu Marthe kommen würde, um zu berichten. Schwieriger war es dagegen, Ludwig davon zu überzeugen, daß er ihr helfen mußte. Daß Clément bei ihr lesen gelernt hatte, würde Ludwig nicht notwendigerweise als Beweis seiner Unschuld hinnehmen. Wie hieß nur dieses verdammte Lesebuch? Unerhört, daß sie sich nicht mehr daran erinnern konnte. Sie sah den Umschlag noch genau vor sich, mit einem kleinen Bauernhaus, einem Hund und einem kleinen Jungen.

Le Chien de René.

Genau. So hatte das Buch geheißen.

6

Marthe lauschte zunächst an Ludwigs Tür, um sicherzugehen, daß er noch wach war. Er war zwar ein Typ, der erst gegen drei Uhr morgens schlafen ging oder sich nachts draußen herumtrieb, aber sicher ist sicher. Sie zögerte noch, sie hatte ihm nicht Bescheid gegeben und ihn seit fast drei Monaten nicht gesehen. Es hieß, Ludwig interessiere sich nicht mehr für Vermischte Nachrichten. Und Marthe, die sich aus ziemlich unklaren Gründen selbst für einen Fall hielt, der unter diese Rubrik fiel, fürchtete, ihre Freundschaft mit dem Deutschen sei mit dem Ende von dessen kriminologischen Ermittlungen erledigt. Ludwig war einer der seltenen Typen, die die alte Marthe beeindrucken konnten.

»Ludwig!« rief sie und trommelte an die Tür. »Muß dich stören, ein dringender Fall.«

Mit dem Ohr an der Tür hörte sie, wie der Deutsche seinen Stuhl zurückschob und ruhigen Schrittes zur Tür kam. Er beschleunigte selten seinen Gang.

»Ludwig«, wiederholte Marthe, »ich bin's, die alte Marthe.«

»Natürlich bist du es«, sagte Louis, als er öffnete. »Wer sollte sonst gegen zwei Uhr morgens hier im Flur herumbrüllen? Du weckst noch das ganze Haus.«

»Ich habe geflüstert«, sagte Marthe und trat ein.

Louis zuckte mit den Achseln.

»Du kannst nicht flüstern. Setz dich, ich habe gerade Tee gemacht. Bier habe ich keins mehr.«

»Hast du die Zeitung gelesen, das zweite Verbrechen? Was sagst du dazu?«

»Was soll ich dazu sagen? Häßliche Sache, das kann man dazu sagen. Setz dich.«

»Es stimmt also, was so erzählt wird? Daß du aufgehört hast?«

Louis verschränkte die Arme und sah sie an.

»Ist *das* dein dringender Fall?« fragte er.

»Ich frag ja nur. Daran ist nichts Schlechtes.«

»Nun ja, es stimmt, Marthe«, erwiderte er und setzte sich ihr mit verschränkten Armen und ausgestreckten Beinen gegenüber. »Früher bin ich dafür bezahlt worden, Schlamm aufzurühren. Es wäre bedenklich, damit heute weiterzumachen.«

»Verstehe ich nicht«, sagte Marthe mit gerunzelter Stirn. »Das war schon immer bedenklich, und mich wundert, daß du das erst heute mitkriegst. Mach die Arbeit doch lieber, sie liegt dir ja schließlich.«

Louis schüttelte den Kopf.

»Im Augenblick interessiere ich mich ausschließlich für Bismarck und für Behälter, um Schuhe wegzuräumen. Siehst du, das bringt uns nicht sehr weit.«

»Was ist das für ein ›B‹ auf deiner Hand?«

»Mein Einkaufszettel. B wie Bier, Behälter und Bismarck. Warum bist du gekommen?«

»Ich hab's dir schon gesagt, Ludwig. Wegen dieses Verbrechens. Na ja ... wegen der beiden Verbrechen.«

Ludwig schenkte den Tee ein und lächelte.

»Ach so? Hast du Angst?«

»Darum geht es nicht«, erwiderte Marthe achselzukkend. »Es ist der Mörder.«

»Wie, der Mörder?« fragte Louis, ohne ungeduldig zu werden.

»Nichts. Er ist bloß gerade bei mir. Er schläft. Es schien mir wichtig, dir das zu sagen, ob du nun aufgehört hast oder nicht.«

Marthe goß sich Milch in die Tasse und rührte mit angespanntem Körper und gleichgültigem Ausdruck eifrig um.

Louis war sprachlos. Er atmete tief durch und lehnte

sich in seinen Sessel zurück. Er war unentschlossen, er mißtraute Marthes Manövern.

»Marthe«, fragte er langsam und deutlich, »was hat der Mörder in deiner Hütte zu suchen?«

»Hab ich dir doch gerade gesagt: er schläft.«

Marthe hob ihre Tasse und begegnete Louis' Blick. Sie prüfte das Grün seiner Augen, das sie sehr gut kannte, und fand darin Skepsis, Unruhe und zugleich ein brennendes Interesse.

»Unter meinem Federbett«, fügte sie rasch hinzu. »Auf der Klappliege. Glaub nicht, daß ich dir einen Bären aufbinde, Ludwig, es ist nicht meine Art, dir die Zeit zu stehlen. Und ich mach es auch nicht, damit du wieder einsteigst, glaub bloß nicht. Es ist deine Sache, ob du es aufgeben willst, auch wenn das meiner Meinung nach Blödsinn wäre. Alles, was ich dir sagen kann, ist, daß er bei mir ist und ich nicht weiß, was ich tun soll. Du bist der einzige, der mir in so einer Sache helfen könnte, auch wenn ich mir überhaupt nicht vorstellen kann, wie du es anstellen sollst. Jedenfalls glaubst du mir nicht.«

Louis senkte den Kopf und blieb einige Sekunden wortlos so sitzen.

»Warum sagst du, es sei der Mörder?« fragte er leise.

»Weil er der Typ ist, den sie in der Zeitung suchen. Er ist derjenige, den sie vor den Häusern der beiden Frauen haben warten sehen.«

»Wenn das stimmt, warum rufst du dann nicht die Polizei, Marthe?«

»Bist du verrückt? Damit sie ihn verhaften? Der Junge da ist Clément, und das ist, als wär's mein eigener Junge.«

»Aha«, sagte Louis und ließ sich zurückfallen. »Mir fehlen wichtige Informationen, ich habe etwas in der Art geahnt. Glaub mir, Marthe, dir kann man heute abend nicht leicht folgen. Du erzählst alles durcheinander. Sei so gut und erzähl so, daß ich etwas von deinem Durcheinander von Mörder und Federbett verstehe.«

»Das wird daran liegen, daß ich mit Clément gesprochen habe, das hat mir mein Hirn völlig verwirrt. In seinem Kopf geht alles durcheinander, es gibt keine Warteschlange, und so drängelt sich darin alles in alle Richtungen.«

Marthe kramte in ihrer riesigen Handtasche aus rotem Kunstleder, holte brummelnd eine kleine Zigarre heraus und zündete sie sorgfältig an, wobei sie die Augen zusammenkniff.

»Ich rekapituliere«, sagte sie und stieß heftig den Rauch aus. »Vor mehr als zwanzig Jahren habe ich an der Maubert-Mutualité gearbeitet. Ich hab's dir schon mal erzählt: Ich hatte die ganze Place Maubert für mich allein, und man kann wirklich sagen, daß ich auf dem Gipfel meiner Karriere war.«

»Das weiß ich alles, Marthe.«

»Macht nichts. Auf dem Gipfel meiner Karriere. Der ganze Platz und der Anfang der Rue Monge: Nicht der Schatten von irgendeiner andern, die es gewagt hätte, mir auch nur ein Fleckchen streitig zu machen. Ich konnte es mir erlauben, Kunden abzulehnen, ganz wie es mir paßte. Eine richtige Königin eben. Wenn es zu kalt war, habe ich zu Hause gearbeitet, aber an den schönen Tagen stand ich auf dem Trottoir, denn da ist die wahre Kundschaft, nicht am Telefon. Ich hätte dir gern gezeigt, wie ich damals gewohnt habe ...«

»Ja, Marthe. Aber mach weiter.«

»Ich komm schon noch dazu, drängel mich nicht. Ich verfolge meinen Faden. Und mein Faden ist das Trottoir. Weil es auf dem Trottoir nämlich auch einen kleinen Jungen gab, einen ganz kleinen Jungen, so dünn wie mein Finger«, sagte Marthe und hob Louis ihren kleinen Finger unter die Nase. »Von halb fünf an war er immer da, ganz allein. Sein Miststück von Vater wohnte in einer Bude in der Nachbarschaft, und der Kleine wartete darauf, daß man sich an ihn erinnerte, manchmal ging das stundenlang, wartete, daß man ihm die Tür öffnete, daß der Vater von der Rennbahn zurückkam, wo er arbeitete. Eine merkwürdige Arbeit, wenn du meine Meinung wissen willst.«

Louis lächelte. Marthe wurde bisweilen auf unerklärliche Weise streng, so, als hätte sie ihr ganzes Leben als Ordensschwester gearbeitet.

»In der Zwischenzeit blieb der kleine Clément da, bis es Abend oder bis es Nacht wurde, und wartete, bis man ihn holte. Er war acht, aber sein Miststück von Vater wollte ihm keinen Schlüssel geben, wegen der Kohle, die er bei sich eingeschlossen hatte. Er hatte kein Vertrauen in den Jungen, wie er sagte, sein Sohn sei ein Trottel und bösartig dazu, das hat er auch gesagt, wenn man das etwas ›sagen‹ nennen kann. Denn in meinem Kopf kann man solchen Dreck nicht ›Worte‹ nennen.«

Marthe zog heftig an ihrer kleinen Zigarre und schüttelte den Kopf.

»Sein Vater war ein Scheißkerl, nichts anderes«, sagte sie laut.

»Red ein bißchen leiser«, sagte Louis. »Aber mach weiter.«

Marthe schwenkte erneut ihren kleinen Finger vor Louis' Augen.

»Ich sag dir, so schmal war der Junge. Klar, daß der kleine Mann einem zwangsläufig das Herz zerrissen hat. Anfangs haben wir uns einfach so unterhalten. Er war wild, eine richtige kleine Ratte. Ich weiß nicht, ob jemand anderes auch nur drei Worte aus ihm herausgebracht hätte. Und dann, wie sich so eins aus dem anderen ergab, sind wir Freunde geworden. Ich habe ihm was zu essen besorgt, weil ich nicht wußte, wann der Kleine mal gegessen hatte, von der Schulkantine abgesehen. Kurz, als der Herbst kam, hat der Kleine immer noch genauso gewartet, im Dunkeln, in der Kälte, im Regen, glaub mir, bitte. Eines Abends hab ich ihn mit zu mir genommen. So hat das angefangen.«

»*Was* hat so angefangen?«

»Na, meine Erziehung, Ludwig. Clément konnte nicht lesen, er konnte gerade mal seinen Namen schreiben. Jedenfalls konnte er überhaupt nichts, gerade ja und nein mit dem Kopf sagen und eine Dummheit nach der andern machen. Darin war er ein Meister. Ansonsten verstand er von nichts etwas, und am Anfang konnte er nur heulen und sich auf meinem Schoß zusammenrollen. Ich könnte heulen, wenn ich nur daran denke.«

Marthe schüttelte den Kopf und versuchte, mit zitternden Lippen etwas angeberisch an ihrer Zigarre zu ziehen.

»Laß uns was trinken«, sagte Louis rasch und stand auf.

Er holte zwei Gläser, entkorkte eine Flasche Wein, leerte den Aschenbecher, machte eine weitere Lampe an und forderte Marthe auf, ihnen einzuschenken. Bewegung tat ihr gut.

»Bring deine Geschichte voran, meine Liebe. Es ist fast drei Uhr morgens.«

»Einverstanden, Ludwig. Fast fünf Jahre habe ich mich um den Kleinen gekümmert. Ich habe um halb fünf mit der Arbeit aufgehört und mich bis abends um ihn gekümmert: lesen, schreiben, auswendiglernen, sich waschen, Abendessen, na ja, ein bißchen Erziehung eben. Ich erinnere mich, daß ich ihm am Anfang nur beigebracht habe, den Kopf zu heben, um die Leute anzusehen. Und dann, Sätze zu sagen, die er gerne sagen wollte. Ich schwöre dir, daß das viel Geduld gebraucht hat. Nach anderthalb Jahren hat er gelesen und geschrieben. Nicht sehr gut, aber er hat es hingekriegt. Häufig ist er zum Schlafen dageblieben, sein Vater hat es nicht einmal gemerkt. Sonntags blieb er den ganzen Tag da. Und noch was kann ich dir sagen, Ludwig, Clément und ich, wir haben uns geliebt wie eine Mutter und ihr Sohn.«

»Und dann, Marthe?«

»Dann war er dreizehn, und eines Abends ist er nicht mehr gekommen. Ich habe ihn nie wiedergesehen. Später habe ich erfahren, daß sein Miststück von Vater Paris unerwartet verlassen hatte. Damit war das zu Ende. Und plötzlich«, fügte Marthe nach kurzem Schweigen hinzu, »steht er heute nachmittag da vor mir und wird wegen der Morde gesucht. Ich hab ihn gewaschen, hab ihn unter mein Federbett gesteckt, und er schläft. Verstehst du jetzt?«

Louis erhob sich, ging im Zimmer umher und fuhr sich mit einer Hand durchs Haar. Er kannte die alte Marthe seit Jahren, aber sie hatte nie von dem Jungen erzählt.

»Du hast mir nie von deinem Kleinen erzählt.«

»Wozu auch? Ich wußte ja nicht, wo er steckt.«

»Na, jetzt weißt du es. Und ich würde gerne wissen, was du mit einem Mörder in deinem Bett vorhast.«

Marthe stellte brüsk ihr Glas hin.

»Was ich vorhabe? Niemand kommt in seine Nähe, und niemand tut ihm was an, verstehst du? Was anderes kommt nicht in Frage.«

Louis wühlte auf seinem Schreibtisch herum und fand die Zeitung vom Morgen. Er faltete sie auf Seite sechs auf, und legte sie mit einer etwas heftigen Geste auf den Tisch, Marthe genau vor die Augen.

»Du vergißt ein paar Dinge, Marthe.«

Marthes Blick richtete sich auf die Überschrift, dann auf die Gesichter der beiden toten Frauen. *Ein zweites Mordopfer in Paris aufgefunden.*

»Na los«, sagte Louis. »Lies es noch mal. Die Frauen wurden mit einem Strumpf erdrosselt, mit bloßen Händen erledigt, mit einem Dutzend Stichen in den Oberkörper verziert, mit einer Schere, einem Schraubenzieher, einem Meißel oder ...«

»Du hast mich nicht verstanden«, sagte Marthe achselzuckend. »Clément hat diese Schweinerei nicht veranstaltet. Wie kommst du auf solche Ideen? Denk dran, daß ich diesen Jungen fünf Jahre lang erzogen habe. Das ist doch was. Glaubst du, er wäre zu seiner Marthe zurückgekommen, wenn er so etwas getan hätte?«

»Ich frage mich, Marthe, ob du die richtige Vorstellung von dem hast, was im Kopf eines Mörders vorgehen kann.«

»Du etwa?«

»Mehr als du.«

»Clément kennst du wohl auch besser als ich?«

»Was sagt denn Clément?«

»Daß er die beiden Frauen gekannt hat, daß er sie überwacht hat, daß er ihnen Topfpflanzen gebracht hat. Er ist wirklich der Typ, den sie in der Zeitung beschreiben. Daran besteht kein Zweifel.«

»Aber er hat die beiden Frauen natürlich nicht angerührt, was?«

»Das stimmt, Ludwig.«

»Und warum hat er sie überwacht?«

»Er weiß es nicht.«

»Nein?«

»Nein, er sagt, das wäre ein Auftrag gewesen, den man ihm erteilt hätte.«

»Wer?«

»Er weiß es nicht.«

»Ist dieser Typ eigentlich total bekloppt?«

Mit zusammengepreßten Lippen saß Marthe einen Moment da, ohne etwas zu sagen.

»Genau darum geht es, Ludwig«, sagte sie erregt, »das ist der Punkt. Er ist nicht ... na ja ... nicht sehr helle.«

Marthe trank einen großen Schluck Wein und seufzte. Louis betrachtete die Teetassen, die sie beide nicht angerührt hatten. Er erhob sich langsam und stellte sie in den Ausguß.

»Also«, sagte er, während er die Tassen spülte, »warum versteckt er sich unter deiner Decke, wenn er nichts getan hat?«

»Weil Clément denkt, daß er ein Idiot ist, daß die Bullen ihn schnappen werden, sobald er auf die Straße geht, und daß er unfähig ist, aus dieser Falle rauszukommen.«

»Und du glaubst das alles?«

»Ja.«

»Besteht keinerlei Hoffnung, daß du ein bißchen differenzierst?«

Ohne zu antworten, zog Marthe an ihrer Zigarre.

»Wie groß ist dein Kleiner?«

»Mittel. Ungefähr ein Meter fünfundsiebzig.«

»Breit?«

»Wo denkst du hin!« erwiderte Marthe und hob ihren kleinen Finger.

»Warte morgen gegen Mittag auf mich und laß ihn nicht laufen.«

Marthe lächelte.

»Nein, meine Liebe«, sagte Louis und schüttelte den Kopf. »Mach dir keine Illusionen. Ich teile deinen Glauben in diesen Typen wirklich nicht, weit gefehlt. Ich finde die ganze Angelegenheit chaotisch, dramatisch und ein bißchen grotesk. Außerdem habe ich keine Ahnung, was man tun könnte. Für mich zählen im Augenblick meine Schuhschachteln und nichts anderes. Ich hab's dir gesagt.«

»Das schließt sich nicht aus.«

»Willst du wirklich zu dir nach Hause?«

»Natürlich.«

»Wenn ich dich morgen erdrosselt und voller Scherenstiche auffinde, übernimmst du dann die Verantwortung dafür?«

»Ich fürchte nichts. Er vergreift sich nicht an Alten.«

»Siehst du«, murmelte Louis, »in Wirklichkeit bist du gar nicht so überzeugt.«

7

Louis Kehlweiler hatte nicht die Willensstärke, um zehn Uhr aufzustehen, wie er es vorgehabt hatte. Er wollte bei Marc Vandoosler vorbeisehen, bevor er zu Marthe ging, und würde zu spät kommen. Er stellte sich vor, wie Marthe angespannt auf ihrem Küchenhocker saß und eine Art einfältige Bestie mit zärtlichen Blicken bedachte. Ganz Frankreich suchte diesen Typen, und Marthe hatte nichts Besseres zu tun, als ihn in ihrem Nest zu verstekken, als ob es sich um eine Nippesfigur handelte. Louis schimpfte vor sich hin und schenkte sich eine zweite Tasse Kaffee ein. Es würde kein leichtes Spiel werden, zu versuchen, diesen Typen Marthes Beschützerklauen zu entreißen. Mit Sicherheit eine langwierige Angelegenheit, in der man tausend Beweise für seine Verbrechen anführen müßte, bis Marthe schließlich völlig geblendet sein würde. Aber er war sich nicht einmal sicher, daß sie wenigstens dann einwilligen würde, ihn herzugeben.

Die Bullen zu rufen würde natürlich alles beschleunigen. In zehn Minuten wären sie bei Marthe, würden den Kerl mitnehmen, und die Sache wäre erledigt.

Das aber wäre brutaler Verrat, und Marthe würde auf der Stelle zusammenbrechen. Nein, es kam natürlich überhaupt nicht in Frage, auch nur irgendeinen Bullen zu alarmieren. Vor allem, weil sie Marthe gleich mitverhaften würden. Erbittert stieß Louis einen Seufzer aus. Er steckte in einer Sackgasse und war gezwungen, einen Mörder zu schützen und Menschenleben aufs Spiel zu setzen, von Marthes Leben ganz zu schweigen, die jederzeit selber dran sein konnte, wenn es diesem Typen gefiele.

Nervös fuhr er sich mehrfach mit der Hand durchs Haar. Die nächste Begegnung zwischen Marthe, die in diesem Clément nur den kleinen, hilflosen Jungen sah, den sie so sehr geliebt hatte, und ihm, Kehlweiler, der einen Mann mit zerstörter Kindheit sah, der auf die grauenvolle Bahn eines Frauenmörders geworfen wurde, würde nicht leicht werden. Marthe blickte voll Zärtlichkeit auf ihren Schützling, er nur mit Grauen. Und doch mußten Mittel und Wege gefunden werden, ihr dieses entsetzliche Kind sanft zu entwinden.

Louis zog sich fertig an und dachte an all die Typen, die versucht hatten, einer Mutter ihr Junges wegzunehmen, und die diesen Versuch mit dem Leben bezahlt hatten, selbst bei einem so häßlichen Jungen. Er kramte in der Küchenschublade und holte ein Springmesser heraus, das er in seine Tasche stopfte. Marthe war die einzige, die sich vor Scherenmördern nicht fürchtete.

Gegen Mittag klopfte er an die Tür der »Baracke« von Marc Vandoosler in der Rue Chasle. In der Nachbarschaft wurde das Haus trotz aller Renovierungsarbeiten, die Marc mit den beiden Typen durchgeführt hatte, die mit ihm dort wohnten, im allgemeinen »die Bruchbude« genannt.* Es schien niemand dazusein, nicht einmal Marcs Patenonkel, Vandoosler der Ältere, der im Dachstuhl wohnte und den Kopf aus seinem Fenster steckte, sobald er hörte, daß sich jemand näherte. Louis war bislang nur zweimal dagewesen, er hob den Blick und musterte die Fassade. Geschlossene Fenster im dritten Stock, das heißt in der Etage, in der, wenn er sich recht erinnerte, Lucien Devernois wohnte, der Zeitgeschichtler, der ständig mit der Erforschung der Innereien des Ersten Weltkrieges beschäftigt war. Auch im zweiten Stock niemand, wo der Mediävist Marc Van-

* Siehe Fred Vargas, »Die schöne Diva von Saint-Jacques«.

doosler wohnte, und auch niemand darunter, in der Etage des Ur- und Frühgeschichtlers Mathias Delamarre. Louis schüttelte den Kopf, während er den Blick über die verkommene Fassade des schmalen Hauses schweifen ließ, in der die drei Historiker sich sorgfältig chronologisch übereinandergeschichtet hatten: Mangels einer sozialen Struktur und beruflicher Perspektiven hatte Marc Vandoosler es für lebensnotwendig erklärt, zumindest die Zeitalter in ihrer Reihenfolge über dem gemeinsamen Erdgeschoß zu beachten. Und über ihnen allen, im Dachgeschoß, lebte Vandoosler der Ältere, ein ehemaliger Bulle mit recht undurchsichtiger Karriere, der sich hauptsächlich mit der eigenen Zeit beschäftigte und mit der besten Möglichkeit, sie auszufüllen. Alles in allem, stellte Louis fest, hielt dieses Konglomerat aus schwer miteinander zu vereinbarenden Charakteren, das zwei Jahre zuvor eilig zusammengefügt worden war, um dem wirtschaftlichen Zusammenbruch die Stirn zu bieten, besser zusammen, als man es hätte erhoffen können.

Louis stieß das alte Gittertor auf, das nie abgeschlossen wurde, und durchquerte eine Art brachliegenden kleinen Garten, der die Baracke umgab. Durch die Sprossenfenster sah er in den großen Raum im Erdgeschoß, den Marc als das Refektorium bezeichnete. Alles war leer, und die Eingangstür verschlossen.

»Salut, Deutscher. Suchst du die Evangelisten?«

Kehlweiler drehte sich um und begrüßte Vandoosler den Älteren, der sich ihm lächelnd näherte und mit einer Hand einen vollen Einkaufswagen zog. Vandoosler hatte es sich angewöhnt, seine Mitbewohner heiliger Markus, heiliger Matthäus und heiliger Lukas zu nennen, oder auch kurz »die Evangelisten«, und angesichts der Tatsache, daß der Alte nicht davon lassen wollte, hatten sich alle damit abgefunden.

»Salut, Vandoosler.«

»Man hat dich ja lange nicht gesehen«, sagte Vandoosler der Ältere, während er seine Schlüssel suchte. »Bleibst du zum Essen? Ich mache ein Huhn für heute mittag und ein Gratin für heute abend.«

»Nein, ich muß schnell weiter. Ich suche Marc.«

»Bist du an was dran? Es heißt, du hättest deine Arbeit aufgegeben.«

Ganz offenbar konnte man sich nicht für Behälter zum Wegräumen von Schuhen interessieren, ohne daß ganz Paris davon erfuhr und sich einmischte, dachte Louis irritiert. In der Stimme des Alten lag etwas Mißbilligendes.

»Hör mal, Vandoosler, mach nicht auf Bulle, ja? Du weißt selbst sehr gut, daß man sich nicht das ganze Leben in Verbrechen suhlen kann.«

»Du hast dich nicht gesuhlt, du hast ermittelt.«

»Das ist dasselbe.«

»Möglich«, sagte der Alte und stieß die Tür auf. »Was machst du statt dessen?«

»Ich denke drüber nach, wie ich meine Schuhe aufräume«, sagte Louis barsch.

»Ach so? Der Bereich ist überschaubarer.«

»Er ist ganz sicher überschaubarer. Was ist dabei? Du beschäftigst dich schließlich auch mit Gratin.«

»Aber weißt du auch, warum ich Gratin mache?« fragte Vandoosler der Ältere und sah ihn starr an. »Du fegst das Thema mit einer Handbewegung beiseite, ohne irgendwas zu wissen, ohne ihm Aufmerksamkeit zu schenken, ohne dich auch nur zu fragen: ›Warum macht dieser Armand Vandoosler Gratin?‹«

»Dein verdammtes Gratin ist mir scheißegal«, sagte Louis etwas genervt. »Ich suche Marc.«

»Ich mache Gratin«, fuhr Armand Vandoosler ungerührt fort, während er die Tür zum Refektorium öffnete, »weil ich in der Zubereitung von Gratin *Meister bin*. Ich bin also durch mein Talent, was sage ich, durch mein Genie, Gratins zu verfertigen, gleichsam dazu gezwungen. Und du, Deutscher, hättest bei deinen Ermittlungen bleiben sollen, ob nun mit offiziellem Auftrag oder nicht.«

»Niemand ist verpflichtet, zu tun, was er zu tun versteht.«

»Ich habe nicht davon geredet, was man zu tun versteht, sondern worin man *Meister ist.*«

»Wohnt Marc immer noch im zweiten Stock?« fragte Louis und wandte sich zur Treppe. »Hat ihre Geschichte mit der Chronologie des Treppenhauses sich nicht geändert? Magma im Erdgeschoß, Urgeschichte im ersten Stock, Mittelalter im zweiten und Weltkrieg im dritten?«

»So ist es. Und ich im Dachstuhl.«

»Wofür stehst du da oben eigentlich?«

»Für den Verfall«, erwiderte Vandoosler lächelnd.

»Stimmt«, murmelte Louis. »Das hatte ich vergessen.«

Louis betrat Marcs Zimmer und öffnete die Schranktür.

»Warum bist du mir auf den Fersen?« fragte er Vandoosler, der ihm zusah.

»Ich weiß gerne, warum du in den Sachen von meinem Neffen herumwühlst.«

»Wo ist dein Neffe? Ich habe ihn seit Wochen nicht gesehen.«

»Er arbeitet.«

»Ach so?« sagte Louis und wandte sich um. »Was macht er denn?«

»Er wird's dir erklären.«

Louis suchte sich zwei T-Shirts, eine schwarze Hose, einen Pulli, eine Jacke und ein Sweat-Shirt heraus. Er breitete alles auf dem Bett aus, prüfte den Gesamteindruck, wählte einen Gürtel mit silberner Schnalle und nickte.

»So wird's gehen«, murmelte er. »Das ist ein guter Querschnitt durch Marcs subtile Manieriertheit. Hast du einen Koffer?«

»Unten, im Magma«, erwiderte Vandoosler der Ältere und zeigte zu Boden.

Louis holte sich einen alten Koffer aus dem Abstellraum hinter der Küche, legte sorgfältig die zusammengefaltete Kleidung hinein und verabschiedete sich von dem Alten. Auf der Straße begegnete er Marc Vandoosler.

»So ist mir das lieber«, sagte Louis. »Ich nehm gerade ein paar Sachen von dir mit.«

Er stützte den Koffer mit dem Knie ab und öffnete ihn.

»Siehst du«, sagte er. »Du kannst eine Bestandsaufnahme machen, wenn du magst. Ich geb sie dir so bald wie möglich zurück.«

»Was machst du mit meinen Klamotten?« fragte Marc leicht verärgert. »Und wo gehst du hin? Kommst du mit, was trinken?«

»Keine Zeit. Ich habe eine unangenehme Verabredung. Willst du mitkommen, um zu sehen, wo deine Klamotten landen?«

»Ist das interessant? Es heißt ja, du hättest deinen Job aufgegeben.«

Louis seufzte.

»Ja«, sagte er. »Ich habe ihn aufgegeben.«

»Womit beschäftigst du dich jetzt?«

»Mit Behältern zum Schuhe-Aufräumen.«

»Ach so?« fragte Marc aufrichtig erstaunt. »Und jetzt räumst du meine Sachen auf?«

»Deine Sachen habe ich mitgenommen, um eine Bestie einzukleiden, die zwei Frauen massakriert hat«, sagte Louis kalt.

»Zwei Frauen? Wen meinst du? Den Typ mit der Schere?«

»Ja, den Typ mit der Schere«, erwiderte Louis und klappte den Koffer wieder zu. »Na und? Stört's dich, wenn ich ihm deine Klamotten leihe?«

»Du nervst, Louis! Ich habe dich seit Wochen nicht gesehen, du klaust mir meine beste Jacke, um einen Mörder einzumummeln, und dann schreist du mich auch noch an!«

»Halt die Klappe, Marc! Willst du, daß dich die ganze Straße hört?«

»Mir völlig wurscht. Ich kapier eh nichts. Ich geh nach

Hause, ich hab dringend zu bügeln. Klau mir ruhig meine Klamotten, wenn dir das Spaß macht.«

Louis packte ihn an der Schulter.

»Es macht mir keinen Spaß. Wir haben keine andere Wahl, und die Geschichte hier macht mich schwindlig. Ich sage dir, wir haben keine andere Wahl. Wir müssen diesen Typen verstecken, schützen, anziehen, kämmen und waschen.«

»Wie eine Puppe?«

»Du weißt nicht, wie recht du hast.«

Es war bald ein Uhr. Es wurde immer heißer.

»Du drückst dich nicht sehr klar aus«, sagte Marc etwas leiser.

»Ich weiß. Anscheinend verbreitet dieser Typ Verwirrung in allen Hirnen, denen er sich nähert.«

»Wer, er?«

»Die Puppe.«

»Warum mußt du dich um diese Puppe kümmern?« fuhr Marc ruhig fort. »Ich dachte, du hättest aufgehört.«

Louis stellte den Kleiderkoffer auf dem Bürgersteig ab, steckte langsam die Hände in seine Taschen und sah zu Boden.

»Dieser Typ«, sagte er langsam, »der Typ mit der Schere, der Frauenmörder, ist das Püppchen der alten Marthe. Wenn du mir nicht glaubst, komm mit. Komm mit. Er hat sich unter ihrem Federbett verkrochen.«

»Dem dicken roten?«

»Wovon redest du?«

»Von dem Federbett.«

»Scheißegal, Marc. Wichtig ist allein, daß er dort wohnt. Man könnte meinen, du verstehst absichtlich nichts!« fügte Louis hinzu, wobei er erneut lauter wurde.

»Ich verstehe nicht, warum dieser Typ die Puppe von Marthe sein soll, verdammt«, bemerkte Marc barsch.

»Wie spät ist es?«

Louis hatte nie eine Uhr bei sich, ihm reichte sein Zeitgefühl.

»Zehn vor eins.«

»Wir kommen dann zwar zu spät, aber begleite mich ins Café, ich erklär dir, warum Marthe ein Püppchen hat. Ich weiß es selbst erst seit letzter Nacht. Und ich schwör dir, daß es bei der Sache nichts zu lachen gibt.«

8

Louis und Marc liefen schweigend bis zur Bastille. Von Zeit zu Zeit nahm Marc den Koffer, weil Louis wegen seines kaputten Knies, das er sich bei einem Brand verletzt hatte, leicht hinkte und bei dieser Hitze und mit dem Koffer ermüdete. Marc hätte liebend gern die Metro genommen, aber Louis schien sich nie daran zu erinnern, daß es sowas in der Stadt gab. Er ging gerne zu Fuß, allenfalls nahm er mal den Bus, und da er ein Mann war, der ziemlich nervig sein konnte, wenn man ihm widersprach, ließ Marc ihn machen.

Gegen zwei Uhr blieb Louis vor der Tür von Marthes kleiner Wohnung in einer kurzen Sackgasse unweit der Bastille stehen. Er sah Marc mit angespanntem Gesicht, sehr grünen und sehr starren Augen an. Er schien ziemlich beunruhigend und setzte, wie Marthe das nannte, sein deutsches Gesicht auf. Marc selbst nannte es das Gesicht eines Goten von der unteren Donau.

»Zögerst du?« fragte Marc.

»Ich glaube, wir machen eine Dummheit«, sagte Louis leise, während er sich an die Tür lehnte. »Wir hätten den Bullen Bescheid geben sollen.«

»Das können wir nicht«, flüsterte Marc zurück.

»Warum?«

»Wegen des Püppchens«, antwortete Marc noch immer flüsternd. »Du hast das vorhin im Café sehr richtig erklärt. Für die Bullen ist es der Mörder, aber für Marthe ist es ihr Junge.«

»Und für uns ist es beschissen.«

»Richtig. Klingel jetzt, wir werden hier nicht Stunden vor der Tür stehenbleiben und schwitzen.«

Marthe öffnete vorsichtig und starrte Louis mit demselben starrköpfigen Gesichtsausdruck an wie am Tag zuvor. Zum ersten Mal in ihrem Leben vertraute sie Louis nur halb.

»Du brauchst nicht dein deutsches Gesicht aufzusetzen«, sagte sie mit einem Schulterzucken. »Du siehst doch, daß er mich nicht gefressen hat. Komm rein.«

Sie ging vor ihnen her in den kleinen Raum und setzte sich neben einem mageren Jungen auf das Bett, der den Kopf gesenkt hielt und dessen Hand sie tätschelte.

»Das ist der Mann, von dem ich dir erzählt habe«, sagte sie leise zu ihm. »Er ist mit einem Freund gekommen.«

Der Mann warf ihm einen trüben Blick zu, und Louis bekam einen Schreck. Alles oder fast alles an diesem Gesicht war unangenehm: die lange Form, die weichen Umrisse, die hohe Stirn, die weiße, leicht marmorierte Haut, die dünnen Lippen. Selbst die Ohren, deren Ränder nicht eingerollt waren, waren unschön anzusehen. Die Augen verbesserten den Gesamteindruck ein klein wenig, sie waren groß, schwarz, aber vollkommen ausdruckslos, das Haar war blond, kräftig und gelockt. Louis sah fasziniert, wie Marthe ohne Hemmungen den Kopf dieses eher abstoßenden Typen streichelte.

»Das ist der Mann, von dem ich dir erzählt habe«, wiederholte Marthe mechanisch, während sie fortfuhr, ihm den Kopf zu streicheln.

Clément richtete eine Art stummen Gruß an ihn. Dann dasselbe noch einmal an Marc.

Und Louis sah, daß dieser Mann wie ein Trottel wirkte.

»Da sind wir ja bedient«, murmelte er und legte den Koffer auf einen Stuhl.

Marthe ging zu ihm. Während sie die kurze Strecke zwischen ihnen und dem Bett überwand, sah sie mehrfach kurz zurück, als ob dieses Sich-Entfernen ihren Schützling in Gefahr bringen würde.

»Was mußt du ihn nur so anstieren?« fragte sie mit leiser und wütender Stimme. »Er ist doch kein wildes Tier.«

»Er ist aber auch kein Engel«, knurrte Louis zwischen den Zähnen.

»Ich habe dir nie gesagt, daß er ein schönes Kind wäre. Das ist kein Grund, ihn so anzustarren, wie du es tust.«

»Ich sehe ihn mir als das an, was er ist«, antwortete Louis ungeduldig und fast unhörbar. »Als den Typ, der in der Zeitung beschrieben wurde, wie er unter den Fenstern der beiden Frauen herumstand. Denn du hast recht, Marthe, das ist er, kein Zweifel. Dieses abstoßende Gesicht und die abgewetzte graubraune Hose, alles stimmt.«

»Red nicht so über ihn«, sagte Marthe drohend. »Was ist denn in dich gefahren?«

»Nur die Tatsache, daß er wirklich überhaupt nichts Einnehmendes hat.«

»Er hat mich. Und wenn du nicht helfen willst, dann reicht's. Du kannst gehen.«

Marc sah zu, wie Louis und Marthe zu streiten begannen, und er war fassungslos über Kehlweilers Brutalität. Gemeinhin war der Deutsche ein weitschweifiger und ruhiger Typ, der nicht geradeheraus urteilte. Er war ein Gegner der Perfektion, respektierte Schwächen, war ein Meister des Zweifels und der Verwirrung und beschimpfte Leute nur, wenn es wirklich angebracht war. Seine offenkundige Verachtung für den armen Typen, der da auf dem Bett saß, war irritierend. Aber Louis mochte Mörder nicht, und er liebte die Frauen. Und ganz offensichtlich sprang ihm die Unschuld des Mannes nicht gerade ins Gesicht. Clément hatte seine Hände um die Knie gelegt, ließ Marthe nicht aus den Augen und schien sich anzustrengen, das, was um ihn herum gesagt wurde, zu verstehen. Marc hatte den Eindruck, daß er vor allem wie ein Trottel wirkte, und das machte ihn traurig. Marthe hatte sich da wirklich ein merkwürdiges Püppchen ausgesucht.

Er ging zum Wasserhahn, um etwas zu trinken, wischte

sich die Lippen mit dem Ärmel ab und klopfte Louis auf die Schulter.

»Wir haben ihm noch nicht einmal zugehört«, sagte er sanft und deutete mit dem Kinn auf Clément.

Louis atmete tief durch und stellte überrascht fest, daß Marc völlig ruhig war und er fast außer sich, wo es doch sonst immer eher umgekehrt war.

»Genau wie ich dir vorhin gesagt habe«, sagte er und wurde langsam etwas ruhiger. »Dieser Typ verdreht jedem den Kopf. Bring mir ein Bier, Marthe, wir werden versuchen, miteinander zu reden.«

Er warf einen vorsichtigen Blick auf den Mann mit dem Trottelgesicht, der sich nicht von dem Bett gerührt hatte, die Hände noch immer an die Knie gepreßt, und ihn mit seinen schönen, leeren Augen in dem weißen Gesicht anstarrte.

Marthe schob Louis abweisend einen Holzstuhl hin. Marc nahm ein dickes Kissen und setzte sich im Schneidersitz auf den Boden. Louis warf ihm flüchtig einen neidischen Blick zu, setzte sich auf den Stuhl und streckte seine langen Beine von sich. Er holte tief Luft, bevor er anfing.

»Du heißt Clément? Clément wie?«

Der junge Mann richtete sich auf.

»Vauquer«, antwortete er mit dem eifrigen Ausdruck eines Typen, der entschlossen ist, für volle Zufriedenheit zu sorgen.

Dann warf er Marthe einen Blick zu, die ihm ein Zeichen der Zustimmung gab.

»Warum hast du Marthe gesucht?«

Der Mann runzelte die Stirn und mahlte mit den Kiefern, als ob er Gedanken zermalmte. Dann kehrte er zu Louis zurück.

»Klein a, weil ich niemanden von mir gekannt habe, klein b, weil ich mich persönlich in eine schreckliche Mannschaft gestrickt habe. Klein c, die Mannschaft war in der Zeitung. Davon nämlich hab ich es persönlich heute morgen hören können.«

Louis sah Marthe benommen an.

»Redet der immer so?« flüsterte er.

»Nur weil du ihn einschüchterst«, entgegnete sie gereizt. »Er versucht, komplizierte Sätze zu bilden, und schafft es nicht. Du mußt nur ein bißchen einfacher reden.«

»Wohnst du nicht mehr in Paris?« fragte Louis weiter.

»In Nevers. Aber ich habe Paris in meiner ganz persönlichen Kindheit gekannt. Mit Marthe.«

»Aber du bist nicht wegen Marthe hergekommen?«

Clément Vauquer schüttelte den Kopf.

»Nein, ich bin nach dem Telefonanruf gekommen.«

»Was machst du in Nevers?«

»Tagsüber Akkordeonlieder auf den Plätzen und abends in den Cafés.«

»Bist du Musiker?«

»Nein, ich spiele einfach nur Akkordeon.«

»Glaubst du's nicht?« fragte Marthe dazwischen.

»Laß mich machen, Marthe. Es ist so schon nicht einfach, glaub mir. Setz dich hin, anstatt hier rumzustehen und gleich an die Decke zu gehen, du machst alle nur nervös.«

Louis hatte seine langsame und beruhigende Stimme wiedergefunden. Er konzentrierte sich auf den mageren jungen Mann, und Marc, der in kleinen Schlucken ein Bier trank, sah ihm dabei zu. Der Klang von Cléments Stimme hatte ihn überrascht, es war eine schöne und musikalische Stimme. Bei allem Wirrwarr seiner Worte war es angenehm, ihm zuzuhören.

»Und dann?« fragte Louis weiter.

»Was?« erwiderte Clément.

»Was war mit diesem Telefonanruf?«

»Ich habe ihn in einem Café bekommen, in das ich arbeiten gehe, vor allem mittwochs. Der Wirt hat mir gesagt, daß das Telefon nach Clément Vauquer verlangt, das bin ich, um den es sich persönlich gehandelt hat.«

»Ja«, sagte Louis.

»Das Telefon hat gefragt, ob ich eine Akkordeonarbeit in Paris haben will, in einem neuen Restaurant, jeden Abend, sehr gut bezahlt. Es hat mich spielen hören und hatte diese Arbeit nur extra besonders für mich.«

»Und dann?«

»Der Wirt hat mir gesagt, daß ich ja sagen muß. Ich habe ja gesagt.«

»Wie heißt das Café? Das Café in Nevers?«

»Es heißt *A l'œil de lynx*, das ist sein Name.«

»Du hast also ja gesagt. Und dann?«

»Dann habe ich persönlich die Erklärungen bekommen: der Tag, an dem ich ankomme, das Hotel, in dem ich wohnen soll, den Umschlag, den ich bekomme, den Namen des Restaurants, wo ich arbeiten soll. Ich habe alle Erklärungen gefolgt, weshalb ich klein a am Donnerstag angekommen bin, und klein b war ich sofort im Hotel, und klein c hat man mir den Umschlag mit dem vorausgeschossenen Geld gegeben.«

»Welches Hotel war das?«

Clément Vauquer mahlte mit den Kiefern.

»Ein Hotel mit Kugeln. *Hôtel des Trois Boules* oder *des quatre boules* oder *des six boules*. Mehrere Kugeln jedenfalls. An der Metro-Station Saint-Ambroise. Ich kann es wiederfinden. Mein persönlicher Name steht im Verzeichnis, Clément Vauquer, Telefon im Zimmer und Toilette. Er hat angerufen und gesagt, es hat sich verzögert.«

»Erklär mir das.«

»Es hat sich verzögert. Ich sollte am Samstag anfangen, aber das Restaurant war noch nicht fertig, wegen der Verspätung von drei Wochen Arbeit. Der Typ hat gesagt, daß ich bis dahin etwas anderes arbeiten soll. Deshalb bin ich persönlich dazu gekommen, mich um die Frauen zu kümmern.«

»Erzähl das, so gut du kannst«, sagte Louis und beugte sich vor. »Bist du auf die Idee mit den Frauen gekommen?«

»Was für eine Idee mit den Frauen?«

»Red doch deutlicher, verdammt!« fauchte Marthe

Louis an. »Du siehst doch, daß der Junge es schwer hat. Seine Geschichte ist nicht leicht, versuch doch, dich in seine Lage zu versetzen.«

»Die Idee, Frauen zu finden?« fuhr Louis fort.

»Wofür Frauen zu finden?« fragte Clément.

Dann blieb er mit offenem Mund sitzen, ratlos, die Hände noch immer an den Knien.

»Was wolltest du diesen Frauen tun?«

»Ich wollte ihnen eine Topfpflanze schenken und ihre...«

Der junge Mann runzelte die Stirn und bewegte stumm die Lippen.

»... Moral überwachen«, fuhr er fort. »Das ist das Wort vom Telefon. Ich sollte ihre Moral überwachen, damit das Restaurant in Ruhe wäre vor ihrer Moral, wenn die Frauen da arbeiten. Das waren die Kellnerinnen.«

»Willst du damit sagen«, sagte Louis ruhig, »daß der Typ dich beauftragt hat, seine künftigen Kellnerinnen zu überwachen und ihm darüber zu berichten?«

Clément lächelte.

»Das ist es. Ich hatte die beiden Namen und vor mir die Adressen. Ich sollte mit der ersten anfangen und mit der zweiten weitermachen. Dann sollte eine dritte kommen.«

»Versuch, dich zu erinnern, was der Typ genau gesagt hat.«

Es blieb lange still. Clément Vauquer bewegte seine Kiefer und drückte mit dem Zeigefinger auf einen Nasenflügel. Marc hatte den Eindruck, er versuche, seine Gedanken aus dem Hirn zu holen, indem er auf die Nase drückte. Merkwürdigerweise schien das System zu funktionieren.

»Ich wiederhole es in seiner Stimme«, sagte Clément mit gerunzelter Stirn und dem Finger an der Nase. »Seine Stimme ist tiefer als meine. Ich sage es ungefähr so, wie ich mich persönlich erinnere: ›Das erste Mädchen heißt Soundso, und sie wirkt wie ein ernsthaftes Mädchen, aber man kann bei ihr nicht sicher sein. Sie wohnt am Square d'Aquitaine in der Hausnummer Soundso, und du sollst dahin gehen und nachsehen. Du mußt nicht unauffällig sein, und es ist auch nicht anstrengend. Stell dich auf die Straße und sieh, ob sie Leute mit nach Hause bringt, Männer, oder ob sie in den Cafés sitzt und raucht oder was, oder trinkt, oder ob sie spät ins Bett geht oder was, indem du das Licht am Fenster beobachtest, oder ob sie früh oder spät aufsteht oder was. Du machst das fünf Tage lang, Freitag, Samstag, Sonntag, Montag, Dienstag. Dann kaufst du eine Pflanze in einem Plastiktopf und bringst sie ihr im Namen des Restaurants, um ein bißchen rauszukriegen, wie es bei ihr aussieht. Ich rufe dich Mittwoch an, damit du mir berichtest, und dann fängst du dasselbe mit dem zweiten Mädchen an, von dem ich dir dann erzähle.«

Clément stieß einen lauten Seufzer aus und warf Marthe einen Blick zu.

»Er redet besser als ich«, erklärte er, »aber das wollte er sagen. Das war die Arbeit, die ich bis zu dem Restaurant machen sollte. Aber er redet viel besser. Also war ich, klein a, am Square d'Aquitaine, und ich habe meine Arbeit gemacht. Und übrigens war das Mädchen, klein b, sehr anständig, was ich persönlich als mein Urteil gehabt habe, und am Mittwoch habe ich ein schönes Farnkraut im Plastiktopf ausgesucht und habe geklingelt. Farn riecht fein. Sie hat sich gewundert, aber sie hat die Pflanze behalten, ohne mich hereinzubitten, sie war sehr anständig, ich habe ihre Wohnung nicht richtig gesehen, das war dumm. Dann habe ich, klein b ...«

Der Mann unterbrach sich, zum ersten Mal lag deutliche Unruhe in seinem Blick. Er sah Marthe an.

»Hab ich ›klein b‹ nicht schon gehabt, Marthe?« flüsterte er.

»Du bist bei ›klein c‹«, antwortete Marthe.

»Klein c«, fuhr Clément fort, der sich sofort wieder Louis zugewandt hatte, »hab ich mich ab dem nächsten Montag um das zweite Mädchen gekümmert. Sie war nicht so anständig, ihr Haus war in der Rue de la Tour-des-Dames, und sie sah nicht so aus, wie wenn sie bald eine Kellnerin würde. Sie hatte keinen Mann bei sich, aber sie hatte einen draußen, sie fuhren im blauen Auto weg, und sie kam sehr spät wieder. Nicht sehr anständig. Und, klein d, hab ich ihr trotzdem den Topf gebracht, aber ich hab ein Farnkraut ausgesucht, das nicht ganz so groß war, wegen dem Typ mit dem blauen Auto, den ich nicht gemocht habe. Sie hat die Pflanze auch behalten, aber sie war genauso erstaunt, und ich hab genauso nicht hineingekonnt. Und danach hatte ich meine Arbeit fertig. Am Telefon hat der Typ vom Restaurant mich ganz viel beglückwünscht und hat zu mir gesagt, ich soll mich so wenig wie möglich rühren, und er hat mir gesagt, er sagt mir bald, wo ich hingehen soll wegen dem dritten Mädchen, ich soll mich bloß nicht rühren. Bloß nicht.«

»Und dann bist du in deinem Zimmer geblieben?«

»Nein. Am Tag nach dem nächsten Tag habe ich mich gerührt. Ich war einen Kaffee im Café trinken.«

Der Mann unterbrach sich, öffnete die Lippen und sah Marthe an.

»Das macht nichts«, sagte Marthe. »Erzähl weiter.«

»Da waren Leute«, fuhr Clément zögernd fort, »und die Zeitung, und sie haben sie vorgelesen. Sie haben den Namen von der Straße gesagt und den Namen von der toten Frau.«

Plötzlich wurde der Mann nervös, erhob sich und ging in dem kleinen Zimmer zwischen Spüle und Bett hin und her.

»Das war's«, sagte er außer Atem. »Das ist das Ende der Geschichte.«

»Was hast du im Café gedacht?«

»Schluß jetzt, verdammt!« sagte Clément plötzlich. »Ich kann nichts mehr erzählen, ich hab genug, ich hab keine Wörter mehr! Ich hab alles schon persönlich Marthe erzählt, sie kann Ihnen das sagen! Ich will nicht mehr davon reden, ich bin müde von den Frauen. Wenn ich immer von den Frauen erzähle, dann kriege ich Lust auf eine.«

Marthe ging zu Clément und legte ihm den Arm um die Schulter.

»Damit hat er recht«, sagte sie zu Louis, »du machst ihm noch sein ganzes Hirn kaputt mit deiner Fragerei. Weißt du was, mein kleiner Mann«, sagte sie und wandte sich zu Clément, »du gehst jetzt ordentlich duschen, mindestens fünf Minuten, ich sag dir, wenn du aufhörst. Wasch dir auch die Haare.«

Clément nickte.

»Wenn wir schon dabei sind«, sagte Louis und griff nach dem Koffer, »bitte ihn, das hier anzuziehen. Bei der Gelegenheit soll er mir seine Klamotten geben, damit wir sie sorgfältig beiseite schaffen.«

Marthe streckte Clément die schwarzen Sachen hin und schubste ihn in das kleine Bad. Dann sah sie Louis mißtrauisch an.

»Dir seine Klamotten geben? Damit du sie persönlich behältst und dann den Bullen andrehst?«

»Du redest schon wie er«, stellte Louis fest.

»Was habe ich gesagt?«

»›Persönlich‹.«

»Na und? Stört das jemanden?«

»Das zeigt nur, daß du ganz schön unter seinem Einfluß stehst, meine Liebe. Dich hat's erwischt, wenn du meine Meinung wissen willst.«

»Na und? Er ist mein kleiner Junge, oder?«

»Ja, Marthe, er ist persönlich dein kleiner Junge.«

»Mach dich nicht über mich lustig!«

»Ich mache mich überhaupt nicht über dich lustig. Ich versuche nur, dir zu zeigen, daß du all deine Freunde für diesen Mann töten würdest, den du sechzehn Jahre nicht mehr gesehen hast.«

Marthe setzte sich mit einem Ruck auf das Bett.

»Ich bin die einzige, die ihm hilft«, sagte sie leise, »das zermürbt mich, Ludwig. Ich bin die einzige, die ihm glaubt, aber er sagt die Wahrheit, weil nur ein Junge wie

Clément in der Lage ist, so eine verdammte Arbeit mit den beiden Frauen anzunehmen, ohne sich irgendeine Frage zu stellen, ohne mißtrauisch zu werden, ohne verstehen zu wollen, ohne die Zeitungen zu lesen. Er hat sogar diese Topfpflanzen verschenkt, voll mit seinen Fingerabdrücken ... Das zermürbt mich ... Kannst du dir das vorstellen, die Fingerabdrücke? Er ist erledigt, Ludwig, erledigt! Clément ist wirklich zu schlicht, und der andere ist wirklich zu geschickt!«

»Glaubst du wirklich, daß er so schlicht ist?«

»Was glaubst du denn? Daß er uns was vormacht?«

»Warum nicht?«

»Nein, Ludwig, nein ... Das war schon so, als er klein war. Gott weiß, daß ich mich abgemüht habe, aber wie du siehst ... Von seiner Familie völlig vernachlässigt, was willst du, da kannst du nicht viel ausrichten.«

»Wo hat er diese Art zu reden her?«

Marthe seufzte.

»Er sagt, das sei, um anständig zu reden ... Er muß all diese Ausdrücke hier und da aufgeschnappt haben, und dann setzt er sie irgendwie zusammen ... Aber für ihn klingt das seriös, verstehst du? Was ... was denkst du über ihn?«

»Nicht viel Gutes, Marthe.«

Marthe senkte den Kopf.

»Das habe ich mir gedacht. Er macht keinen guten Eindruck.«

»Das ist nicht alles, Marthe. Er ist nervös, vielleicht auch gewalttätig. Und er wirkt nicht stabil, wenn man auf Frauen zu sprechen kommt. Sie verwirren ihn.«

»Mich auch«, bemerkte Marc.

Louis drehte sich zu Marc um, der noch immer im Schneidersitz auf dem Boden saß und lächelnd zu ihnen aufsah.

»Von dir hat man ja nicht viel gehört«, sagte Marthe. »Das ist ja gewöhnlich anders.«

»Ich habe ihm zugehört«, sagte Marc und deutete mit dem Kopf in Richtung Bad. »Er hat eine schöne Stimme.«

»Die Frauen ... Was hast du da gerade gesagt?« fragte Louis und nahm sich ein neues Bier.

»Daß es mich auch verwirrt, wenn von ihnen die Rede ist«, sagte Marc überdeutlich. »Wenn irgend etwas normal ist, dann wohl das. Es ist unfair, daß Louis sich ausgerechnet darauf stürzt, um sich diesen Typen vorzuknöpfen, der schon genug Mißfallen erregt. Und seine Liebe zu Marthe verstehe ich auch.«

Marc zwinkerte der alten Marthe zu. Louis saß zusammengesunken auf seinem Stuhl, die Beine ausgestreckt, und dachte nach.

»Vielleicht bist du auch gerade im Begriff, auf ihn hereinzufallen«, bemerkte er, den Blick starr auf die Wand geheftet. »Wegen des Klangs seiner Stimme. Er ist Musiker, und zur richtigen Musik würdest du wie ein verdammter Idiot begeistert in den Krieg rennen.«

Marc zuckte mit den Schultern.

»Ich denke nur, daß der Typ ein seltenes Exemplar ist«, sagte er. »Stumpfsinnig genug, um Punkt für Punkt auszuführen, was man ihm befiehlt, ohne sich irgendwelche Fragen zu stellen, und blind genug, um die Falle, die man unter seinen Füßen gräbt, nicht zu sehen – ein wahrer Glücksfall für jemanden, der ihn manipulieren will. Und das sollte man nicht vernachlässigen.«

In diesem Moment kam Clément mit von Wasser triefenden Haaren aus dem Bad; er hatte Marcs schwarze Leinensachen angezogen und hielt den Gürtel mit der Silberschnalle in der Hand.

»Muß ich persönlich das auch anziehen?« fragte er.

»Ja«, erwiderte Louis. »Leg ihn dir persönlich um.«

Clément bemühte sich, den Gürtel durch die Schlaufen der Hose zu ziehen, aber die Aktion war beschwerlich.

»Du hast mir vorhin nicht geantwortet. An was hast du in dem Café gedacht, als du die Geschichte von dem Mord gehört hast?«

Clément knurrte und ging wieder zu seinem Platz auf dem Bett, mit bloßen Füßen, die Strümpfe in der Hand.

Er drückte auf den Nasenflügel und machte sich dann daran, einen Strumpf anzuziehen.

»Klein a, daß ich die Frau gekannt habe, die tot war, nämlich der ich das Farnkraut gegeben habe. Klein b, daß ich ihr das Pech gebracht hab, um so mehr, daß ich sie überwachen sollte. Und man hat in der Zeitung von mir geredet. Als ich persönlich den Zufall durchgegangen bin, ist mir eingefallen, daß ich auf dem Grund einer Falle sitze, in der ich Marthe gesucht habe.«

Clément hielt seinen Strumpf in der Hand und beugte sich zu Louis. »Es ist eine Mannschaft«, sagte er.

»Eine Machenschaft«, fügte Marthe hinzu.

»Aus der es keinen Ausgang gibt«, fuhr Clément entschieden fort, »und weshalb ich persönlich extra ausgewählt und von Nevers mit dem Telefon hergeholt worden bin.«

»Und warum solltest unter allen anderen ausgerechnet du ausgesucht worden sein?«

»Weil ich unter allen anderen ein Trottel bin.«

Es blieb still. Der Mann zog seinen zweiten Strumpf an. Er war in seiner Art, seine Sachen zu richten, sehr umsichtig.

»Woher weißt du das?« fragte Louis.

»Na, weil alle es mir immer sagen«, antwortete Clément und zuckte mit den Schultern. »Weil ich persönlich nicht alles verstehe, was nämlich geschieht, auch nicht in den Zeitungen, die ich nicht lesen kann. Nur Marthe hat es nie gesagt, aber Marthe ist gut, nämlich.«

»Das stimmt«, sagte Marc.

Clément sah Marc an und lächelte. Es war ein eingefallenes Lächeln, das seine Zähne nicht zeigte.

»Weißt du, wie die Frauen gestorben sind?« fragte Louis hartnäckig weiter.

»Ich will nicht davon reden, das verwirrt mich.«

Marc hätte sicherlich »mich auch« gesagt, aber Louis brachte ihn mit einem Blick davon ab.

»Es reicht, Marc, wir hören hier auf«, meinte Louis und stand auf.

Marthe warf ihm einen besorgten Blick zu.

»Nein«, sagte er unzufrieden. »Ich weiß nicht, Marthe. Aber was immer dein Junge gemacht haben mag, im Augenblick sind wir ganz schön in die Enge getrieben. Schneid ihm die Haare ordentlich kurz und färbe sie. Bitte nichts allzu Schrilles, mach ihm ein schönes dunkles Braun. Bloß kein Fuchsrot. Er soll sich auch einen Bart wachsen lassen, den färben wir dann in den nächsten Tagen, falls er bis dahin nicht im Loch steckt.«

Marthe setzte zu einer Bewegung an, aber Louis legte ihr die Hand auf die Lippen.

»Nein, meine Liebe, laß mich ausreden und mach bitte genau das, was ich dir sage: Laß ihn unter keinen Umständen heute hier heraus, selbst wenn er plärrt, daß er einen Kaffee im Café trinken will.«

»Ich werde ihm Geschichten vorlesen.«

»Sehr gut«, sagte Louis etwas irritiert. »Und schließ hinter dir zu, wenn du aus dem Haus gehen mußt. Sein Kleiderbündel und all seinen Kram gibst du mir. Das müssen wir verschwinden lassen.«

»Wer sagt mir, daß du die Sachen nicht behalten willst?«

»Niemand. Hast du eine Waffe?«

»Ich will keine.«

Marthe sammelte Cléments Sachen ein und stopfte sie in seinen kleinen Rucksack.

»Und sein Akkordeon?« fragte sie. »Das wirst du ihm doch nicht auch noch wegnehmen?«

»Hatte er es dabei, als er die Frauen überwacht hat?«

Marthe sah Clément fragend an. Aber Clément hörte nicht mehr auf das, was geschah. Er strich mit der flachen Hand das rote Federbett glatt.

»Mein kleiner Mann«, sagte Marthe, »hast du dein Akkordeon mitgenommen, als du die Frauen überwacht hast?«

»Nein, Marthe. Das ist doch viel zu schwer und nützt nichts beim Überwachen.«

»Siehst du«, sagte Marthe und wandte sich wieder zu

Louis. »Und außerdem ist in der Zeitung keine Rede davon.«

»Sehr gut. Aber er soll keinen einzigen Ton spielen, paß gut darauf auf. Niemand darf wissen, daß jemand bei dir ist. Wenn es Nacht ist, holen wir ihn und bringen ihn woanders hin.«

»Woanders?«

»Ja, meine Liebe. An einen Ort, wo es keine Frauen gibt, die man umbringen kann, und wo man ihn Tag und Nacht überwachen kann.«

»In den Knast?« schrie Marthe.

»Hör doch auf, die ganze Zeit rumzuschreien!« rief Louis, der sich plötzlich zum dritten Mal an diesem Tag aufregte. »Und hab ein für allemal Vertrauen in mich! Es geht nur darum herauszufinden, ob dein kleiner Mann ein Monster ist oder einfach ein Trottel! Das ist die einzige Möglichkeit, ihn aus der Sache herauszukriegen! Und bis dahin, solange ich nichts weiß, werde ich ihn nicht den Bullen übergeben, verstanden?«

»Verstanden. Wo bringst du ihn also hin?«

»In die Bruchbude. Zu Marc.«

»Wie bitte?« fragte Marc.

»Wir haben keine andere Wahl, Marc, und mir fällt nichts anderes ein. Wir müssen diesen Trottel genauso dringend vor den Bullen wie vor sich selbst schützen. In eurer Baracke gibt es keine Frauen, das ist bereits ein riesiger Vorteil.«

»Ach so«, sagte Marc, »unter dem Gesichtspunkt habe ich die Situation noch nie gesehen.«

»Außerdem ist immer jemand da, der auf ihn aufpassen kann: Lucien, Mathias, du oder dein Pate.«

»Wer sagt dir, daß wir einverstanden sind?«

»Vandoosler der Ältere wird einverstanden sein. Er liebt beschissene Situationen.«

»Das stimmt.«

Louis gab Marthe besorgt noch mehrere Ratschläge, warf Clément Vauquer, der noch immer mit freudlosem

Gesicht das Federbett streichelte, einen letzten Blick zu, nahm den Rucksack über die Schulter und zog Marc mit sich auf die Straße.

»Gehen wir was essen«, sagte Marc, »es ist gleich vier.«

9

»Such uns einen ruhigen Tisch«, sagte Louis, als sie das Café an der Place de la Bastille betraten. »Wir haben keinerlei Interesse daran, auch noch Werbung für unsere üblen Verstrickungen zu machen. Ich geh telefonieren, bestell du inzwischen was zu essen.«

Ein paar Minuten später kam Louis zurück.

»Ich bin mit dem Leitenden Kommissar des 9. Arrondissements verabredet«, sagte er, während er sich setzte. »Das ist die Gegend, in der der zweite Mord geschah, Rue de la Tour-des-Dames.«

»Was willst du ihm sagen?«

»Ich will ihm gar nichts sagen, ich will zuhören. Ich würde gern wissen, was die Bullen von den beiden Morden halten, was sie für Hypothesen haben, wie weit sie sind. Vielleicht haben sie das Phantombild schon fertig. Das würde ich gerne sehen.«

»Und das wird dir der leitende Kommissar alles erzählen?«

»Ich glaube schon. Wir haben mal zusammengearbeitet, als ich beim Innenministerium war.«

»Unter welchem Vorwand willst du das erfahren?« Louis zögerte.

»Ich werde ihm sagen, daß die Morde mich an etwas erinnern, worauf ich aber nicht komme. Irgend so was in der Art. Völlig unwichtig.«

Marc verzog zweifelnd das Gesicht.

»Doch, doch, das reicht aus. Der Kommissar schätzt mich, ich habe vor jetzt acht Jahren mal seinen Sohn aus einer heiklen Situation rausgeholt.«

»Was für einer Situation?«

»Er hat mit einer Kleinbande von Glatzen mit absolut tödlichem Crack gedealt, ein richtiges Rattengift. Ich hab ihn da rausgeholt, kurz bevor die Bullen aufgetaucht sind.«

»Weshalb?«

»Weil er der Sohn eines Bullen ist und mir das sehr nützlich sein könnte.«

»Bravo.«

Louis zuckte mit den Achseln.

»Der Typ war nicht gefährlich. Er hatte nicht das Zeug dazu.«

»Das sagt man so.«

»Ich kenn mich da wohl aus, oder?« sagte Louis etwas schroffer und hob den Blick.

»Schon o. k.«, sagte Marc, »essen wir.«

»Ich habe ihn nie wieder in der Szene gesehen, und nerv mich jetzt nicht mit deinem moralischen Getue. Heute zählt allein der unglaubliche Haufen Scheiße, in den Marthe hineingeraten ist. Wir brauchen die Informationen der Bullen. Es ist ganz entscheidend, zu wissen, wie sie vorgehen, um zu wissen, wie wir vorgehen werden. Ich vermute, daß die Bullen genau wie die Journalisten einen Serienmörder suchen.«

»Du etwa nicht?«

»Nein, ich nicht.«

»Aber das hat nichts von einer Abrechnung. Er sucht sich die Frauen zufällig aus.«

Louis machte eine Handbewegung, während er rasch ein paar Fritten hinunterschluckte. Es kam höchst selten vor, daß er schnell aß, aber er hatte es eilig.

»Natürlich«, sagte er. »Ich denke genau dasselbe wie du und wie alle: Der Mörder ist ein Spinner, ein Maniker, ein Besessener, ein sexueller Psychopath, nenn es wie du willst. Aber er ist kein Serienmörder.«

»Willst du damit sagen, daß er niemanden mehr umbringen wird?«

»Im Gegenteil. Er wird weitere Morde begehen.«

»Scheiße. Wir sollten uns verstehen.«

»Das ist eine Frage des Zählens, ich erklär's dir später«, sagte Louis und stürzte hastig sein Bier hinunter. »Ich verschwinde. Bitte, nimm die Sachen von Marthes Puppe mit in die Baracke, ich kann sie schließlich nicht mit ins Kommissariat schleppen. Und warte dort auf mich wegen der Neuigkeiten.«

»Komm aber nicht vor acht, ich bin bei der Arbeit.«

»Stimmt«, sagte Louis und setzte sich wieder. »Du hast also Arbeit gefunden? Im Mittelalter?«

»Nicht im Mittelalter. Im Haushalt.«

»Im Haushalt? Was willst du damit sagen?«

»Louis, ich rede persönlich französisch. *Im Haushalt*. Seit drei Wochen arbeite ich zu zwei Dritteln als Putzfrau. Staubsaugen, Staubwischen, Bohnern, Polieren, Waschen, Spülen. Und ich nehme Sachen zum Bügeln mit nach Hause. Aber jetzt siehst *du* aus, als würdest du mir moralisch kommen wollen. Geh deinen Leitenden Kommissar aushorchen, ich hab ein paar Fliesen, die auf mich warten.«

10

Der Leitende Kommissar Loisel bat Louis in sein Büro, ohne ihn warten zu lassen. Er schien aufrichtig erfreut, ihn wiederzusehen. Loisel war ungefähr so alt wie Louis, um die Fünfzig, er war schmächtig und blond und rauchte Zigaretten, die schmal waren wie Strohhalme. Bei den Bullen und im Ministerium kannte man Kehlweiler vor allem unter seinem Spitznamen »der Deutsche«, so nannte ihn auch Loisel. Louis konnte nicht viel dafür, und es war ihm egal. Er war halb Deutscher, halb Franzose und ein Kind des Krieges und wußte kaum, auf welcher Seite er seine Wurzeln ausstrecken sollte; am liebsten hätte er sich Rhein genannt, aber das war eine anmaßende Phantasie, von der er niemandem etwas erzählte. Man nannte ihn Ludwig oder Louis. Nur Marc Vandoosler redete manchmal, aus welcher genialen Eingebung heraus auch immer, vom »Sohn des Rheins«.

»Salut, Deutscher«, sagte Loisel. »Schön, dich zu sehen. Ist ja Jahre her.«

»Und dein Sohn?« fragte Louis und setzte sich.

Loisel hob beruhigend die Hände, und Louis antwortete mit einem Kopfnicken.

»Und du?« entgegnete der Kommissar.

»Ich bin vor vier Jahren aus dem Ministerium geflogen.«

»Das war vorauszusehen. Danach nichts mehr? Keine offizielle Mission mehr?«

»Ich lebe vom Übersetzen. Gut, ich habe mich auch mit ein paar Fällen beschäftigt, aber mehr im Hintergrund. Es ist schwieriger, als man denkt, sich abseits zu halten, wenn man so seine Kartei hat. Die bedrängt dich. Sie schreit dir ihre Erinnerungen in die Ohren. Das Ereignis geht nicht an dir vorüber, es verfolgt dich, sein Echo hängt in deinen Aktenschränken. Das macht einen solchen Lärm, daß du nicht mehr friedlich schlafen kannst – ja, so ist das.«

»Und diesmal?«

»Ich bin dabei, friedlich eine Bismarck-Biographie zu übersetzen, da kommt ein Typ dahergelaufen und bringt in Paris zwei Frauen um.«

»Der Scherenmörder?«

»Ja.«

»Und das hat bei dir ein Echo ausgelöst?« fragte Loisel mit plötzlich erwachtem Interesse.

»Sagen wir, es läßt mich nicht gleichgültig. Es erinnert mich an etwas, aber ich komme nicht drauf, an was.«

Was für ein Stuß, dachte Louis.

»Du erzählst Witze«, sagte Loisel. »Das erinnert dich an etwas, aber du willst mir nicht sagen, an was.«

»Ich schwör's dir. Es ist ein Echo ohne Namen und Gesicht, deshalb bin ich zu dir gekommen. Ich brauche Details. Natürlich nur, wenn es dich nicht stört, darüber zu reden.«

»Nein«, sagte Loisel zögernd.

»Wenn sich die Sache bestätigt, sage ich dir auch, was mich beschäftigt.«

»Einverstanden. Ich weiß, daß du korrekt bist, Deutscher. Es ist schließlich nichts dabei, ein bißchen zu reden. Es würde mich wundern, wenn du's den Zeitungen sagen würdest.«

»Die wissen ja schon fast alles.«

»Fast alles, ja. Warst du bei dem Kollegen vom 19.? Wegen des ersten Mordes?«

»Nein, ich bin direkt zu dir gekommen.«

»Warum?«

»Weil ich den Kommissar vom 19. nicht mag. Er ist ein Arschloch.«

»Aha … Findest du?«

»Ja, wirklich.«

Der leitende Kommissar zündete sich eine seiner Strohhalmzigaretten an.

»Ich auch«, sagte er mit fester Stimme.

Louis war klar, daß sie soeben einen soliden Pakt geschlossen hatten, denn nichts verbindet stärker als die Verständigung über die Dummheit eines Dritten.

Loisel ging schlurfend zu seinem Metallregal. Loisel hatte schon immer geschlurft, eine erstaunliche Sache bei einem Mann, der eher dazu neigte, Männlichkeit und Vitalität an den Tag zu legen. Er zog eine ziemlich umfangreiche Akte aus dem Regal und ließ sie theatralisch auf seinen Schreibtisch fallen.

»Da«, sagte er seufzend. »Dieser wahnsinnige Mörder ist der übelste Fall, den wir seit Jahren in der Hauptstadt hatten. Ich brauche dir nicht zu sagen, daß der Minister uns Feuer unterm Arsch macht. Wenn du mir also helfen kannst und ich dir helfen kann, eine Hand wäscht die andere, ganz fair… Wenn du den Typen schnappst …«

»Das versteht sich von selbst«, versicherte Louis, der daran dachte, daß dieser Typ sich sicherlich gerade auf Marthes Federbett zusammenrollte, während Marthe ihm eine Geschichte vorlas, um ihn von seinen Gedanken abzulenken.

»Was willst du wissen?« fragte Loisel und blätterte in der Akte.

»Was ist mit den Morden? Gibt es weitere Einzelheiten, außer denen, die in der Presse geschildert wurden?«

»Nicht wirklich. Da, sieh dir die Fotos an, das sagt dir mehr. Wie heißt es immer, eine gute Zeichnung … Hier sind die Bilder vom ersten, vom 21. Juni, am Square d'Aquitaine. Der Kommissar war wie Granit, keine einzige Information hat er mir geben wollen! Kannst du dir sowas vorstellen? Ich mußte erst übers Innenministerium, die haben ihm dann Bescheid gestoßen.«

Loisel tippte mit einem Finger auf eines der Fotos.

»Die da, das ist die Frau vom Square d'Aquitaine. Sie war nicht besonders schön, aber das kannst du nicht sehen, weil er sie erwürgt hat. Wie er in die Wohnung gekommen ist, weiß man nicht, aber es war ziemlich sicher gegen 19 Uhr. Er hat ihr einen Lappen in den Mund gestopft und hat sie brutal niedergemacht, anscheinend gegen die Wand geschlagen.«

»Es hieß ›erwürgt‹.«

»Aber vorher niedergeschlagen. Es ist gar nicht so einfach, jemanden direkt zu erwürgen, wenn ich so sagen darf. Dann hat er sie zu dem Teppich hier in der Mitte des Zimmers gezogen. Man sieht die Spuren der Schuhe auf dem Teppichboden. Da hat er sie dann erwürgt und mit einem Dutzend Stiche in den Oberkörper durchlöchert, überall, mit einer kleinen Klinge, ganz sicher einer Schere. Ein Alptraum, dieser Typ.«

»Spuren einer Vergewaltigung?«

Loisel hob die Hände und ließ sie wie verwirrt auf seinen Schreibtisch fallen.

»Nicht die geringste!«

»Stört dich das?«

»Bei einem solchen Fall würde man welche erwarten. Sieh's dir selbst an: Die Kleidung ist in Ordnung, die Lage des Körpers weist auch nicht darauf hin. Keinerlei Spur eines Kontakts.«

»Und die Frau ... Wie heißt sie noch gleich?«

»Nadia Jolivet.«

»Habt ihr Informationen über Nadia Jolivet?«

»Der Kollege hat sie zusammengesucht, ohne irgendwas Besonderes zu finden. Lies selbst: dreißig, Sekretärin in einem Handelsbetrieb, wollte demnächst heiraten. Klassisch, nichts Ungewöhnliches. Als dann zehn Tage später der zweite Mord geschah, hat der Kollege sich nicht mehr für die persönlichen Verhältnisse von Nadia Jolivet interessiert. Ich hätte es genauso gemacht, sobald ich von dem Dreckskerl erfahren hätte, der sie ausspähte. Und was mein Opfer angeht ...«

Loisel hielt inne und blätterte seine Akte durch, aus

der er eine weitere Reihe von Fotos zog, die er vor Louis ausbreitete.

»Da ist sie. Simone Lecourt. Dasselbe, siehst du, genau dasselbe. Auch sie ist erst niedergeschlagen und dann mit einem Lappen im Mund in die Mitte des Zimmers geschleift worden. Da hat der Mörder sie dann massakriert.«

Loisel schüttelte den Kopf und drückte seine Zigarette aus.

»Widerlich«, schloß er.

»Und der Lappen?«

»Nichts dabei rauszuholen.«

»Keinerlei Zusammenhang zwischen den beiden Frauen?«

»Nein. Wir haben das auf die Schnelle überprüft, weil wir unseren Mörder ja fast haben, aber es ist offensichtlich, daß die beiden Frauen sich nie begegnet sind. Sie haben nichts gemeinsam, außer daß sie um die Dreißig sind, unverheiratet und berufstätig. Davon abgesehen sind sie nicht sonderlich attraktiv und auch ziemlich verschieden, optisch keinerlei Ähnlichkeit. Die eine ist dunkelhaarig, die andere eher blond, eine mager, die andere ziemlich kräftig ... Wenn man davon ausgehen wollte, daß das Opfer den Mörder an seine Mutter erinnert, muß seine Erinnerung ganz schön verworren sein.«

Loisel lachte kurz und zündete sich eine neue Zigarette an.

»Aber wir finden den Typen«, fuhr er dann mit entschlossener Stimme fort. »Das ist eine Sache von ein paar Tagen. Du hast ja die Zeitungen gelesen ... Die Zeugen haben alle einen Mann beschrieben, der ein paar Tage vor den Morden in den Straßen der Opfer auf der Lauer gelegen hat. Der Typ scheint mir ein rechter Kretin zu sein, deshalb kriegen wir ihn sicher schnell. Halt dich fest: Wir haben sieben zuverlässige Zeugen ... Sieben! Das allein schon. Der Typ hat sich so sichtbar vor den Türen der Häuser aufgestellt, daß ganz Frankreich ihn hätte bemerken können. Wir haben auch die Zeugenaussage einer Bürokollegin von Nadia, dem ersten Opfer, sie hat denselben Typen gesehen, wie er ihr zwei Tage hintereinander gefolgt ist, als sie von der Arbeit kam. Und die Aussage des Freundes von Simone, der ihn ziemlich spät am Abend noch bemerkt hat, als er sie nach Hause brachte. Du verstehst, es ist ein Kinderspiel.«

»Es heißt, ihr hättet seine Fingerabdrücke?«

»Wir haben alle zehn Finger von ihm auf den Blumentöpfen. Kannst du mal sehen, was das für ein Idiot ist! Ein Farnkraut im Topf bei beiden Opfern, und auf beiden dieselben Fingerabdrücke ... Wir vermuten, daß das der Trick war, mit dem er sich bei ihnen Eintritt verschafft hat. Bei einem Typen, der eine Pflanze liefert, ist ein Mädchen schon dreimal weniger mißtrauisch. Obwohl, ein Farn ... Er hätte sich was Hübscheres aussuchen können. Ein Kretin, sage ich dir, ein gefährlicher Schwachsinniger.«

»Farnkraut riecht immerhin gut. Hat er seine Fingerabdrücke noch woanders hinterlassen?«

»Nein, nur auf den Blumentöpfen.«

»Wie erklärst du dir das? Er bringt den Topf mit bloßen Händen, aber ansonsten hinterläßt er keinerlei Spuren? Und wenn er Handschuhe anzieht, um sie umzubringen, warum ist er dann nicht so schlau und nimmt den Topf hinterher wieder mit?«

»Ich weiß. Wir haben auch schon dran gedacht.«

»Das kann ich mir denken.«

»Er kann sie niedergeschlagen, erwürgt und mit Stichen übersät haben, ohne Fingerabdrücke zu hinterlassen. Es ist ein Teppichboden, kein Parkett und kein Kunststoff. Vielleicht ist er auch ein solcher Kretin, wie ich dir gesagt habe, daß er schlicht und einfach an nichts gedacht hat. Das kann vorkommen.«

»Warum nicht ...«, sagte Louis, dessen Gedanken sofort wieder zu dem kleinen Mann mit den leeren Augen schweiften, den Marthe wie eine kostbare Porzellanfigur schützte. Jetzt hatten sie vielleicht gerade die Geschichte fertig, und Marthe würde ihm sicher in dem winzigen Bad die Haare schneiden und sich anschicken, sie ihm mit eigenhändig gemischter Farbe zu färben.

»Wie sieht er aus?« fragte Louis plötzlich.

Loisel schlurfte erneut zu dem Metallschrank und zog einen weiteren Ordner heraus.

»Es ist noch ganz frisch«, sagte er, als er ihn öffnete. »Es kommt gerade aus dem Computer. Sieben zuverlässige Zeugen, sag ich dir. Da, sieh dir an, ob dieser Dreckskerl nicht eine richtige Trottelvisage hat.«

Loisel ließ das Porträt auf den Schreibtisch gleiten, und Louis zuckte zusammen. Es war von erschreckender Ähnlichkeit.

11

Clément Vauquer hatte nicht einmal gegessen, er war eingeschlafen, unmittelbar nachdem Louis gegangen war. Seitdem schlief er zusammengerollt auf dem roten Federbett, und Marthe ging mit leisen Schritten in dem kleinen Zimmer umher – so leise sie konnte, denn Marthe war nicht sehr begabt für die Stille. Von Zeit zu Zeit ging sie zum Bett und betrachtete ihren Clément. Er schlief mit offenem Mund und hatte auf das Kopfkissen gesabbert. Das war nicht schlimm, sie würde die Wäsche wechseln. Sie verstand gut, daß er auf Louis unsympathisch hatte wirken können, sie sah sehr wohl, daß er häßlich war. Für die anderen ganz sicher, ohne Zweifel sogar. Das Problem war eben, daß sie seine Erziehung nicht hatte beenden können, das war es, was alles vermurkst hatte. Er war in Wirklichkeit anders, als er zu sein schien. Dieser verschlagene Eindruck war nur Unsicherheit, und sein etwas bösartiger Mund war reine Verteidigung. Seine Augen waren immer so gewesen, ein so dunkles Braun, daß man die Mitte nicht sah. So ein dunkles Braun ist doch hübsch, daraus könnten richtig verträumte Augen werden. Wenn man ihr ihren Clément eine Zeitlang lassen würde, dann würde sie es schaffen, ihn zu ändern, das wußte sie. Viel zu futtern, ein bißchen Sonne, und schon würde er bessere Haut haben und im Gesicht etwas voller werden. Sie würde ihm Geschichten vorlesen, sie würde ihm wieder beibringen, vernünftig zu reden anstelle dieses Kauderwelschs, das er weiß Gott wo aufgelesen hatte. Sie würde ihm beibringen, nicht alle naselang »persönlich« oder »ich selbst« zu sagen, als ob er gar nicht existieren würde und unbedingt in jedem Satz das Gegenteil beweisen müßte. Ja, sie wußte sehr gut, wie sie ihren kleinen Mann wieder auf die Beine bringen würde. Er war in eine schreckliche Geschichte hineingeraten, aber wenn er da rauskommen würde, dann würde sie ihn wieder auf die Beine bringen, ein Glück, daß er zu ihr zurückgekommen war. Sie würde ihn schönmachen. Die vergangenen sechzehn Jahre dürfte sich kaum jemand um ihn gekümmert haben. Sie würde ihn schönmachen, und Ludwig würde beeindruckt sein von ihrer Arbeit.

Das erinnerte sie an ein Buch, das sie als kleines Mädchen besessen hatte, es hieß *Wie die Häßliche schön wurde*. Es handelte von einem kleinen, häßlichen Mädchen, das am Ende »voller Anmut« war, weil sich alle darum gekümmert hatten – warum eigentlich, das wußte Marthe gar nicht mehr: die Regentropfen, die Eichhörnchen, die Vögel und die ganzen Sachen, die es im Wald gibt; und schließlich war sie sogar Königin ihres kleinen Dorfes geworden. Das andere Buch, das sie liebte, war *Das kühne Entlein*, die Geschichte einer etwas einfältigen Ente in einer karierten Hose, die eine Dummheit nach der anderen anstellte. Die Geschichte ging am Ende aber gut aus, ein wahres Wunder. Marthe seufzte. Du fängst an zu spinnen, meine Liebe. Für diese Dinge bist du zu alt. Sowohl für das kühne Entlein wie für die Häßliche, die schön wurde. Die Realität war, daß Ludwig ihren Jungen nicht gemocht hatte und die Sache damit für ihn schlecht anfing, auch wenn alle Bewohner des Waldes ihm zu Hilfe eilen würden, was höchst unwahrscheinlich war.

Marthe ging brummelnd im Zimmer umher. Nein, mit Eichhörnchen könnte man das alles gewiß nicht ändern. Einstweilen wäre es trotzdem nicht schlecht, den Jungen ein bißchen aufzumöbeln und ihm die Haare zu schneiden, so wie Ludwig es gesagt hatte. Der Deutsche war unzufrieden, sicher, aber er würde ihn nicht den

Bullen ausliefern. Nicht sofort. Sie hatte ein bißchen Zeit, ihren Kerl herzurichten.

Sie schüttelte Clément sanft an der Schulter.

»Wach auf, mein Junge«, sagte sie. »Ich muß dich ein bißchen herrichten.«

Sie setzte ihn auf einen Hocker im Bad und legte ihm ein Handtuch um. Der junge Mann schwieg und ließ gefügig alles mit sich geschehen.

»Ich muß sie kurz schneiden«, kündigte Marthe an.

»Dann sieht man meine Ohren«, sagte Clément.

»Ich laß dir ein bißchen drüber stehen.«

»Warum sind meine Ohren nicht eingerollt?«

»Ich weiß es nicht, mein Kleiner. Mach dir deswegen keine Sorgen. Sieh dir die von Ludwig an, die sind nicht besser. Er hat riesige Ohren, und trotzdem ist er schön.«

»Ist Ludwig der Mann, der mir all die Fragen gestellt hat?«

»Ja, das ist er.«

»Er hat mich persönlich ermüdet«, sagte Clément klagend.

»Es ist sein Beruf, die Leute zu ermüden. Man sucht sich das nicht immer aus. Er ist auf der Suche nach Dreckskerlen, allen möglichen Dreckskerlen, deshalb ermüdet er alle. Das ist so, als ob du einen Baum schütteln wolltest, um die Nüsse runterzuholen. Wenn du nicht schüttelst, kriegst du auch keine Nüsse.«

Clément nickte. Das erinnerte ihn an den Unterricht, den Marthe ihm gegeben hatte, als er klein war.

»Zappel nicht so rum, ich vermurks dich noch. Ich hab nur die Küchenschere, ich weiß nicht, ob die auch für Haare geht.«

Clément hob abrupt den Kopf.

»Aber du tust mir mit der Schere nicht weh, nein, Marthe?«

»Aber nein, mein Großer. Halt still.«

»Was hast du über die Ohren gesagt?«

»Wenn du anfängst, dir wirklich mal die Ohren der Leute anzusehen, wenn du dir mal wirklich nur ihre

Ohren ansiehst und nichts anderes, zum Beispiel in der Metro, dann siehst du, daß sie alle schrecklich sind, da kann dir schwindlig werden. Und jetzt hören wir auf, von Ohren zu reden, ich hab das nämlich ziemlich schnell satt.«

»Ich auch. Vor allem bei Frauen.«

»Na, und ich vor allem bei Männern. Siehst du, mein Junge, so ist die Natur. Das ist gut eingerichtet.«

Ja, sagte sich Marthe, während sie an den Haarlocken herumschnitt, ja, sie würde wieder mit dem Unterricht anfangen, wenn man ihr die Zeit lassen würde.

»Danach färbe ich dir die Haare in einem richtig dunklen Braun, genau wie deine Augen. Und dann schmink ich dich ein bißchen, ein bißchen kaum erkennbare Bräunung, passend zur Haarfarbe. Vertrau mir. Du wirst sehen, dann bist du schön, und die Bullen können lange rennen, bis sie dich wiedererkennen. Und dann essen wir die Schweinekoteletts zum Abendessen. Das wird gut.«

12

Marc Vandoosler war ziemlich spät mit dem Putzen bei Madame Mallet fertig geworden, und die anderen hatten bereits mit dem Abendessen angefangen, als er ins Refektorium kam. Der Pate war mit Kochen drangewesen, und es gab Gratin. Der Pate war Meister im Zubereiten von Gratin.

»Iß. Sonst wird's kalt«, sagte Vandoosler der Ältere. »Der Deutsche war übrigens heute mittag hier und hat sich alte Klamotten von dir mitgenommen. Mir ist lieber, du weißt es.«

»Ich weiß«, antwortete Marc. »Wir sind uns begegnet.«

»Wozu hat er die Klamotten gebraucht?«

Marc nahm sich von dem Gratin.

»Um jemanden zu verstecken, den die Bullen suchen.«

»Ganz Kehlweilers Art«, brummte der Pate. »Was hat der Typ verbrochen?«

Marc sah nacheinander Mathias, Lucien und den Paten an, die sich ahnungslos mit Gratin vollstopften.

»Nichts Besonderes«, sagte er düster. »Er hat bloß zwei Frauen umgebracht, es ist der Scherenmörder.«

Alle Gesichter hoben sich gleichzeitig, Lucien stieß einen unartikulierten Laut aus, Mathias sagte nichts.

»Außerdem muß ich euch noch sagen«, fuhr Marc mit derselben müden Stimme fort, »daß er heute abend bei uns schlafen wird. Er ist eingeladen.«

»Was soll das heißen?« fragte Vandoosler der Ältere mit relativ munterer Stimme.

»Ich geb euch schnell eine kurze Zusammenfassung.«

Marc erhob sich und sah nach, ob die drei Fenster des großen Raums geschlossen waren.

»Krisenstabsitzung«, murmelte Lucien.

»Halt die Klappe«, erwiderte Mathias.

Marc setzte sich wieder und begann mit seinen Erklärungen.

»Der Scherenmörder, der Typ, von dem alle Zeitungen schreiben, hat sich zu der alten Marthe geflüchtet, die ihn verhätschelt hat, als er klein und unglücklich war. Marthe verteidigt ihn wie eine Löwin und erklärt, er sei unschuldig. Sie hat Louis gebeten, sich um die Sache zu kümmern. Aber wenn Louis das Püppchen den Bullen ausliefert, ist Marthe auch gleich dran. Das ist die alte Geschichte mit dem Kind und dem Bade, ich laß euch das Problem abwägen. Louis bringt uns den Mann heute abend, weil er Angst hat, er würde Marthe niedermetzeln, und es hier keine Frau gibt, keine einzige, dazu gratuliere ich niemandem. Nur vier mannhafte alleinstehende Typen, auf die er glaubt zählen zu können. Wir haben die Aufgabe, ihn in jeder Minute seines Lebens zu überwachen. So ist die Lage.«

»Allgemeine Mobilmachung«, sagte Lucien und nahm sich noch von dem Gratin. »Erstmal müssen die Truppen verpflegt werden.«

»Vielleicht klingt das ja lustig«, sagte Marc barsch und sah ihn an, »aber wenn du Marthe sehen würdest, die zehn Jahre älter geworden ist, wenn du den Typen sehen würdest, und vor allem, wenn du die beiden Frauen sehen würdest, die bereits dran glauben mußten, dann fändest du das weniger lustig.«

»Ich weiß. Hältst du mich für blöd?«

»Entschuldigung. Ich habe bei Madame Mallet heute jede einzelne Fliese geschrubbt, ich bin völlig alle. Jetzt, wo ich euch die Geschichte erklärt habe, mach ich Pause, esse was und erklär euch den Rest beim Kaffee.«

Marc trank selten Kaffee, das machte ihn nervös, und alle waren sich darin einig, daß er das überhaupt nicht nötig hatte, denn er vermittelte schon in normalem Zustand den Eindruck eines Typen, der täglich seine zehn Tassen trinkt. Andererseits änderte der Kaffee auch an den lauten, erregten Reden von Lucien Devernois nichts, aber da Lucien ein ganz besonderes Vergnügen daran fand, Radau zu machen, hätte er sich um nichts in der Welt ein Aufputschmittel entgehen lassen. Mathias Delamarre dagegen, dessen Sanftmut bisweilen in beeindruckender, lang andauernder Stummheit gipfeln konnte, war so gebaut, daß er derlei Banalitäten gegenüber unempfindlich war. Also schenkte der Pate drei Tassen ein, während Marc versuchte, sein Bügelbrett auseinanderzuklappen. Mathias half ihm dabei. Marc machte das Bügeleisen an, zog einen großen Korb voller Wäsche in Reichweite und breitete sorgfältig eine kurzärmelige Bluse auf dem Brett aus.

»Baumwoll-Viskose-Gemisch«, sagte er, »da muß man vorsichtig mit der Temperatur sein.«

Dann nickte er, wie um sich leichter von diesem für ihn relativ neuen Grundsatz zu überzeugen, und erklärte die Einzelheiten der Geschichte mit Marthes Puppe. Von Zeit zu Zeit hielt er inne, um mit einer Sprühflasche seine Wäsche zu befeuchten, denn er hatte etwas gegen Dampfbügeleisen. Mathias fand, daß er sich sehr gut schlug. Seit drei Wochen brachte Marc jetzt Wäsche zum Bügeln mit nach Hause, und nicht selten saßen die vier Männer gemeinsam unten um das dampfende Bügelbrett versammelt, während Marc zwischen den Wäschestapeln seines Amtes waltete. Er hatte es sich genau ausgerechnet: Vier Stunden Putzen pro Tag und zwei Stunden Bügeln zu Hause würden ihm 7200 Franc im Monat einbringen. Das ließ ihm die Zeit, morgens an seinem Mittelalter zu arbeiten, und im Augenblick schaffte Marc es sehr gut, morgens die Pachtverträge des 13. Jahrhunderts auszuwerten und am Nachmittag loszustürmen, um den Staubwedel zu schwingen. Er, der von häuslichen Künsten nicht das geringste verstand, hatte sich eines Abends, als er zusah, wie Lucien den großen Holztisch im Refektorium mit einem weichen Lappen polierte, und hörte, wie er über seine Polierwachs-Leidenschaft schwadronierte, entschieden, nach zwölfjähriger Arbeitslosigkeit in der Mediävistik einen Beruf auszuüben. Er hatte Marthe um eine rasche Ausbildung gebeten, und in weniger als zwei Wochen hatte er vier Stellen gefunden. Der grundsätzlich pessimistische Lucien hatte die berufliche Bekehrung seines Freundes mit größter Besorgnis verfolgt. Daß das Mittelalter Gefahr lief, einen Forscher zu verlieren, bekümmerte ihn nicht, denn Lucien als einem Historiker, der sich ausschließlich mit der Zeitgeschichte und der Katastrophe von 1914 beschäftigte, war das Mittelalter mehr als egal. Nein, er hatte vor allem gefürchtet, daß Marc sich auf seine neue Arbeit nicht einstellen könnte und wegen der großen Diskrepanz, die die Vorstellung von einer Tätigkeit von ihrer Durchführung trennt, auf die Schnauze fallen würde. Aber ganz im Gegenteil, Marc strengte sich an, und es war bereits ganz offensichtlich, daß er sogar ein wirkliches Interesse daran fand, die jeweiligen Vorzüge verschiedener Pflegemittel zu vergleichen, zum Beispiel die Reinigungswachse für Fliesenböden im Vergleich zu den Reinigungsmitteln ohne Wachszusatz – erstere hatten Marc zufolge eher einen verschmutzenden Effekt.

Marc war mit den Details der Geschichte von Marthe und ihrem Mörder fertig, und jeder war auf seine Weise etwas angespannt angesichts der Vorstellung, diesen Typen verstecken und überwachen zu müssen.

»Wo bringen wir ihn unter?« fragte Mathias pragmatisch.

»Da«, erwiderte Marc und zeigte mit dem Finger auf das kleine Zimmer neben dem großen Raum. »Wo sollte er sonst hin?«

»Wir hätten ihn auch in den Werkzeugschuppen draußen sperren können, mit dem Schloß davor«, schlug Lucien vor. »Es ist ja nicht kalt.«

»Dann würde uns das ganze Viertel beim Hin- und Herlaufen sehen, wenn wir ihm zu essen bringen, und in zwei Tagen hätten wir Besuch von den Bullen«, entgegnete Marc. »Und wie soll er aufs Klo, hast du daran gedacht? Willst du ihm den Eimer ausleeren?«

»Nein«, entgegnete Lucien. »Ich habe nur keine Lust, den Verrückten im Haus zu haben. Es ist nicht unsere Aufgabe, uns hier mit Mördern zu verkriechen.«

»Du scheinst die Situation ganz entschieden nicht richtig zu erfassen«, sagte Marc und wurde etwas lauter. »Marthe ist das Problem. Du willst sie doch nicht in den Knast schicken, oder?«

»Dein Bügeleisen!« bemerkte Mathias.

Marc stieß einen Schrei aus und hob das Eisen hoch. »Da siehst du's, Blödmann. Beinahe hätte ich den Rock von Madame Toussaint verbrannt. Ich habe dir doch schon erklärt, daß Marthe die ganze Geschichte von ihrem Clément glaubt. Sie glaubt an seine Unschuld, und wir haben keine andere Wahl, als das zu glauben, was Marthe glaubt, bis es uns gelingt, sie das glauben zu lassen, was wir glauben.«

»Zumindest ist das jetzt klarer«, seufzte Lucien.

»Kurz«, bemerkte Marc und zog den Stecker aus der Steckdose, »wir quartieren ihn in dem kleinen Zimmer hier unten ein. Das hat Fensterläden, die von außen zugehen. Ich schlage vor, daß Mathias heute nacht die Wache übernimmt.«

»Warum Mathias?« fragte der Pate.

»Weil ich völlig alle bin, weil Lucien von der ganzen Angelegenheit nichts hält und man sich daher nicht auf ihn verlassen kann, während Mathias ein sicherer, mutiger und robuster Mann ist. Er ist der einzige hier, der all das gleichzeitig ist. Es ist besser, wenn *er* den Anfang macht. Wir lösen ihn morgen ab.«

»Du hast mich nicht nach meiner Meinung gefragt«, sagte Mathias. »Aber es ist o. k. Ich schlafe vor dem Kamin. Wenn er ...«

Marc stoppte ihn mit einer Handbewegung.

»Da sind sie«, sagte er. »Sie kommen gerade durchs Tor. Lucien, die Schere an der Wand! Nimm sie da weg, versteck sie. Wir brauchen ihn nicht auch noch zu ermuntern.«

»Das ist meine Schere zum Schnittlauchschneiden«, entgegnete Lucien. »Die hängt da sehr gut.«

»Nimm sie weg!« rief Marc.

»Ich hoffe, dir ist bewußt, daß du ein zwanghafter Angsthase bist, Marc«, sagte Lucien und nahm langsam die Schere ab. »Als Soldat in den Schützengräben hättest du jämmerlich versagt. Aber das habe ich dir ja schon ein paar Mal gesagt.«

Vandoosler der Jüngere war mit den Nerven am Ende. Er ging zu Lucien und packte ihn am Hemdkragen.

»Merk dir ein für allemal«, fauchte er mit zusammengebissenen Zähnen, »daß ich mich zur der Zeit deiner verdammten Schützengräben ins Hinterland verzogen hätte, um's mir mit vier Frauen im Bett gemütlich zu machen. Und was deine Schnittlauchschere angeht: Ich habe keine Lust, sie heute nacht im Bauch irgendeines Mädchens zu sehen. Das wär's.«

»Gut«, sagte Lucien und breitete die Arme aus, »wenn du das so siehst.«

Er öffnete die Anrichte und ließ die Schere hinter einen Stapel Geschirrtücher fallen.

»Die Männer von der Truppe sind heute abend nervös«, murmelte er. »Das muß an der Hitze liegen«.

Vandoosler der Ältere öffnete Kehlweiler und Marthes Schützling die Tür.

»Komm rein«, sagte er zu Louis. »Wir brüllen uns heute abend ein bißchen an, beachte das nicht weiter. Die Ankunft des jungen Mannes erschüttert das Schiff.«

Vauquer hielt den Kopf gesenkt, und niemand machte sich die Mühe, ihn zu begrüßen oder sich vorzustellen. Louis forderte ihn auf, sich zu setzen, indem er ihn mit einer Hand im Rücken zum Tisch führte, und Vandoosler machte sich daran, den Kaffee aufzuwärmen.

Nur Marc ging mit interessiertem Ausdruck auf Clément zu und befühlte mehrfach dessen kurze, dunkelbraune Haare.

»Das ist gut«, sagte er. »Das ist sogar sehr gut, was Marthe mit dir gemacht hat. Zeig mal hinten.«

Der Mann beugte seinen Kopf vor und hob ihn dann wieder.

»Tadellos«, bemerkte Marc. »Sie hat dich auch ein bißchen geschminkt ... Sehr gut. Das ist verdammt gute Arbeit.«

»Die war auch nötig«, sagte Louis. »Wenn du das Phantombild sehen würdest ...«

»Gelungen?«

»Sehr. Solange er nicht einen Zehntagebart hat, verläßt der Typ nicht das Haus. Es wäre klug, wenn wir eine Brille für ihn fänden.«

»Ich habe eine«, sagte Vandoosler. »Eine ziemlich große Sonnenbrille. Die paßt zur Jahreszeit, versteckt gut und tut ihm nicht in den Augen weh.«

Sie warteten schweigend, bis der Pate seine vier Stockwerke hochgestiegen war. Clément Vauquer rührte geräuschvoll im Kaffee, ohne ein Wort zu sagen. Marc hatte den Eindruck, er würde gleich anfangen zu heulen vor Angst, jetzt ohne Marthe, unter lauter Fremden.

Der Pate brachte die Brille, und Marc probierte sie vorsichtig auf Cléments Gesicht aus.

»Mach die Augen auf«, sagte er. »Fällt sie dir auch nicht runter?«

»Wie runterfallen?« fragte Clément zögernd.

»Die Brille.«

Clément schüttelte den Kopf. Er wirkte erschöpft.

»Trink deinen Kaffee aus, ich zeig dir dein Zimmer«, fuhr Marc fort.

Er nahm Clément beim Arm, führte ihn in das kleine Zimmer und zog die Tür hinter sich zu.

»So. Das ist jetzt erst mal dein Zuhause. Versuch nicht, die Fensterläden zu öffnen, sie sind von draußen blockiert. Es braucht dich hier keiner zu sehen. Versuch auch nicht abzuhauen. Willst du etwas zu lesen?«

»Nein.«
»Willst du ein Radio?«
»Nein.«
»Dann schlaf.«
»Ich werd's versuchen.«
»Hör mal ...«, sagte Marc leiser.
Da Clément ihm nicht zuhörte, faßte er ihn an der Schulter.
»Hör mal«, wiederholte er.
Dieses Mal erreichte er seinen Blick.
»Marthe kommt dich morgen besuchen. Das verspreche ich dir. Du kannst jetzt wirklich schlafen.«
»Persönlich?«
Marc wußte nicht, ob die Frage Marthe betraf oder das Schlafen.
»Ja, persönlich«, bestätigte er aufs Geratewohl.
Clément schien erleichtert und rollte sich auf dem kleinen Bett zu einer Kugel zusammen. Etwas betreten ging Marc in den großen Raum zurück. Er wußte im Grunde genommen nicht, was er von dem Typen halten sollte. Mechanisch ging er in sein Zimmer und suchte ihm ein T-Shirt und ein Paar Shorts zum Schlafen. Als er die Tür wieder öffnete, um ihm die Sachen zu bringen, war Clément bereits vollständig angezogen eingeschlafen.
Marc legte die Sachen auf den Stuhl und schloß leise die Tür.
»Das wäre erledigt«, sagte er, als er wieder an dem großen Tisch Platz nahm. »Er schläft persönlich.«
»Anscheinend habe ich ihn mit meiner Fragerei ermüdet«, bemerkte Louis. »Marthe beschuldigt mich, ihm sein gesamtes Hirn zu ruinieren. Ich warte bis morgen, bevor ich weitermache.«
»Was erwartest du noch?« fragte Marc. »Wir sind doch mit allen Fragen durch.«
»Nicht, wenn Marthe recht haben sollte.«
Marc erhob sich, stellte sein Bügeleisen wieder an und nahm ein geblümtes Kleid aus dem Korb.

»Drück dich deutlicher aus«, sagte er und glättete sorgfältig den Stoff auf dem Brett.

»Wenn Marthe recht hat, wenn Clément Vauquer als Prügelknabe dient, dann hat man ihn sich sorgfältig ausgesucht. Wegen seiner Eigenschaft als Trottel, ganz ohne Zweifel, aber nicht nur deswegen. Trottel findet man massenweise in Paris, und es wäre ein bißchen viel Arbeit, einen in Nevers zu suchen und ihm hier ein Hotelzimmer zu mieten. Diese Komplikationen haben nur dann einen Sinn, wenn der Mörder unter allen Trotteln des Landes genau Clément wollte und keinen anderen. Das heißt, daß dieser Mörder ganz bewußt Cléments Talent als Trottel nutzt, daß er zugleich aber einen persönlichen Haß auslebt. Er kennt Clément Vauquer, und er haßt ihn. All das natürlich nur unter der Voraussetzung, daß Marthe recht hat.«

»Apropos Marthe, sie muß ihn morgen besuchen kommen.«

»Das wäre nicht sehr klug«, sagte Louis.

»Ich habe es ihm versprochen, wir müssen das irgendwie hinkriegen. Sonst wird er irgendeine Möglichkeit suchen abzuhauen. Der Typ hält das nicht durch.«

»Er hält das nicht durch!« rief Louis. »Herrgott! Der Typ ist fast dreißig, verdammt!«

»Ich sag's dir, er hält das nicht durch.«

»Und die Sache mit den Mädchen, die er massakriert hat, na? Das hat unser Püppchen ja wohl auch durchgehalten!«

»Wir haben gerade gesagt«, bemerkte Marc und legte das kleine geblümte Kleid zusammen, »daß wir von Marthes Meinung, nein, von ihrer Gewißheit ausgehen. Wenigstens einen Tag lang, wenigstens, um ihn unter dieser Voraussetzung zu befragen. Und du hältst das nicht einmal zwei Minuten durch.«

»Du hast recht«, sagte Louis. »Wir müssen es einen Tag durchhalten. Ich komme ihn morgen gegen zwei Uhr besuchen.«

»Nicht früher?«

»Nein, vormittags gehe ich zum Kommissariat im 9. Arrondissement. Ich möchte mir gern die Fotos noch mal ansehen. Wer hält heute abend Wache?«

»Ich«, sagte Mathias.

»Eine ausgezeichnete Entscheidung«, sagte Louis zustimmend. »Bis morgen.«

»Ich komme noch ein Stück mit«, sagte Marc.

»Sag mal«, fragte Louis zögernd, »ich sehe, daß du Kleider bügelst. Gibt es bei euch eine Frau im Haus, oder was?«

»Wäre das denn so verblüffend?« fragte Lucien von oben herab.

»Nein«, antwortete Louis rasch. »Es ist nur ... wegen ihm, wegen Vauquer.«

»Ich habe gedacht, wir halten ihn für unschuldig«, sagte Lucien. »Also müssen wir uns keine Sorgen machen.«

13

Als sie draußen waren, gingen die beiden Männer schweigend die Straße entlang.

»Also was?« fragte Louis. »Ja oder nein?«

»Nein«, antwortete Marc schroff. »Es gibt keine Frau in der Baracke, auch nicht den Schatten einer Frau, es ist eine wahre Wüste. Das gibt dir aber noch lange nicht das Recht, in den Sand zu spucken.«

»Und die Kleider?«

»Das ist die Wäsche von Madame Toussaint. Ich nehme sie mir zum Bügeln mit nach Hause, das habe ich dir schon gesagt.«

»Stimmt, dein Job.«

»Ganz richtig, mein Job. Hast du irgend was einzuwenden?«

»Was ist eigentlich mit euch los?« fragte Louis und blieb stehen. »Ihr verbringt eure Zeit mit Rumschreien!«

»Wenn du die Baracke meinst, da ist das normal. Wir brüllen uns die ganze Zeit an. Lucien liebt das. Und Mathias rüttelt es ein bißchen auf, so daß wir alle was davon haben; es lenkt uns von unseren Sorgen ab, von unseren Geldgeschichten und unseren Geschichten von Kleidern ohne Frauen drin.«

Louis nickte.

»Glaubst du«, fuhr Marc fort, »daß es auch nur eine Chance gibt, daß die Puppe von Marthe nicht in die Sache verwickelt ist?«

»Es gibt mehr als eine. Warte, ich geh mal zu dem kleinen Brunnen da und komm gleich wieder. Ich muß Bufo naß machen.«

Marc zuckte zusammen.

»Du hast deine Kröte mitgenommen?« fragte er mit schriller Stimme.

»Ja, ich habe sie vorhin geholt. Es nervt sie, ständig in der Stiftablage zu sitzen, und wenn du nur eine Minute darüber nachdenkst, ist das verständlich. Ich muß das Tier ein bißchen an die frische Luft bringen. Ich bitte dich ja nicht darum, sie zu nehmen.«

Marc sah feindselig und angewidert zu, wie Louis seine große, gräuliche Kröte naß machte, ihr ein paar Ratschläge gab und sie wieder in der rechten Tasche seiner Jacke verschwinden ließ.

»Das ist widerlich«, war sein einziger Kommentar.

»Magst du ein Bier?«

Die beiden Männer setzten sich auf die Terrasse eines fast leeren Cafés. Wegen der Krötentasche achtete Marc sorgfältig darauf, sich links von Louis zu setzen. Es war halb zwölf, und ihnen war nicht kalt.

»Ich glaube, Marthes Puppe ist ein echter Trottel«, bemerkte Louis.

»Das denke ich auch«, sagte Marc und hob den Arm, um den Kellner zu rufen.

»In dem Fall wäre er nicht in der Lage, ganz allein die Geschichte von dem Restaurantbesitzer zu erfinden, nicht einmal, um seine Haut zu retten.«

»Ja. Den Typ gibt es.«

»Welchen Typ?«

»Na, den, der das Püppchen steuert«, sagte Marc, der noch immer den Arm erhoben hatte, »der ›Andere‹. Der Mörder. Es gibt ihn.«

»Dein Arm funktioniert nicht«, stellte Louis fest.

»Ich weiß«, erwiderte Marc und ließ ihn auf seinen Oberschenkel fallen. »Ich schaff's nie, den Kellner zu rufen.«

»Mangel an natürlicher Autorität«, vermutete Louis, der seinerseits den Arm hob.

Sofort erschien ein Kellner, bei dem er zwei Bier bestellte. Er wandte sich wieder Marc zu.

»Mir völlig egal«, sagte Marc. »Das beeindruckt mich nicht. Wir waren gerade dabei, daß es den Typen gibt.«

»Sehr wahrscheinlich. Wir können nicht sicher sein. Wenn es ihn gibt, wissen wir ein paar Dinge über ihn: Er kennt Clément Vauquer, er haßt ihn, und er ist kein Serienmörder.«

»Das verstehe ich immer noch nicht.«

Louis verzog das Gesicht und trank einen Schluck.

»Die Erklärung liegt darin, daß der Typ zählt. Er zählt. Die erste Frau, die zweite Frau, die dritte Frau ... Erinnerst du dich, was Vauquer gesagt hat? Der Typ am Telefon hat so geredet ... ›das erste Mädchen‹ ... ›das zweite Mädchen‹ ... Er zählt sie. Und wenn du zählst, dann weißt du, wo du ankommen willst, du erwartest eine bestimmte Gesamtmenge. Sonst brauchst du nicht zu zählen. Es gibt eine Grenze, ein Ziel. Ein Typ, der ein allgemeines Massaker anfängt, macht sich nicht die Mühe zu zählen. Man zählt nicht ins Unendliche, wozu auch? Ich glaube, daß dieser Mörder sich eine genaue Anzahl von Frauen vorgegeben hat, die er ermorden wird, und daß seine Liste ein Ende hat. Er ist kein Serienmörder. Er ist der Mörder einer Serie. Kapierst du den Unterschied. Der Mörder einer abgeschlossenen Serie.«

»Ja«, sagte Marc wenig überzeugt. »Du mißt Lappalien zuviel Bedeutung bei.«

»Zahlen sind nie Lappalien. Außerdem kommt noch hinzu, daß ein Serienmörder keinen Sündenbock angeheuert hätte. Der Typ, der das gemacht hat, rechnete damit, Vauquer für eine begrenzte Zahl von Opfern zu benutzen. Vauquer ist der Prügelknabe für eine Operation, die einen festen Rahmen hat, nicht für eine endlose Metzelei. Wenn jemand hinter ihm steht, so ist er höchst gefährlich und absolut Herr seines Systems. Er hat seinen Sündenbock ausgesucht, und er hat die Frauen ausgesucht. Nicht zufällig, ganz gewiß nicht zufällig. Seine Serie muß einen Sinn haben, damit sie ihren Zweck erfüllt. In seinen Augen, natürlich.«

»Was für einen Sinn?«

»Einen symbolischen Sinn, einen repräsentativen Sinn. Zum Beispiel sieben Frauen zu ermorden, um alle Frauen der Welt zu ermorden. Verstehst du, auch wenn nicht irgendwelche beliebigen Frauen genommen werden können. Sie müssen ein Ensemble bilden, eine Bedeutung, ein Universum.«

Louis trommelte mit den Fingern gegen sein Bierglas.

»Ich glaube, daß es nach diesem System funktioniert«, fuhr er fort, »und wenn du genauer darüber nachdenkst, wirst du sehen, daß es sogar ein sehr einfaches und banales System ist. Paß auf jeden Fall auf: Wir müssen Clément Vauquer unbedingt einsperren, vor allem, wenn er unschuldig ist. Wenn der dritte Mord geschieht, wissen wir dann zumindest, daß dieser Kretin nicht verantwortlich dafür ist. Das ist dann wenigstens was Solides.«

»Befürchtest du wirklich einen dritten Mord?«

»Ja, mein Alter. Der ›Andere‹ hat erst angefangen. Das Problem ist, daß wir weder die Länge noch die Richtung seiner Serie kennen.«

Louis ging zu Fuß nach Hause und erzählte seiner Kröte dabei Geschichten.

14

Am nächsten Vormittag begab sich Kehlweiler bereits um elf zum Kommissariat des 9. Arrondissements. Auf dem Weg hatte er die Morgenzeitungen gekauft und zum Himmel gebetet, daß die »Evangelisten«, wie Vandoosler sie nannte, gut aufgepaßt hatten: Das Phantombild des mutmaßlichen Mörders blickte von allen Titelseiten und war von erschreckender Ähnlichkeit.

Sorgenvoll und mit etwas schwerfälligen Schritten betrat Louis das Kommissariat. Dieses Mal wurde er gebeten zu warten. Loisel schätzte es offenbar nicht, daß er so schnell auf den Fall zurückkam. Louis Kehlweiler hatte, was Ermittlungen anging, den zweifelhaften Ruf eines Maulwurfs, der entschlossen ist, die Gesamtheit aller vor ihm liegenden Tunnel zu erforschen. Wegen der unliebsamen Nebenergebnisse, die eine zu intensive Schnüffelei zeitigen konnte, hatte man es nicht allzu gern, wenn er sich in einen Fall zu verbeißen begann, ohne daß man ihn darum gebeten hätte. Loisel bedauerte vielleicht bereits seine etwas zu spontane Offenheit vom Vortage. Schließlich war Kehlweiler nicht mehr im Ministerium, Kehlweiler war nichts mehr.

Louis dachte über eine Möglichkeit nach, die Sache im Griff zu behalten, als Loisel seine Tür öffnete und ihm bedeutete einzutreten.

»Salut, Deutscher. Ist irgendwas?«

»Ein Detail, das ich mir gerne noch mal ansehen würde, und eine Überlegung, die ich dir gerne mitteilen würde. Danach begebe ich mich ins 19.«

»Nicht nötig«, sagte Loisel lächelnd. »Ich bin ab jetzt für beide Fälle zuständig. Ich koordiniere die gesamte Ermittlung.«

»Ausgezeichnete Neuigkeit. Es ist mir eine Freude, daß ich dir habe einen Gefallen tun können.«

»Wovon redest du?«

»Ich habe mir Sorgen gemacht, daß der Fall in die Klauen deines Kollegen geraten könnte«, sagte Louis ausweichend. »So daß ich mir gestern abend erlaubt habe, ein paar Anrufe beim Ministerium zu tätigen, bei denen ich dich erwähnt habe. Ich bin zufrieden zu hören, daß es genutzt hat.«

Loisel erhob sich und schüttelte Louis mit beiden Händen die Hand.

»Aber das ist doch normal, Alter. Red nicht davon, du würdest nur meine diskreten Beziehungen belasten.«

Loisel machte ein Zeichen stummen Verständnisses und setzte sich strahlend wieder. Louis schämte sich nicht im geringsten. Bullen zu belügen gehörte zur Routine, zu seiner genau wie zu ihrer. All das geschah nur für Marthe.

»Was wolltest du dir noch mal ansehen, Deutscher?« fragte Loisel, der wieder zu dem liebenswerten und kooperativen Mann vom Vortag geworden war.

»Die Fotos der Opfer *in situ* und eine Großaufnahme von der oberen Hälfte des Körpers, bitte.«

Loisel schlurfte zu seinem Metallschrank, dabei verursachte er ein leises Scharren auf dem Linoleum. Scharrend kam er zu Louis zurück und legte die erbetenen Abzüge auf den Tisch. Louis sah sie sich aufmerksam an.

»Da«, sagte er zu Loisel und zeigte auf eines der Fotos, rechts neben den Kopf. »Da, auf dem Teppich, kannst du da nichts erkennen?«

»Doch, ein bißchen Blut auf dem Teppich. Ich weiß, die da ist mein Opfer.«

»Das ist ein Fellteppich, nicht wahr?«

»Ja, eine Art Ziegenfell.«

»Hast du nicht auch den Eindruck, daß eine Hand nahe beim Kopf das Fell durchwühlt hat?«

Loisel runzelte seine hellen Augenbrauen und ging mit dem Foto ans Fenster.

»Meinst du, es wäre an der Stelle stärker verfilzt?«

»Ja, genau das. Zerknittert, verstrubbelt.«

»Das kann gut sein, mein Lieber, aber ein Ziegenfell verstrubbelt nun mal leicht. Ich kann dir nicht folgen.«

»Sieh dir das andere Foto an«, sagte Louis und ging zu ihm ans Fenster, »das Foto von dem ersten Mord. Da, an derselben Stelle, neben dem Kopf, neben dem linken Ohr.«

»Das ist Teppichboden. Was soll man darauf erkennen?«

»Kratzspuren, Reibspuren, als ob der Typ an derselben Stelle auf dem Boden gekratzt hätte.«

Loisel schüttelte den Kopf.

»Nein, mein Lieber, ich sehe nichts. Wirklich.«

»Gut. Vielleicht spinne ich.«

Louis zog seine Jacke an, nahm die Zeitungen und wandte sich zur Tür.

»Sag mir noch, bevor ich gehe: Was erwartet ihr eigentlich genau? Einen dritten Mord?«

Loisel nickte.

»Ganz sicher, wenn wir den Typ nicht vorher schnappen.«

»Warum sicher?«

»Weil er keinen Grund hat aufzuhören, deshalb. Wenn so ein Triebtäter mal loslegt, dann hört er nicht so schnell wieder auf, mein Lieber. Wo? Wann? Keinerlei Fährte. Unsere einzige Chance, die nächste Frau zu retten, ist das hier.«

Er zeigte auf das Phantombild in der Zeitung.

»Unter zwei Millionen Parisern wird doch wohl einer sein, der uns sagt, wo er ist. Mit seiner Trottelvisage kann er sich nicht unbemerkt bewegen. Selbst wenn er sich die Haare fuchsrot färben würde, würde man ihn noch erkennen. Aber es würde mich wundern, wenn er an so was dächte.«

»Ja«, sagte Louis, der froh war, Marthe von fuchsrot abgeraten zu haben. »Und wenn er sich seit Erscheinen des Bildes versteckt?«

»In einem Versteck gibt's immer Leute. Und ich wüßte nicht, wer so behämmert sein könnte, so einen Dreckskerl zu verteidigen.«

»Ja«, wiederholte Louis.

»Außer seiner Mutter natürlich ...«, seufzte Loisel. »Mütter verhalten sich nie wie alle anderen.«

»Ja.«

»Obwohl die Mutter in diesem Fall schon eine komische Nummer gewesen sein muß, damit er so geworden ist. Na ja, ich werd nicht anfangen, ihn zu bedauern, was? Das fehlte gerade noch. Wenn wir Glück haben, ist er heute abend hier in meinem Büro. Du siehst, wegen dem dritten Opfer mach ich mir nicht allzu große Sorgen. Salut, Deutscher, und danke noch mal für ...«

Loisel spreizte die Finger und hielt sie sich wie einen Telefonhörer ans Ohr.

»Nicht der Rede wert«, sagte Louis knapp.

Auf der Straße holte er erst mal tief Luft. Er stellte sich kurz vor, wie Loisel sich anschickte, ihn verfolgen zu lassen, und wie er ihn, ohne irgend etwas zu bemerken, leicht hinkend direkt zur Bruchbude in der Rue Chasle führte. Er malte sich die Begegnung Loisel-Vauquer unter dem Dach eines verkommenen Ex-Bullen und dreier zweifelhafter Evangelisten aus, und dachte, daß das wohl nicht das Allerbeste sei, was seiner Karriere passieren könne. Eine Karriere, die er, wie ihm plötzlich einfiel, eigentlich kürzlich aufgegeben hatte. Er vergewisserte sich, daß ihm keiner von Loisels Leuten auf den Fersen war. Es war ihm nur ein einziges Mal in seinem Leben passiert, daß er eine Beschattung nicht bemerkt hatte.

Er dachte noch mal an die Fotos, während er langsam

zur Bushaltestelle lief. Es war jetzt nicht der Moment und nicht die Zeit, Paris zu Fuß zu durchqueren, und außerdem tat ihm sein Knie weh. Gut und schön, aber da waren doch Spuren neben den Köpfen der beiden Frauen? Was waren das für Spuren? Bei dem ersten Opfer waren sie kaum sichtbar, bei dem zweiten dagegen sehr deutlich. Irgend etwas hatte der Typ neben ihren Köpfen gemacht.

Die Fahrgäste im Bus waren in ihre Zeitung vertieft, prüften das Gesicht von Clément Vauquer und kramten in ihren Erinnerungen. Die Bullen konnten ruhig noch eine Weile warten, bevor sie ihn im Hinterzimmer der Evangelisten ausfindig machen würden. Im Augenblick gab es erst sechs Menschen, die seinen Namen kannten. Nein, acht. Da waren die beiden Prostituierten aus der Rue Delambre. Louis knirschte mit den Zähnen.

15

Gisèle lehnte mit dem Rücken an der Wand ihres Hauses in der Rue Delambre und runzelte ihre dicken Augenbrauen, während sie in die Zeitung sah.

»Scheiße auch«, brummelte sie, »ich irre mich doch nicht. Das ist er. Entschuldige, aber das ist er.«

Gisèle schwankte unter dem Eindruck dieser Überraschung. Sie mußte nachdenken. Der Kleine von Marthe war ja nicht gerade zimperlich. Sie hatte ganz schön was zum Nachdenken.

Ein Kunde näherte sich mit langsamen Schritten. Sie erkannte ihn wieder, sie sah ihn etwa einmal im Monat. Als er in ihrer Nähe war, schüttelte sie ablehnend den Kopf.

»Nicht, daß ich's mir groß erlauben könnte, Leute abzulehnen«, sagte Gisèle, »aber ich kann nicht. Da mußt du wiederkommen.«

»Warum? Wartest du auf einen anderen?«

»Ich kann nicht, sag ich dir!« sagte Gisèle lauter.

»Warum kannst du nicht?«

»Weil ich nachdenke!« brüllte Gisèle.

Anstelle einer Antwort ging der Typ seltsamerweise sofort wieder weg. Komisch, sagte sich Gisèle, Männer mögen denkende Frauen nicht allzusehr. Und da haben sie gar nicht unrecht, denn wenn ich denke, darf man mich nicht nerven.

Die junge Line, die Gisèle hatte schreien hören, war von ihrer Straßenecke herübergekommen.

»Hast du Ärger, Gisèle?«

»Nein, ich hab keinen Ärger. Lieb von dir, aber wenn ich dich brauche, meld ich mich bei dir.«

»Sag mal, Gisèle«, fuhr Line fort, »ich denke da seit heute morgen über eine merkwürdige Sache nach.«

»Denk nicht zuviel nach, das verscheucht die Kundschaft.«

»Hast du nicht in die Zeitung gesehen?«

»Wie, die Zeitung? Doch, hab ich. Und weiter?«

»Der Typ, den sie wegen dem Mord an den beiden Mädchen suchen ... Hast du dir den angesehen?«

»Hm, ja.«

»Sagt er dir nichts?«

»Nein«, sagte Gisèle nachdrücklich.

»Aber Gisèle, denk doch mal nach ... Das ist der Typ von neulich, der Akkordeonspieler, der die alte Marthe gesucht hat. Ich schwör's dir!«

»Schwör nicht! Das ist nicht gut.«

Gisèle schlug heftig noch einmal die Zeitung auseinander und besah sich das Phantombild.

»Aber nein, meine kleine Line, das ist er nicht. Entschuldige, aber das ist er überhaupt nicht. Er hat auch so einen scheelen Blick, ja, das bestreite ich gar nicht, aber ansonsten haben die beiden überhaupt nichts miteinander zu tun. Nicht das Geringste. Entschuldige.«

Von der Sicherheit der dicken Gisèle verwirrt, sah Line sich erneut das Bild an. Aber sie war doch nicht beknackt. Das war doch derselbe Typ! Und Gisèle, die immer recht hatte, Gisèle, die ihr alles beigebracht hatte ...

»Na, was ist?« Gisèle nahm das Gespräch wieder auf. »Du wirst doch nicht auf ewig wie versteinert diesen Kerl anstarren, wie?«

»Aber das ist er doch ... Gisèle?«

»Das ist er nicht, merk dir das, und jetzt ist Schluß.« Gisèle fuchtelte mit ihrem Finger vor Lines Gesicht herum und fuhr fort:

»Denn der Typ, den wir neulich gesehen haben, ist der Junge von der alten Marthe. Du kannst dir doch wohl nicht vorstellen, daß der Junge von der alten Marthe, von einer Kapazität im Viertel, loszieht und mit all der Erziehung, die er abgekriegt hat, hier die Mädels abmurkst? Oder?«

»Nein«, sagte Line.

»Na also, du siehst selbst, daß du Blödsinn redest.«

Da Line schwieg, setzte Gisèle in ernsterem Ton nach.

»Sag mal, meine kleine Line, du überlegst dir nicht zufällig gerade, einen Unschuldigen den Bullen auszuliefern, na?«

Line sah Gisèle etwas besorgt an.

»Deine Arbeit könntest du dann nämlich ziemlich schnell vergessen. Wenn du also unter dem Vorwand, daß du ein Huhn nicht von einer Ente unterscheiden kannst, alles verlieren willst, dann mach nur, du bist volljährig.«

»O. k., Gisèle. Aber schwörst du mir, daß das nicht derselbe Typ ist?«

»Ich schwöre nie.«

»Aber es ist wirklich nicht derselbe?«

»Nein, es ist nicht derselbe. Gib mir jetzt deine Zeitung, die bringt dich nur auf dumme Gedanken.«

Gisèle sah der kleinen Line nach, die sich entfernte. Das Mädchen würde stillhalten. Aber kann man bei den jungen Dingern je sicher sein? Sie würde sie streng überwachen müssen.

16

Als Louis zu der Bruchbude in die Rue Chasle eilte, fragte er sich, ob vielleicht zufällig noch etwas von dem Gratin des Vorabends übrig sein würde. Vandoosler der Ältere schien vom Kochen was zu verstehen, und es war Ewigkeiten her, seit er sein letztes Gratin gegessen hatte. Denn Gratin ist zwangsläufig ein Gemeinschaftsessen. Und wenn man allein ist, kann man nicht darauf hoffen, in Gemeinschaft zu essen.

Gewiß, der Hausstand der drei Typen, die sich mit fast Vierzig mit dem alten Onkel Vandoosler diese Bruchbude teilten, konnte nicht unbedingt als Modell für eine erfüllte Existenz gelten. Darüber hatte er oft lächeln müssen. Aber vielleicht täuschte er sich. Denn in Wahrheit hatte sein Leben als Kriminalist auf eigene Faust, Bismarck-Übersetzer und Schuhordner auch nichts Modellhaftes. Sie teilten wenigstens die Miete, jeder hatte sein eigenes Stockwerk, sie waren nicht allein, und zu allem Überfluß aßen sie auch noch Gratin. Wenn er darüber nachdachte, war das gar nicht so blöd. Und niemand hatte gesagt, es sei für immer. Louis neigte zu der Vermutung, daß Mathias der erste wäre, der mit einer Frau die Baracke verlassen würde. Aber womöglich wäre es vielleicht sogar der Alte.

Es war nach eins, als er an die Tür klopfte. Lucien ließ ihn eilig herein. Er war mit Küchendienst dran und beeilte sich, mit dem Abwasch fertig zu sein, bevor er zu seinem Unterricht ging.

»Habt ihr schon alle gegessen?« fragte Louis.

»Ich habe Unterricht um zwei. Donnerstags beeilen wir uns immer.«

»Ist Marc da?«

»Ich rufe ihn.«

Lucien packte den Besenstiel und klopfte zweimal an die Decke.

»Was ist das für ein System?« fragte Louis etwas erstaunt.

»Das ist das interne Radiokommunikationssystem. Ein Schlag für Mathias, zwei Schläge für Marc, drei Schläge für mich, vier für den Alten, und sieben bedeuten allgemeine Einberufung vor dem Aufbruch an die Front. Wir können nicht ständig die Treppen rauf- und runterlaufen.«

»Aha«, sagte Louis, »das wußte ich noch nicht.«

Dabei betrachtete er einen Teil der Gipsdecke, der mit kleinen Eindruckstellen übersät war.

»Natürlich verursacht das Schäden im Putz«, bemerkte Lucien. »Kein System ist vollkommen.«

»Und Vauquer? Wie ging das? Keine Verwicklungen?«

»Nicht die geringste. Haben Sie das Porträt in der Zeitung gesehen? Die haben den Typ ja wirklich gut getroffen. Heute mittag hat er hier mit uns gegessen, aber bei geschlossenen Läden. Bei der Hitze fällt das den Nachbarn gar nicht auf. Jetzt ruht er sich aus. Persönliche Mittagsruhe, hat er gesagt.«

»Erschreckend, was der Typ schlafen kann.«

»Meiner Meinung nach ist er ein Nervöser«, sagte Lucien und zog seine Küchenschürze aus.

Man hörte, wie Marc die Treppe herunterkam.

»Ich verschwinde«, sagte Lucien und band seine Krawatte enger. »Ich muß den jungen Köpfen die Katastrophen unseres zwanzigsten Jahrhunderts erklären. *Soviel Staub im Kopf eines Kindes …*«, fügte er murmelnd hinzu.

In Windeseile verließ er den Raum und grüßte Marc im Vorbeigehen. Louis hatte sich nachdenklich hingesetzt. Die Baracke erschütterte immer ein wenig seine Maßstäbe für Normalität.

»Er schläft«, sagte Marc leise und zeigte auf die Tür zu dem kleinen Zimmer.

»Ich weiß«, sagte Louis, ganz automatisch ebenfalls flüsternd. »Bei euch ist gestern abend nicht zufällig was übriggeblieben?«

»Wie, übriggeblieben?« fragte Marc überrascht.

»Gratin.«

»Ach, von dem Gratin. Doch, im Kühlschrank ist noch eine große Portion. Soll ich dir was warm machen?«

»Gern«, sagte Louis mit einem befriedigten Seufzen.

»Magst du einen Kaffee dazu? Ich mach welchen.«

»Gern«, wiederholte Louis.

Er sah sich um. Ja, der große Raum mit seinen hohen Rundbogenfenstern hatte etwas Klösterliches. Heute, im Dämmerlicht, das durch die Ritzen der geschlossenen Läden drang, und bei dem Flüstern ihrer Stimmen war dieser Eindruck noch stärker.

»Es ist im Ofen«, sagte Marc. »Hast du die Zeitung gesehen?«

»Ja, habe ich.«

»Die arme Marthe wird sich ganz schön Sorgen um ihr Püppchen machen. Ich werde sie gleich nach dem Putzen holen. Dann holen wir auch das Akkordeon.«

»Kommt gar nicht in Frage, daß er hier spielt, Marc.«

»Ich weiß. Es ist nur für die Stimmung.«

»Weck ihn. Wir haben keine Zeit zu verlieren.«

Marc betrat leise das Zimmer, aber Clément schlief nicht. Er lag auf dem Bett, die Arme ausgestreckt, und sah auf das geschlossene Fenster.

»Komm«, sagte Marc. »Wir werden noch mal reden.«

Clément setzte sich Louis gegenüber, die Beine unter seinen Stuhl geklemmt, die Füße um die Stuhlbeine geschlungen. Marc brachte den Kaffee und stellte Louis das Gratin hin.

»Dieses Mal wirst du uns helfen müssen, Clément«, sagte Louis. »Und zwar hiermit«, fügte er hinzu und zeigte auf seine Stirn. »Hast du dein Gesicht in den Zeitungen gesehen? Ganz Paris ist hinter dir her. Ganz

Paris, bis auf sechs Menschen: einer, der dich liebt, und fünf, die versuchen, dir zu glauben. Kannst du mir folgen?«

Clément nickte.

»Clément, wenn du mir nicht folgen kannst, gib mir ein Zeichen. Zögere nicht, es ist nichts dabei, wie Marthe sagen würde. Die Erde ist voll von schrecklich intelligenten Typen, die dabei richtige Dreckskerle sind. Wenn du was nicht verstehst, heb die Hand. So.«

Clément nickte erneut, und Louis nutzte die Pause, um ein paar Happen Gratin hinunterzuschlingen.

»Hör zu«, fuhr Louis mit vollem Mund fort. »Da gibt es, klein a, einen Typen, der dir eine Arbeit aufträgt. Aber das war, klein b, eine große Mannschaft.«

»Machenschaft«, sagte Clément.

»Machenschaft«, wiederholte Louis und dachte sich, daß Clément schneller lernte, als gedacht. »Klein c, du riskierst jetzt, anstelle dieses Typen verurteilt zu werden. Dieser Typ ist der Typ, der dich in Nevers angerufen hat, und der Typ, der dich im Hotel angerufen hat. Denk nach. Kanntest du seine Stimme?«

Clément legte den Finger an die Nase und senkte den Kopf. Louis aß.

»Nein. Nicht persönlich.«

»War es die Stimme eines Unbekannten?«

»Ich weiß nicht. Ich selbst hab ihn nicht erkannt, aber ob es wirklich ein Unbekannter war, das weiß ich nicht.«

»O. k. Laß es sein. Klein c ...«

»Klein c hattest du schon«, flüsterte Marc. »Du bringst ihn durcheinander.«

»Mist«, sagte Louis. »Klein d: Es kann sein, daß dieser Typ dich kennt und dir etwas auf den Tod übelnimmt.«

Clément zögerte, dann hob er die Hand.

»Klein d«, wiederholte Louis geduldig, »es ist möglich, daß dieser Typ dich absichtlich ärgert, weil er dich haßt.«

»Ja«, sagte Clément, »ich verstehe.«

»Also, klein e: Wer haßt dich?«

»Niemand«, erwiderte Clément sofort, den Finger

wieder an seiner Nase. »Ich habe auch ebenfalls ganz persönlich die ganze Nacht darüber nachgedacht.«

»Ach? Du hast darüber nachgedacht?«

»Ich habe an die Stimme vom Telefon gedacht und daran, wer mir Böses tut.«

»Und du sagst, daß niemand dir übelwill?«

Clément hob die Hand.

»Daß niemand dich haßt?«

»Niemand. Außer vielleicht ... Es sei denn ... da gibt es vielleicht meinen Vater.«

Louis stand auf, ging zur Spüle und wusch seinen Teller ab.

»Dein Vater? Das ist nicht dumm, was du sagst. Wo ist dein Vater?«

»Er ist seit vielen Jahren tot.«

»Gut«, sagte Louis und setzte sich wieder. »Und deine Mutter?«

»Sie ist in Spanien im Ausland.«

»Hat dein Vater dir das gesagt?«

»Ja. Sie hat uns verlassen, als ich noch nicht geboren war. Aber sie liebt mich, das Gegenteil von meinem Vater. Sie ist in Spanien. Die Stimme am Telefon ist ein Mann.«

»Ja, ich weiß, Clément.«

Louis warf Marc einen etwas entmutigten Blick zu.

»Wir machen es anders«, schlug Louis vor. »Sag mir, wo du gelebt hast, nachdem du Marthe verlassen hast.«

»Mein Vater hat mich nach Nevers in eine Schule geschickt.«

»Kein Ärger mit der Schule?«

»Aber nein, gar kein Ärger. Ich bin nicht hingegangen.«

»Erinnerst du dich, wie die Schule hieß?« fragte Louis und zog einen Kuli hervor.

»Ja. Die Schule von Nevers.«

»O. k.«, sagte Louis und steckte den Kuli wieder weg. »Hast du dort das Musizieren gelernt?«

»Danach. Ich war persönlich sechzehn geworden, folgsam habe ich die Schule verlassen.«

»Und wo warst du dann?«

»Ich bin fünf Jahre hinweg zum Gärtner geworden, im Institut Merlin.«

»In Nevers?«

»Ganz in der Nähe von Nevers.«

»Das Institut Merlin, sagst du? Was ist das für ein Institut?«

Clément hob seine Arme zum Zeichen der Unkenntnis.

»Für Unterricht«, sagte er. »Ein Institut für Unterricht für Schüler, für große Schüler, für Erwachsene. Und drumherum ist ein Park, was mich angeht, wo ich zweiter Gärtner war.«

»Und da gab's auch keinen Ärger?«

»Nein, keinen Ärger.«

»Denk gründlich nach. Wie waren die anderen zu dir? Nett?«

»Nett.«

»Nie eine Prügelei?«

Clément schüttelte lange den Kopf.

»Nein«, sagte er. »Ich hasse die persönliche Prügelei. Mir ging es gut da, sehr gut. Monsieur Henri hat mir das Akkordeon beigebracht.«

»Wer war das?«

»Der Lehrer für ...«

Clément zögerte und drückte sich die Nase.

»Wirtschaft«, sagte er. »Ich bin auch zum Unterricht gegangen, wenn es geregnet hat.«

»Was für Unterricht?«

»Unterricht für alles. Es gab ständig Unterricht. Ich bin durch die Tür von hinten reingegangen.«

Clément sah Louis aufmerksam an.

»Aber ich habe nicht alle Wörter verstanden«, sagte er.

»Und auch da kein einziger Feind?«

»Nein, nichts.«

»Und dann, nach dem Institut Merlin?«

»Das war nicht mehr wie vorher ... Ich habe in allen

Gärten von Nevers gefragt, aber sie hatten schon ihren Gärtner. Da habe ich Akkordeon gespielt. Das tue ich seit meinen einundzwanziger Jahren.«

»Auf den Straßen?«

»Überall, wo Menschen was geben. Man kennt mich persönlich in Nevers, ich spiele in den Cafés, oder man mietet mich am Samstag. Ich habe Geld für mein Zimmer und für alles, was nämlich ein Mann braucht zum Leben.«

»Gab es Prügeleien?«

»Keine Prügeleien. Ich mag keine Prügeleien, ich selbst habe nie welche. Ich lebe ruhig, und das Akkordeon auch. Das ist gut. Mir war Gärtnern bei Merlin lieber.«

»Aber warum bist du dann dort weggegangen?«

»Na, wegen der Vergewaltigung von dem Mädchen im Park.«

Louis fuhr auf.

»Wegen der Vergewaltigung von einem Mädchen? Hast du ein Mädchen vergewaltigt?«

»Aber nein.«

»Hat es eine Schlägerei gegeben?«

»Aber nein, nicht einmal eine Schlägerei. Ich habe den kalten Wasserschlauch genommen, und ich habe die Typen bespritzt, so wie mit den Hunden, wenn man sie auseinanderbringen will. Das bringt sie sehr gut auseinander. Das Wasser war eiskalt.«

»Mit wem hast du das gemacht?«

»Na, mit den widerlichen Typen, die die Frau vergewaltigt haben, und mit den anderen, die sie gehalten haben. Ich hab das mit dem Schlauch gemacht, mit dem Gärtnerschlauch. Das Wasser war eiskalt.«

»Und ... sag mir ... haben sich die Typen darüber gefreut?«

»Aber nein! Das Wasser war eiskalt, und sie hatten nackte Oberschenkel, und auch einen nackten Hintern. Das ist ganz schön kalt, nämlich die Temperatur auf der Haut. Und dann hat sie das von der Frau getrennt. Einer wollte mich umbringen. Zwei sogar.«

Tiefe Stille lastete im Raum, während Louis sich immer wieder mit der Hand durchs Haar fuhr. Ein Sonnenstrahl drang durch die Fensterläden auf den Holztisch. Louis folgte ihm mit einem Finger. Marc beobachtete ihn. Seine Lippen waren zusammengepreßt, seine Züge ein wenig angestrengt, aber das Grün seiner Augen war deutlich und klar. Marc wußte ebenso wie Louis, daß sie auf Land gestoßen waren. Vielleicht war es Schlick, vielleicht waren es Klippen, aber es war Land. Selbst Clément schien etwas zu dämmern. Er sah sie abwechselnd an, dann gähnte er plötzlich.

»Du bist doch hoffentlich nicht müde?« fragte Louis besorgt, während er erneut Kuli und Papier hervorholte.

»Ach, es geht«, antwortete Clément würdevoll, als ob er vor dem Abend noch einen Gewaltmarsch von zwanzig Kilometern vor sich hätte.

»Halt persönlich gut durch«, sagte Louis im selben Ton.

»Ja«, erwiderte Clément und richtete sich auf.

17

Clément redete mehr als eine Stunde, und mitunter recht gewandt. Die Geschichte hatte er damals bereits mehrfach der Polizei erzählen müssen, er erinnerte sich an ganze Satzblöcke, die er bereits verwendet hatte, was ihm die Aufgabe erleichterte. Manchmal stockte der Dialog, wie ein Auto, das rumpelt, sei es, daß Louis Clément nicht mehr verstand, sei es, daß Clément die Hand hob, um Louis zu zeigen, daß er ins Schwimmen geraten war. Das Gespräch verlief also häufig in Rückwärtssprüngen, wobei der eine wie der andere mit der gleichen Geduld die Punkte wieder aufnahm, die ausgelassen worden waren. Die Rekonstruktion der Geschichte war mühselig, aber trotz der Löcher, die Clément nicht zu füllen vermochte, hatte Louis am Ende eine ziemlich klare Vorstellung. Ihm fehlten allerdings einfache Dinge wie Daten, Orte, Namen.

Louis besah sich seine Notizen.

So war es zum Beispiel unmöglich gewesen, herauszufinden, ob es sich um April oder Juni handelte, in jedem Fall aber war es ein lauer Monat gewesen, kurz bevor Clément aus dem Institut entlassen worden war. Es war also im Frühling vor neun Jahren geschehen. Clément, der bei offenem Fenster in einem Zimmer über der Garage schlief, hatte ziemlich weit entfernt im Park Schreie gehört. Er war in Richtung der Schreie gerannt, die immer leiser wurden, und hatte drei Männer entdeckt, die brutal über eine Frau hergefallen waren. Zwei hielten sie fest, der dritte lag auf ihr. Die Nacht war ziemlich klar, aber die drei Typen hatten ihre Gesichter unter Strumpfmasken versteckt. Die Frau hatte er erkannt, sie unterrichtete am Institut. Clément wußte ihren Namen nicht mehr. Er hatte sofort an das Wasser gedacht und war zum Wasseranschluß gerannt, der diesen Teil des Parks versorgte. Nachdem er den Schlauch abgewickelt hatte und wieder zurückgerannt war, hatte er den Eindruck, daß der Typ auf der Frau nicht mehr derselbe war. Er hatte den Wasserstrahl auf stärksten Druck gestellt und auf die Typen »geschossen«. Das Wasser war eiskalt, darauf hatte Clément ungefähr fünfzehn Mal hingewiesen. Und mit großer Befriedigung hatte er Louis auch erklärt, daß es sich um einen mächtigen Wasserstrahl gehandelt habe, der für den Rasen im Park vorgesehen sei, ein äußerst scharfer Strahl, der sehr weh tat, wenn man ihn auf kurze Entfernung abkriegte. Die Wirkung auf die halbnackten Männer war beeindruckend gewesen. Sie hatten von der Frau abgelassen, die sofort in eine Ecke gekrochen war und sich zusammengekauert hatte, sie hatten gebrüllt und geschimpft und versucht, ihre klatschnassen Hosen hochzuziehen. Clément erklärte Louis, daß das gar nicht einfach sei, eine zusammengeschrumpelte, tropfende Hose wieder anzuziehen. Clément hatte wütend weitergespritzt. Einer der Typen war wutentbrannt auf ihn zugekommen, um ihn zusammenzuschlagen und umzubringen, er hatte wild geschrien, aber Clément hatte den Wasserstrahl direkt auf seine Strumpfmaske gerichtet, und der Typ hatte losgeheult. Clément hatte die Gelegenheit genutzt und ihm die Strumpfmaske heruntergezogen, und der Typ hatte sich die halb hochgezogene Hose festgehalten und war den anderen beiden gefolgt, nicht ohne sich unaufhörlich umzudrehen und ihn zu beschimpfen. Danach hatte Clément den Wasserstrahl abgestellt und war zu der Frau gegangen, die wimmernd auf der Erde lag, »ganz schmutzig«, hatte Clément gesagt. Man hatte sie geschlagen, sie blutete an der Stirn und zitterte. Er zog sein T-Shirt aus und legte es auf sie, um sie zu bedecken, dann aber wußte er nicht weiter. Erst in dem Moment ergriff ihn panische Angst, da er nicht mehr wußte, wie er sich verhalten sollte. Bei den drei Dreckskerlen, dem Schlauch und dem Wasser war das einfach. Aber gegenüber der Frau war er hilflos. In dem Augenblick kam der Direktor des Instituts angerannt – Clément kannte seinen Namen, Merlin, das war leicht, genau wie das Institut. Als er Clément allein neben der brutal mißhandelten Frau sah, glaubte er sofort, Clément habe sie vergewaltigt, was die Bullen zunächst auch eine ganze Zeitlang glaubten, da Clément der einzige Zeuge war. Der Direktor watete durch den aufgeweichten Rasen, hob die Frau hoch und forderte Clément auf, ihm zu helfen, sie bis zu seinem Haus zu transportieren. Und zwar leise, es sei nicht nötig, die Studenten in Scharen anzulocken. Vor dort aus riefen sie die Polizei und einen Rettungswagen für die junge Frau, der sie ins Krankenhaus fuhr. Die Polizei nahm auch Clément mit und behielt ihn mindestens zwei Stunden da, bevor sie ihn gehen ließen. Er durfte die Stadt nicht verlassen.

Aber in der Nacht – und in diesem Moment zeigte Clément bei seinem Bericht Zeichen großer innerer Erregung – war die Frau gestorben. Und am nächsten Morgen hatte man einen der Studenten des Instituts ertrunken in der Loire gefunden. Man hatte Clément kommen lassen. Der Ertrunkene war genau der Typ, dem er die Maske abgerissen hatte. Damals hatte er den Namen noch gewußt, ein großer Junge, der es immer wieder geschafft hatte, ihn zu piesacken. Hervé irgendwas. Jetzt kam er nicht mehr auf den Familiennamen. Posselet, Rousselet, irgend so was. Die Polizei hatte daraus geschlossen, der Typ, dieser Hervé, habe sein Opfer im Krankenhaus ermordet, da er sich erkannt wußte, und dann Clément aus dem Weg räumen wollen. Schließlich, so die Folgerung der Polizei, hatte er aber nicht durchgehalten und war in die Loire gesprungen.

Danach hatte Merlin, der Direktor, Clément klargemacht, daß es für das Institut besser sei, das ganze Drama zu vergessen, und er sich anderswo Arbeit suchen müsse. Er hatte einen langen Brief aufgesetzt, in dem stand, daß Clément ein sehr guter Gärtner sei.

»Ich war sehr niedergehauen, als ich gegangen bin«, sagte Clément. »Und der Direktor war auch sehr niedergehauen. Wir haben uns gut verstanden.«

»Und die beiden anderen Vergewaltiger? Hattest du eine Ahnung von ihrer Identität?«

Clément hob die Hand.

»Wußtest du, wer sie waren?«

»Ich konnte sie nicht erkennen, wegen ihrer Masken. Der Kleinere, der als erster weggerannt ist, weil er noch die Hosen anhatte ...«

Clément schüttelte langsam den Kopf.

»Ich habe keine persönliche Ahnung«, sagte er bedauernd. »Er war alt, ein Alter von mindestens fünfzig.«

»Das heißt, er wäre heut sechzig«, sagte Louis, der sich noch immer Notizen machte. »Wie kommst du darauf, daß er alt war?«

»Das kurze Hemd. Er hatte so ein Hemd wie alte Männer, mit einem Unterhemd drunter.«

»Wie hast du mitten in der Nacht sein Unterhemd sehen können?«

»Aber doch wegen dem Wasser«, sagte Clément und sah Louis an, als hätte er es mit einem Trottel zu tun. »Das Wasser macht alles durchsichtig.«

»Ja. Entschuldigung. Und der andere?«

»Der andere hatte die Hose runter«, sagte Clément mit einem gemeinen Lächeln. »Ich hab ihn gehaßt. Und als ich ihm selbst auf den Bauch gesprengt habe, hat er unter seiner Strumpfmaske geschrien: ›Du wirst den Sohn schon noch bekommen! Du wirst den Sohn schon noch bekommen!‹ Das habe ich nicht verstanden.«

»›Du wirst deinen Lohn schon noch bekommen!‹«, schlug Louis vor.

»Ich seh keinen Unterschied.«

»Das bedeutet, daß er dir übelwollte.«

Clément hob die Hand.

»Das bedeutet, daß er dich gehaßt hat«, wiederholte Louis.

»Ich habe ihn auch gehaßt«, sagte Clément schroff.

»Hast du ihn erkannt? Selbst unter der Maske?«

»Oh ja«, erwiderte Clément wütend. »Er hatte sein altes dreckiges Polohemd an, das beige, und es war seine widerliche Stimme.«

In dem Moment verzog sich das kleine, unsympathische Gesicht von Clément, der sich zu Louis beugte, vor Abscheu. Der junge Mann sah noch unangenehmer aus. Louis wich leicht zurück. Clément legte ihm eine Hand auf die Schulter.

»Der andere Mann«, fuhr er fort und klammerte sich an Louis fest, »war der ›Schnitter‹!«

Clément stand plötzlich auf und preßte beide Hände auf den Tisch.

»Der ›Schnitter‹!« schrie er. »Und niemand hat mir selbst geglaubt! Sie haben gesagt, es gibt keine Geleise ...«

»Keine Beweise«, sagte Louis.

»Und sie haben ihm nichts getan, nichts! Nach all den Rinden, die er kaputtgemacht hat, und dann auch noch die Frau!«

Louis war ebenfalls aufgestanden und versuchte, Clément zu beruhigen, der rote Flecken im Gesicht bekommen hatte. Louis drückte ihn schließlich mit Gewalt auf den Stuhl, was nicht sehr schwer war, und hielt ihn, an die Rückenlehne gedrückt, fest.

»Und wer ist der Typ?« fragte Louis mit fester Stimme.

Dieser entschiedene Ton und die beiden Hände, die auf seine Schultern drückten, schienen Clément zu beruhigen. Er mahlte mit den Kiefern.

»Der Chefgärtner«, sagte er schließlich, »das Ungeheuer der Bäume. Maurice und ich selbst haben ihn den ›Schnitter‹ genannt.«

»Wer ist Maurice?«

»Na, der andere Junge, der sich um die Gewächshäuser gekümmert hat.«

»Ein Kumpel?«

»Ja doch.«

»Was hat der Schnitter gemacht?«

»Das hier«, sagte Clément, entwand sich Louis' Händen und stand auf. Dann ahmte er mit der rechten Hand die Schnittbewegung einer Gartenschere nach, indem er die Finger streckte und wieder beugte, während er seine Geste mit kurzen, wiederholten Geräuschen begleitete. »Tschik, tschik.«

»Er hat die Pflanzen mit der Gartenschere geschnitten«, sagte Louis.

»Ja«, erwiderte Clément und umkreiste den Tisch, »er ging ständig mit dieser scharfen Schere umher, die schneidet. Tschik, Tschik. Er hat nichts anderes gemocht im Leben. Tschik, Tschik. Wenn er bei den Pflanzen nichts zu schneiden hatte, dann hat er ins Leere geschnitten, er hat die Luft geschnitten. Tschik.«

Clément hielt mit ausgestreckter Hand inne, kniff seine ausdruckslosen Augen zu und sah Louis an.

»Maurice und ich selbst haben Baumstämme gefunden, die viele Einschnitte in der Rinde hatten, von dieser Schere. Die Bäume haben so gelitten. Tschik. Tschik. Tschik. Er hat viele Bäume kaputtgemacht. Er hat sogar junge Apfelbäume umgebracht, weil er ihnen die Rinde kaputtgeschnitten hat.«

»Bist du sicher, was du da sagst?« fragte Louis und hielt Clément bei seinem Gang um den Tisch mit einer Hand auf.

»Es waren Schnitte von der Schere. Tschik. Und er hatte sie immer persönlich in seiner Hand. Aber ich habe keine Geleise gehabt, keine für die Bäume und keine für die Frau. Aber die Stimme, die er auf mich geschrien hat, war bestimmt seine selbst, ganz sicher.«

Louis dachte ein paar Momente nach, während er ebenfalls begann, um den Tisch herumzulaufen.

»Hast du ihn seitdem wiedergesehen?«

»Nicht persönlich.«

»Würdest du ihn wiedererkennen?«

»Na klar, ja.«

»Du sagst, daß du ihn an der Stimme erkannt hast. Und was war mit der Stimme am Telefon, in Nevers und in Paris? Könnte das seine gewesen sein?«

Clément hörte mit seinem Rundgang auf und drückte seinen Nasenflügel.

»Na? Du hast ein gutes Gehör, und du kennst seine Stimme. War er das am Telefon?«

»Das Telefon verändert alles«, sagte Clément abweisend. »Die Stimme ist nicht mehr in der Luft, die Stimme ist im Plastik. Man kann das gar nicht einmal sagen, wer es ist.«

»Könnte er es gewesen sein?«

»Ich kann es nicht sagen. Ich hab nicht einmal an ihn gedacht, als die Stimme im Telefon geredet hat. Ich habe an den Wirt von dem Restaurant gedacht.«

»Und du hast ihn neun Jahre nicht mehr gehört ... Weißt du den Namen von ... von dem ›Schnitter‹?«

»Hm, nein. Ich weiß nicht mehr.«

Louis seufzte entnervt. Abgesehen von dem Namen des Direktors und eines der Vergewaltiger war Clément kein einziger Name im Gedächtnis geblieben. Aber man durfte nicht ungerecht sein: Er war in der Lage gewesen, eine komplette und zusammenhängende Geschichte zu schildern, die immerhin schon einige Jahre zurücklag. Es würde viel Arbeit machen, sie vollständig zu rekonstruieren, vorausgesetzt, Clément hatte die Wahrheit gesagt, was Louis allerdings glaubte.

Er faltete seine Notizen säuberlich zusammen und steckte sie in die Tasche. Er versuchte sich vorzustellen, was eine Bestie empfinden mochte, die während einer Vergewaltigung von einem mächtigen, eiskalten Wasserstrahl getroffen wird. Schmerz, Erniedrigung, Wut. Durch Kaltwasserbehandlung gebrochene Männlichkeit – der Typ hatte nicht den geringsten Grund, dem anderen wohlzuwollen. In einem etwas primitiven Geist können Haß und Rachegefühle ziemlich lange schwelen. Louis war noch nie einem so albernen und zugleich so offensichtlichen Motiv begegnet.

Er wandte den Kopf und lächelte Clément an.
»Du kannst jetzt schlafen, wenn du magst.«
»Ich bin nicht müde«, sagte Clément wider Erwarten.
Als er gehen wollte, bemerkte Louis, daß niemand da war, um Clément zu beaufsichtigen. Solange man sich nicht sicher war, durfte man nicht das geringste Risiko eingehen, ihn abhauen zu lassen. Er überlegte, ob er schnell bis ins Dachgeschoß hochsteigen sollte, um nachzusehen, ob Vandoosler der Ältere da sei, aber er wagte es nicht, Clément auch nur für drei Minuten allein zu lassen. Sein Blick fiel auf den Besenstiel, der an der Wand lehnte, seitdem Lucien Marc gerufen hatte. Er zögerte. Dieses Ding zu benutzen schien ihm irgendwie gefährlich, als könne er sich anstecken, als riskiere er damit, einen Teil seiner mentalen Unversehrtheit zu verlieren. Aber in dieser Baracke hatte man ja kaum die Wahl.
Louis packte den Besenstiel und schlug viermal an die Decke. Dann lauschte er aufmerksam und hörte das Schlagen einer Tür. Der alte Bulle kam herunter. Mochte man sagen, was man wollte: das System funktionierte tadellos.
Louis stoppte Vandoosler auf dem Treppenabsatz.
»Kann ich dir die Überwachung von Clément anvertrauen, bis die anderen zurückkommen?«
»Natürlich. Hast du was rausgekriegt?«
»Es könnte sein. Sag Marc, daß ich morgen kurz nach Nevers fahre. Ich ruf ihn heute abend an. Kann man euch immer noch über das Café an der Ecke erreichen?«
»Ja, bis elf Uhr abends.«
Louis sah nach, ob er auch die Nummer bei sich hatte, und gab dem alten Bullen die Hand.
»Bis bald. Paßt gut auf ihn auf.«

18

Louis war um sieben Uhr aufgestanden, ungewöhnlich früh für seine Verhältnisse, und als sein Wagen sich Nevers näherte, war es halb elf. Ein schönes Licht lag über der Landschaft, es war ein lauer Morgen, und mit einer gewissen Freude hatte er das Straßenschild passiert, das das Departement Nièvre anzeigte. Vor Jahren hatte er eine ganze Reihe Dienstreisen in diese Region gemacht, und er sah die Loire mit einem Vergnügen wieder, das ihn selbst erstaunte. Er hatte diese flirrende Klarheit vergessen, in der die Inseln im Fluß zu schweben schienen, und die Schwärme von Vögeln, die über der Wasseroberfläche flogen, aber es war ihm alles sofort wieder gegenwärtig. Die Loire führte wenig Wasser und zeigte ihre Sandbänke. Selbst in ihrer sommerlichen Demut war sie noch gefährlich, wie er wußte. Jedes Jahr ertranken Schwimmer im Glauben, sie mit einigen Dutzend Schwimmstößen bezwingen zu können, in ihren Strudeln.

Louis fuhr langsam, wie es seine Art war, und ließ den Fluß zu seiner Rechten; er dachte an den Vergewaltiger, der am Tag nach dem Verbrechen hier ertrunken war. Es war ohne weiteres möglich, sich in der Loire umzubringen, selbst bei niedrigem Wasserstand. Aber genausogut war es möglich, jemanden darin zu ertränken. Clément hatte die offizielle Version vom Tod der jungen Frau und ihres Peinigers nicht in Zweifel gezogen – wenn er denn überhaupt dazu in der Lage gewesen wäre. Aber sie war vielleicht nicht die einzige Art und Weise, die Dinge darzustellen. Louis hatte Marc am Vorabend die ganze grauenhafte Geschichte dieser kollektiven Vergewaltigung erzählt, und Marc war beeindruckt von der Figur des ›Schnitters‹. Um die Wahrheit zu sagen, Louis auch.

In Nevers irrte er etwas orientierungslos herum, bevor er den Weg zum Kommissariat wiederfand. Er ließ seinen Wagen in der Nähe des Zentrums stehen, machte eine Pause in einem Café, trinken und pinkeln, und band sich eine Krawatte um, die er vor der Glasfront der Bar richtete, bevor er die Bullen aufsuchte. Kehlweiler war stolz darauf, nach fünfundzwanzig Jahren Schnüffeleien aller Art in jeder Stadt einen Bullen zu seinen Bekannten zu zählen, genau wie ein Seemann stolz darauf ist, in jedem Hafen ein Mädchen zu haben. In Wirklichkeit gab es Ausnahmen von dieser Regel, vor allem seit seiner vorzeitigen Pensionierung. Er konnte sich über Versetzungen, Weggänge und Veränderungen nicht mehr auf dem laufenden halten, die Verläßlichkeit seines System war brüchig geworden. Aber noch hielt es, wenn auch mehr schlecht als recht. Er holte eine Karteikarte aus seiner Tasche, auf die er am Vorabend die Liste der Bullen von Nevers übertragen hatte. Er kannte zwar den Kommissar nicht, aber er hatte mit dem inzwischen zum Hauptmann beförderten Inspektor Jacques Pouchet einst in einer heiklen Hehlereiangelegenheit zusammengearbeitet. Louis drehte die Karte um. Damals war er nicht gerade sehr ausführlich in seinen Kommentaren gewesen, er hatte lediglich notiert: *Jacques Pouchet, Inspektor, Nevers: gemäßigte Rechte – gute Ergebnisse als Bulle – mag mich, fürchtet mich, hat mir keine Steine in den Weg gelegt – schuldet mir ein Bier wegen einer Wette, was die Färbung der nivernesischen Hühner angeht.* Eine offene Wette, das konnte nützlich sein, das sieht nach einem aus, der sich erinnert, das sieht nach Kumpel aus, sehr wirkungsvoll.

Louis steckte die Karte wieder ein und fragte sich, was er angesichts der Tatsache, daß er nicht das geringste über die nivernesischen Hühner wußte, sich damals bloß ausgedacht haben mochte. Er überquerte die Straße in Richtung Kommissariat.

Pouchet war bei der Arbeit. Louis gab seine Personalien an, kritzelte ein paar freundliche Worte auf einen Zettel, den er der Sekretärin reichte, und wartete. Pouchet empfing ihn drei Minuten später.

»Salut, Deutscher, das ist ja ein ganz schönes Weilchen her«, sagte er und ließ ihn eintreten. »Was machst du hier in der Gegend? Hoffentlich keinen Ärger?« fügte er etwas beunruhigt hinzu.

»Mach dir keine Sorgen«, sagte Louis, der immer befriedigt war, wenn er sah, daß seine Reputation noch wirkte. »Ich bin nicht mehr da oben. Ich bin an einer alten Sache dran, die nichts mit Politik zu tun hat.«

»Na, um so besser«, erwiderte Pouchet und bot ihm eine Zigarette an. »Kann ich dir glauben?«

»Du kannst. Es geht um die kollektive Vergewaltigung damals vor neun Jahren im Institut Merlin, bei der ...«

»Geht's nur darum?« unterbrach Pouchet.

»Ich finde, das ist schon mal nicht wenig.«

»Ich erinnere mich noch sehr gut. Bleib sitzen.«

Louis rauchte und wartete auf die Rückkehr seines Kollegen. Erleichtert darüber, daß Kehlweiler in nichts Beunruhigenderem herumstocherte, holte Pouchet ohne weitere Umstände die Akte.

»Willst du die ganze Geschichte?« fragte Pouchet, als er mit einem Karton unter dem Arm wiederkam.

»Können wir nicht in ein Café gehen und dort drüber reden?« entgegnete Louis. »Du schuldest mir ohnehin ein Bier. Wir haben mal wegen der Federn eurer Hühner gewettet, und du hast verloren.«

Pouchet warf Louis einen verwirrten Blick zu, dann fing er an zu lachen.

»Mensch, du hast recht, Deutscher! Du hast recht!« rief er.

Louis nahm einen sehr aufgeräumten Inspektor mit in das Café an der nächsten Straßenecke. Die Geschichte mit den Federn hatte Pouchet fröhlich gestimmt, aber Louis fragte sich, ob er sich im Grunde nicht deshalb so gut an die Geflügelsache erinnerte, weil Pouchet keinerlei Detail über die Farben hinzugefügt hatte, genausowenig wie er selbst.

Im Bistrot ging Louis als erstes auf die Toilette, vergewisserte sich, daß niemand kam, und holte rasch die Kröte aus seiner Tasche. Er befeuchtete sie am Waschbecken und beförderte sie flink wieder an ihren Platz. Bei dieser Hitze konnte man nicht vorsichtig genug sein.

»Und?« fragte Louis, als er zu Pouchet an den Tisch zurückkehrte.

»Es war eine kollektive Vergewaltigung, wie du gesagt hast. Und zwar im Park des Institut Merlin ...«

»Was ist das eigentlich für ein Institut?«

»Das war eine Art Privatladen, das ›Institut Merlin für Wirtschafts- und Handelsstudien‹. Eine zweijährige Ausbildung nach dem Abi, am Ende stand ein Abschluß in Finanzbuchhaltung. Die Schule kostete natürlich, und zwar nicht zu knapp. Guter Ruf, altes Haus, das lief gut.«

»Lief?«

»Du kannst dir ja denken, daß das Ganze nach der Vergewaltigungsaffäre und den beiden Todesfällen zu einem ziemlichen Fiasko wurde. Das Institut hat nach den nächsten Sommerferien mangels Anmeldungen nicht wieder aufmachen können. Bankrott, schlicht und einfach. Es muß jetzt sechs Jahre her sein, daß Merlin beschlossen hat, seinen Besitz an die Stadt zu verkaufen. Jetzt ist es ein Altenheim. Ebenfalls ziemlich teuer.«

»Scheiße. Dann sind also alle zerstreut. Die Lehrer ... das Personal ... Es gibt keine Möglichkeit, die Leute wiederzufinden ...«

»Wenn du gehofft hattest, sie heute noch alle zusammen zu sehen – so kannst du's vergessen.«

»Ich seh es«, sagte Louis ziemlich verstimmt. »Erzähl mir die Geschichte. Ich kenne eine Version davon und muß wissen, ob sie stimmt.«

»Nun, es ging um Nicole Verdot, eine junge Englischlehrerin. Sie hat unter der Woche im Institut gewohnt, wie auch andere Lehrer, das Personal und alle Schüler. Das war das Internatssystem, anscheinend besser für die Ergebnisse. Was denkst du darüber?«

»Nichts«, sagte Louis, der das einstweilige gute Einvernehmen nicht belasten wollte.

»Jedenfalls lungern die Kinder nach dem Unterricht nicht überall herum. Das hält sie beieinander.«

»Wenn ›beieinanderhalten‹ bedeutet, nach dem Unterricht eine Frau zu vergewaltigen, kann ich keine Vorteile sehen.«

»Da hast du recht, daran habe ich nicht gedacht. Was die kleine Lehrerin jedenfalls mitten in der Nacht, kurz vor Mitternacht, draußen im Park gemacht hat, war nicht rauszukriegen. Ein Spaziergang, eine Verabredung ... Es war ein lauer Abend, der 9. Mai. Und da ...«

Pouchet hob die Hände und ließ sie schwer auf den Resopaltisch fallen.

»Da sind drei Typen wie tollwütige Hunde über sie hergefallen. Der Gärtner des Parks ist dazugekommen, aber leider ein bißchen spät. Merkwürdig, der Typ kam auf eine gar nicht so dumme Idee, er nahm den Gartenschlauch, drehte voll auf, und mit dem Wasserstrahl hat er sie dann vertrieben.«

»Warum sagst du ›merkwürdig‹?«

»Oh. ... Nun, weil man den Gärtner lange verhören mußte, da er der einzige Zeuge war ... Na ja, er war hier oben nicht gerade sonderlich gut entwickelt, wenn du verstehst, was ich meine«, sagte Pouchet und klopfte sich an den Kopf. »Eine echte Trottelvisage. Meine Güte, hat der Typ uns das Verhör schwer gemacht! Aber alles in allem war seine Geschichte ziemlich schlüssig: Außer den Spuren den Gärtners haben wir tatsächlich die Fußspuren von drei Männern im aufgeweichten Gras gefunden. Und wir haben auch die Strumpfmaske vom Boden aufgesammelt, die berüchtigte Strumpfmaske, die er einem der Typen abgezogen hatte.«

»Hatte er die Typen erkannt?«

»Einen einzigen, Hervé Rousselet, er wiederholte gerade das erste Jahr, zwanzig Jahre alt, Sohn reicher Eltern und ein richtiger Rohling. Hat sich von der Pubertät an in Nevers ganz schön ausgetobt. Der Gärtner will noch einen von den Typen ›erkannt‹ haben, und zwar den Chefgärtner. Da glaube ich allerdings eher, daß er uns geleimt hat, um seinen Chef reinzureiten, den hat er wohl gehaßt. Er nannte ihn ›den Schnitter‹. Wir haben ihn ziemlich unter Druck gesetzt, aber es hat nichts gebracht. Die junge Frau hatte einen der Angreifer ebenfalls erkannt. Sie wiederholte ständig: ›Ich habe ihn gesehen, ich habe ihn gesehen ... ‹, eine richtige Litanei. Aber der Name kam ihr nicht über die Lippen, zu starker Schock, die Arme. Im Krankenhaus haben sie ihr was zum Schlafen gegeben. Und dann ...«

Tiefbetrübt ließ Pouchet erneut die Hände auf den Tisch fallen.

» ... hat der Typ sie in der Nacht umgebracht. Damit sie nicht redet, das kannst du dir ja denken.«

»Wurde sie nicht bewacht?«

»Doch, mein Lieber, was glaubst du denn? Der Mörder ist in der ersten Etage durchs Fenster eingestiegen, aber die Wache stand im Gang. Ein wirklich ziemlich dummer Fehler. Das wirst du hoffentlich nicht betonen?«

»Nein. Auf welche Weise ist sie umgebracht worden?«

»Er hat sie mit dem Kopfkissen erstickt. Und dann erwürgt, um das Maß vollzumachen.«

»Sieh einer an«, sagte Louis.

»Aber das hat Rousselet nicht viel genutzt. Direkt danach hat er sich in der Loire ertränkt. Am nächsten Morgen hat man ihn gefunden. Und die Sache war damit von selbst erledigt, verstehst du. Traurig, wirklich traurig. Die andern beiden haben wir nie geschnappt.«

Pouchet beobachtete Louis.

»Bist du ihnen zufällig auf der Spur?«

»Vielleicht.«

»Es wäre mir ein Vergnügen, wenn du sie kriegst. Brauchst du noch etwas?«

»Erzähl mir von dem jungen Gärtner.«

»Was soll ich dir von dem sagen? Er hieß Clément Vauquer und hatte, wie ich schon gesagt habe, nicht viel Grips. Ein armer Kerl, wenn du meine Meinung wissen willst, wenn auch ein bißchen seltsam. Aber wacker, denn er hat sich wahrlich Mühe gegeben, um der Frau zu helfen, ganz allein gegen drei Typen, die sich auf sie gestürzt hatten. Ich kenne haufenweise Leute, die sich verdrückt hätten. Er nicht. Du siehst: schon wacker. Und alles, was er davon hatte, war, daß er schließlich auf der Straße stand.«

»Weißt du, was aus ihm geworden ist?«

»Ich glaube, er macht Musik in den Cafés der Gegend. Zum Beispiel im L'Œil de lynx, da könntest du dich erkundigen.«

Louis stellte fest, daß die Bullen von Nevers noch nicht die Verbindung zwischen ihrem Akkordeonspieler und dem am Vortag veröffentlichten Phantombild hergestellt hatten. Es würde nicht mehr lange dauern. Früher oder später würde jemand aus Nevers ihn identifizieren. Eine Frage von Stunden, hätte Loisel gesagt.

»Und der ›Schnitter‹? Ist der in der Gegend geblieben?«

»Ich habe ihn nie wiedergesehen. Aber ich habe auch nicht darauf geachtet. Interessiert dich sein richtiger Name?«

Louis nickte, und Pouchet blätterte in der Akte.

»Thévenin, Jean Thévenin. Zum Zeitpunkt der Ereignisse war er siebenundvierzig. Du solltest Merlin fragen, den ehemaligen Direktor. Vielleicht hat er ihn damals bis zum Verkauf für die Arbeit im Park behalten.«

»Weißt du, wo ich ihn erreichen kann?«

»Ich glaube, er hat die Gegend verlassen. Vielleicht kann ich dir das im Büro sagen. Die Sekretärin kannte einen der Lehrer.«

Pouchet zahlte die beiden Biere und zwinkerte Louis dabei wegen der Wette zu.

Die Sekretärin bestätigte Louis, daß Paul Merlin tatsächlich das Departement Nièvre verlassen hatte. Nach dem Bankrott war er noch einige Zeit in Nevers geblieben und hatte dann eine Arbeitsstelle in Paris gefunden.

Pouchet nahm Louis und zwei Kollegen mit zum Mittagessen. Louis ging erneut zur Toilette, um Bufo zu befeuchten. Bei der Hitze in seinem Auto machte er sich Sorgen um den Rückweg. Aber Marc hätte natürlich nie eingewilligt, auf die Kröte aufzupassen. Marc paßte auf Marthes Puppe auf, das war schon mal nicht schlecht. Auch um Clément machte sich Louis ziemliche Sorgen. Er fragte sich, wie lange sie es noch schaffen würden, ihn vor der Treibjagd eines ganzen Landes zu schützen. Und wie lange er selber brauchen würde, um herauszufinden, ob es sich um einen gefährlichen Irren oder um einen wackeren Kerl handelte, wie Pouchet sagen würde. Auf jeden Fall stimmte die Geschichte von der Vergewaltigung im Park, Clément hatte nichts erfunden. Es gab also mindestens zwei Männer, die ihn haßten, zwei Vergewaltiger. Einer davon hieß Jean Thévenin, alias ›der Schnitter‹. Louis dachte wieder an die Verletzungen, die den beiden Frauen in Paris zugefügt worden waren, und erschauderte. Er haßte dieses Bild vom ›Schnitter‹.

Über den anderen, den dritten Mann, wußte man nichts.

Ziemlich spät am Nachmittag schickte Louis sich an, die Bullen von Nevers zu verlassen. Das Heikelste stand ihm noch bevor. Er legte Pouchet die Hand auf die Schulter, und der Hauptmann warf ihm einen verwunderten Blick zu.

»Angenommen, du hörst in Kürze von diesem Gärtner«, sagte Louis leise.

»Von dem Wassersprenger? Sollte ich davon hören?«

»Angenommen, ja, Pouchet, und zwar wegen einer ziemlich üblen Sache.«

Pouchet wollte verwirrt etwas sagen, aber Louis brachte ihn mit einer Handbewegung zum Schweigen.

»Angenommen, die Bullen von Paris und ich würden die Dinge nicht in der gleichen Weise sehen, und angenommen vor allem, ich hätte recht. Und bräuchte ein bißchen Zeit, ein paar Tage. Angenommen, du könntest mir die paar Tage verschaffen, indem du einfach vergißt, daß du mich hier gesehen hast. Das wäre kein Fehler, das wäre eine einfache Unterlassung ohne weitere Folgen.«

Pouchet starrte Louis unsicher und fragend an.

»Und angenommen«, sagte der Hauptmann, »ich wollte wissen, warum ich das tun sollte?«

»Das wäre völlig legitim. Angenommen, der junge Vauquer, derjenige, der sich nicht verdrückt hat, verdient eine Chance, und angenommen, du vertraust mir? Angenommen, ich will dir nichts Böses?«

Pouchet legte sich mit unsicherem Blick einen Finger auf die Lippen, dann streckte er Louis die Hand hin, ohne ihn anzusehen.

»Angenommen, ich mache es«, sagte er.

Die beiden Männer gingen schweigend zum Ausgang. An der Tür gab Louis ihm erneut die Hand.

»Weißt du, was gut wäre«, sagte Pouchet auf einmal, »wir sollten noch mal eine Wette abschließen. So könnten wir die Sache mit dem Bier wiederholen.«

»Fällt dir was ein?« fragte Louis.

Die beiden Männer konzentrierten sich einen Augenblick.

»Da«, sagte Pouchet und zeigte auf das Plakat der Landwirtschaftsausstellung, das an der Scheibe des Restaurants hing. »Eine Frage, die mich beschäftigt: Ist das Maultier das Junge von Eselin und Pferd oder von Stute und Esel?«

»Macht das einen Unterschied?«

»Anscheinend ja. Ich weiß nicht mehr, mein Wort drauf. Also, was wettest du, Deutscher?«

»Eselin und Pferd.«

»Stute und Esel. Der erste, der den Beweis hat, ruft den andern an.«

Die beiden Männer grüßten sich ein letztes Mal, und Louis ging zu seinem Auto zurück.

Als er hinter dem Lenkrad saß, zog er die Karte aus der Tasche und fügte hinter dem Namen Jacques Pouchet, Hauptmann in Nevers, an: *Guter Mann, noch besser als gut – Beim ersten Mal etwas eilig beurteilt – Hat Akte über die kollektive Vergewaltigung Nicole Verdot geliefert – Deckt mich – Zweite Wette abgeschlossen über Abstammung des Maultiers (meine Wette: Eselin/ Pferd) – Der Gewinner zahlt ein Bier.*

Dann zog er ein Fensterwischtuch aus dem Handschuhfach, machte es im Rinnstein gründlich naß, setzte Bufo auf den Vordersitz und bedeckte sie mit dem angefeuchteten Tuch. Auf diese Weise würde die Amphibie ihn in Frieden lassen.

»Weißt du, Bufo«, sagte er zu seiner Kröte, als er den Motor anließ, »da gibt's zwei Typen in der Natur, die alles andere als friedlich sind. Die würden nicht dran denken, dir ein Tuch auf den Kopf zu legen.«

Louis schlug das Lenkrad ein und fuhr aus der Parklücke.

»Und ich, meine Liebe, habe die Absicht, diese beiden Typen zu finden«, fügte er hinzu.

19

Louis schlief lange und wachte schweißgebadet auf. Die Hitze hatte noch eine Spur zugenommen. Während der Kaffee durchlief, rief er im Bistrot in der Rue Chasle an, das merkwürdigerweise *L'Âne rouge*, der rote Esel, hieß. Das erinnerte Louis an die Wette, die er am Vorabend mit Jacques Pouchet geschlossen hatte, und er fragte sich, wie dieses schwierige Geheimnis der Herstellung eines Maultiers wohl zu ergründen wäre, das ihm ansonsten völlig schnurz war. Aber es war keine Wette wie jede andere, sie hatte einen zweifachen Kern. Hinter der Wette stand der Pakt, und das Schweigen von Pouchet war entscheidend. Sollte Loisel erfahren, daß Louis über die Identität des Mannes auf dem Phantombild Bescheid wußte, wäre Clément Vauquer binnen Stundenfrist eingelocht.

Die Wirtin vom *Âne rouge* bat ihn, einen Moment zu warten, sie würde Vandoosler den Älteren ans Telefon holen. Der Ex-Bulle verbrachte Stunden damit, im Hinterraum des Cafés mit ein paar Typen aus dem Viertel Karten zu spielen. Seit ein paar Monaten war auch eine Frau dabei, für die er anscheinend eine Schwäche hatte. Aufs Geratewohl und ohne groß daran zu glauben, öffnete Louis sein Lexikon beim Stichwort *Maultier* und entdeckte überrascht, daß es sich um »eine Kreuzung aus Eselhengst und Pferdestute« handelte. Für alle Unwissenden war in Klammern noch hinzugefügt, daß die Kreuzung zwischen einem Hengst und einer Eselin *Maulesel* hieß. Überrascht stellte Louis das Telefon auf den Tisch. Es verwirrte ihn, zu entdecken, daß er eine Tatsache nicht kannte, die für die gesamte Welt offenkundig schien. Außer für Pouchet, der folglich genauso bescheuert war wie er, was ihn nicht tröstete. Wenn es schon so weit war, dann würde er vielleicht noch andere Abgründe entdecken, vielleicht die wahre Bedeutung des Wortes Stuhl oder des Wortes Flasche, über die er sich vielleicht seit fünfzig Jahren irrte, ohne es zu merken. Louis suchte die Karte, auf der er seine Wette notiert hatte. Er erinnerte sich nicht mehr, welche Variante er gewählt hatte.

Eselin/Pferd, also Maulesel. Mist. Er goß sich eine große Tasse Kaffee ein und hörte plötzlich, wie eine Stimme im Telefon quäkte.

»Entschuldige«, sagte er Vandoosler dem Älteren, »ich hatte ein Fortpflanzungsproblem ... Antworte mir kurz ... Wie war die Nacht? Vauquer? ... Gut ... gut ... Hat Marthe ihn gesehen? War sie auch zufrieden? O. k., danke dir ... Nichts weiter in den Zeitungen? Gut ... Sag Marc, daß die ganze Geschichte mit der Vergewaltigung stimmt ... Ja ... Nicht jetzt ... Ich mache mich auf die Suche nach dem Direktor ...«

Louis legte auf, stellte das Lexikon zurück und rief das Kommissariat in Nevers an. Pouchet war nicht da, und seine Sekretärin nahm den Anruf entgegen. Sagen Sie ihm, bat Louis, wir nähmen immer noch an, ich hätte recht, nur nicht, was die Maultiere angeht, und ich würde ihm ein Bier schulden. Die Sekretärin ließ sich das zweimal wiederholen, notierte es und legte kommentarlos auf. Louis duschte, setzte Bufo dann wegen der Hitze ins Badezimmer und ging zur Post. Er fand die Adresse von Paul Merlin ohne Schwierigkeiten. Es war Samstag, vielleicht hatte er Glück und würde ihn zu Hause antreffen. Louis hob den Blick zu der großen Pendeluhr. Zehn nach zwölf. Er würde Merlin beim Mittagessen mit der Familie stören, lächerlich. Sein etwas mitgenommenes Jackett war auch nicht passend: Merlin wohnte in der Rue de l'Université, im 7. Arrondissement. Louis hätte sich denken können, daß der Verkauf des Anwesens in Nevers ein paar Millionen eingebracht haben mußte und daß der Mann nicht gerade in einem Loch wohnte. Es wäre sicher besser, sich offiziell zu kleiden, für den Fall, daß der Direktor es mit der Kleiderordnung sehr genau nehmen würde, was im Erziehungswesen nicht selten ist.

Louis wartete also bis halb drei, bevor er in der Rue de l'Université vor einem kleinen, zweistöckigen Stadtpalais mit kleinem Hof aus dem 18. Jahrhundert vorstellig wurde. Er trug ein weißes Hemd, einen leichten grauen Anzug und eine braune Krawatte, und er überprüfte sein Erscheinungsbild nochmals im Fenster der benachbarten Bank. Seine Haare waren etwas zu lang, und er strich sie an den Schläfen und hinter den Ohren glatt. Die Ohren waren zu groß, aber das konnte niemand ändern.

Er klingelte, und Merlin sprach persönlich in die Gegensprechanlage. Er mußte eine Zeitlang in das Gerät hineinverhandeln, aber Louis war ein Mann mit großer Überzeugungskraft, und Merlin willigte schließlich ein, ihn zu empfangen.

Als Louis eintrat, war Merlin dabei, schlecht gelaunt Akten zu ordnen.

»Es ist mir unangenehm, Sie zu stören«, sagte Louis sehr liebenswürdig, »aber ich konnte mir nicht erlauben zu warten. Meine Angelegenheit ist ziemlich dringlich.«

»Sie sagten, es handele sich um mein ehemaliges Institut?« fragte der Mann, der sich erhob, um seinem Besucher die Hand zu geben.

Starr vor Verblüffung stellte Louis fest, daß Paul Merlin in erstaunlichem Maße seiner Kröte Bufo ähnelte, was ihm den Mann sofort sympathisch machte. Im Gegensatz zu Bufo trug Merlin jedoch Kleidung – konventionell und gepflegt – und gab sich nicht mit einer Stiftablage zufrieden. Das Büro war groß und luxuriös eingerichtet, Louis bedauerte seine Bemühungen um korrekte Kleidung nicht. Allerdings war der Mann genau wie Bufo höchst unelegant gewachsen. Er ging gebeugt und hatte einen nach vorne hängenden Kopf. Wie Bufo hatte auch er eine matte und gräuliche Haut, weiche Lippen, aufgedunsene Wangen, schwere Lider und vor allem jenen typischen müden Ausdruck der Amphibien: losgelöst von den Nichtigkeiten dieser Welt.

»Ja«, erwiderte Louis. »Das Drama der Nacht vom 9. Mai, die Vergewaltigung jener jungen Frau ...«

Merlin hob eine schwere Pfote.

»Dieses Desaster, wollen Sie sagen ... Wissen Sie, daß das Institut damit ruiniert war? Ein Haus, das seit 1864 existiert hat ...«

»Ich weiß. Der Polizeihauptmann von Nevers hat mich darüber informiert.«

»Mit wem arbeiten Sie?« fragte Merlin und sah ihn mit schweren Augen an.

»Ich komme vom Ministerium«, antwortete Louis und streckte ihm eine seiner alten Visitenkarten hin.

»Ich höre«, sagte Merlin.

Louis suchte nach Worten. Aus dem kleinen Hof stieg der eindringliche Lärm einer Schleifmaschine oder einer Stichsäge hoch, was auch Merlin zu verstimmen schien.

»Außer dem jungen Rousselet waren zwei andere Männer an der Vergewaltigung beteiligt. Ich suche sie. Vor allem Jean Thévenin, den ehemaligen Gärtner.«

Merlin hob seinen dicken Kopf.

»Den ›Schnitter‹?« fragte er. »Leider hat man nie beweisen können, daß er dabei war ...«

»Leider?«

»Ich mochte den Mann nicht.«

»Clément Vauquer, der Gärtnergehilfe, war überzeugt davon, daß der ›Schnitter‹ einer der Vergewaltiger war.«

»Vauquer ...«, sagte Merlin seufzend. »Aber wer sollte auf Vauquer hören? Er war, wie soll ich sagen ... nicht einfältig, nein, aber ... beschränkt. Sehr beschränkt. Aber sagen Sie mir ... hat Vauquer Ihnen das selbst erzählt? Haben Sie ihn gesehen?«

Die ernste Stimme von Merlin war mißtrauisch und schleppend geworden. Louis spannte sich.

»Nie gesehen«, sagte Louis. »All das ist schriftlich im Polizeiarchiv von Nevers niedergelegt.«

»Und ... was interessiert Sie an dieser unglücklichen Geschichte? Das ist doch schon ziemlich lange vorbei.«

Dieselbe mißtrauische Stimme und dieselbe Spannung. Louis entschloß sich, einen Zug schneller vorzurücken als geplant.

»Ich suche den Scherenmörder.«

»Aha«, sagte Merlin einfach, indem er seinen weichen Mund öffnete.

Dann erhob er sich, ohne weiter etwas zu sagen, ging zu seinem ordentlich aufgeräumten Regal und kam mit einem leinenen Aktendeckel zurück, dessen Riemen er in aller Ruhe öffnete. Er zog das Phantombild von Vauquer heraus und legte es vor Louis hin.

»Ich habe geglaubt, der wäre der Mörder«, sagte er.

Es blieb einen Moment still, während die beiden Männer sich beobachteten. Es ist nie sicher, ob der Raubvogel gegen die Amphibie gewinnt. Die Kröte versteht es ausgezeichnet, ihr dickes Hinterteil wieder in ihr Versteck zurückzuziehen und den Milan dann verwundert und ohne Beute zurückzulassen.

»Haben Sie ihn wiedererkannt? Vauquer?« fragte Louis.

»Natürlich«, erwiderte Merlin und zuckte mit den Achseln. »Ich habe fünf Jahre mit ihm verbracht.«

»Und Sie haben den Bullen nicht Bescheid gegeben?«

»Nein.«

»Warum?«

»Es gibt immer genug Leute, die sich danach drängen, so etwas zu tun. Mir ist lieber, jemand anderes zeigt ihn an.«

»Warum?« wiederholte Louis.

Merlin bewegte seine weichen Lippen.

»Ich mochte den Jungen«, sagte er im Ton eines verdrießlichen Geständnisses.

»Er macht keinen sehr sympathischen Eindruck«, sagte Louis und besah sich das Porträt.

»Nein. Er hat sogar ein ziemlich häßliches, kleines Idiotengesicht ... Aber Gesichter ... Was sagt das? Und Idioten ... Was sagt das schon aus? Ich habe den Jungen gemocht. Jetzt, wo wir beide wissen, wovon wir reden: Wie weit sind die Ermittlungen? Ist die Polizei von seiner Schuld überzeugt?«

»Ja, sicher. Seine Akte ist erdrückend, er hat keinerlei Chance, da rauszukommen. Aber sie wissen seinen Namen noch nicht.«

»Sie aber wissen ihn«, sagte Merlin und streckte seinen langen Finger aus. »Warum sagen auch Sie der Polizei nichts?«

»Irgend jemand wird es tun«, sagte Louis und verzog das Gesicht. »Eine Frage von Stunden. Vielleicht ist es schon geschehen, während wir hier reden.«

»Halten Sie ihn nicht für schuldig?« fragte Merlin. »Sie scheinen daran zu zweifeln.«

»Ich zweifle unaufhörlich, das ist ein Reflex. Mir ist sein Fall *zu* klar, die Beweislast *zu* erdrückend. Die Frauen tagelang vor aller Augen zu überwachen, seine Fingerabdrücke an Ort und Stelle zu hinterlassen – all das scheint sehr übertrieben ... Und, wie man weiß, ist das allzu Offensichtliche selten wahr.«

»Man sieht, daß Sie Vauquer nicht gekannt haben ... Er ist schlicht, sehr schlicht. Was stört Sie?«

»Die Vergewaltigung im Institut. Er hat die Schuld nicht der Frau zugeschoben. Im Gegenteil, er hat sie verteidigt.«

»Ja, das glaube ich immer noch.«

»Und jetzt massakriert er die Frauen? Das geht nicht zusammen.«

»Es sei denn, diese brutale Szene und später seine Entlassung hätten seinen empfindlichen Kopf endgültig platzen lassen ... Weiß man's?« fügte Merlin leise hinzu, während er sich das Bild ansah. »Ich habe den Jungen gemocht, und er hat die Frau verteidigt, wie Sie ganz richtig sagen. Wenn es regnete, suchte er immer in den Unterrichtsräumen Zuflucht, und er hörte dem Unterricht zu, Französisch, Wirtschaft ... Nach fünf Jahren solcher Kost hat er schließlich ein ziemliches Kauderwelsch geredet ...«

Merlin lächelte.

»Häufig kam er in mein Büro, um den Efeu zu schneiden, der die Fenster umrankte, und um sich um die Grünpflanzen zu kümmern ... Wenn die Buchhaltung des Instituts mir ein bißchen Zeit ließ, dann habe ich ihm die ein oder andere Partie angeboten. Oh ... es ging nicht sehr weit ... Würfel, Domino, Kopf oder Zahl ... Das hat ihm Spaß gemacht ... Monsieur Henri, der Lehrer für Wirtschaft, hat sich auch um ihn gekümmert. Er hat ihm das Akkordeonspielen nach Gehör beigebracht. Sie hätten's nicht geglaubt, er war begabt, wirklich begabt. Na ja ... wir haben versucht, ihn ein bißchen zu schützen.«

Merlin wedelte mit dem Zeitungsausschnitt.

»Und dann ... geht alles kaputt ...«

»Das glaube ich nicht«, wiederholte Louis. »Ich denke, daß jemand Vauquer benutzt und sich zugleich rächt.«

»Einer der Vergewaltiger?«

»Einer der Vergewaltiger. Sie könnten mir vielleicht helfen.«

»Glauben Sie wirklich daran? Gibt es auch nur die geringste Chance, daß Sie recht haben?«

»Mehrere Chancen.«

Nach diesen Worten lehnte Merlin sich in seinen Schwingsessel zurück und schwieg. Der Lärm der Schleifmaschine gellte immer noch unermüdlich in den Ohren. Merlin spielte mit zwei kleinen Münzen, die er zwischen die Finger einer Hand klemmte, sie fallenließ, wieder auffing und festklemmte. Er bewegte die Lippen, seine Lider fielen über seine schwermütigen Augen.

Er dachte nach, und das dauerte. Louis fand, daß die sympathische Amphibie sogar mehr als nur nachdachte. Es schien, als suchte er eine gewisse Ergriffenheit zu meistern, bevor er weiterredete. So vergingen fast drei Minuten. Louis hatte sich damit begnügt, seine langen Beine unter dem Schreibtisch auszustrecken, und wartete. Plötzlich erhob sich Merlin und riß mit einer abrupten Bewegung das Fenster auf.

»Stell deine Maschine ab!« schrie er, während er sich über das kleine Geländer lehnte. »Stell sie bitte ab! Ich habe Besuch hier!«

Dann schloß er das Fenster und blieb stehen.

Man hörte, wie das Sirren der Maschine leiser wurde und schließlich aufhörte.

»Mein Schwiegervater«, sagte Merlin erklärend und seufzte erbittert. »Unaufhörlich mit seinen Höllenmaschinen beschäftigt, sogar am Sonntag. Im Institut hatte ich ihn mit seiner Schreinerei in die hinterste Ecke des Parks verbannt, da hatte ich Ruhe. Aber hier ist es seit fünf Jahren die Hölle ...«

Louis nickte verständnisvoll.

»Aber was wollen Sie machen?« fragte Merlin wie zu sich selbst. »Er ist ja immerhin mein Schwiegervater ... Ich kann ihn nicht mit Siebzig raussetzen.«

Etwas bedrückt kam Merlin zu seinem Sessel zurück und nahm für ein paar Augenblicke seine Meditation wieder auf.

»Ich würde einiges dafür geben«, sagte er schließlich in hartem Ton, »daß die beiden Typen in den Knast kommen.«

Louis wartete.

»Sehen Sie«, fuhr der ehemalige Direktor fort, während er eine sichtbare Anstrengung unternahm, seine Stimme unter Kontrolle zu behalten, »diese drei Vergewaltiger haben mein Leben zerstört. Wo der junge Vauquer es mir doch beinahe gerettet hätte. Ich habe diese Frau, Nicole Verdot, geliebt, ich hatte gehofft, sie zu heiraten. Ja, ich war zuversichtlich, ich wollte die

Sommerferien abwarten, bevor ich mit ihr sprach. Und dann dieses Drama ... Eine junge Frau und drei Dreckskerle. Rousselet hat sich umgebracht, und ich werde ihn nicht beweinen. Ich würde einiges geben, um die beiden anderen hinter Gitter zu bringen.«

Merlin richtete sich auf und legte mit nach vorne geneigtem Kopf seine kurzen Arme auf den Tisch.

»Zunächst einmal der ›Schnitter‹ ...«, sagte Louis. »Wissen Sie, wo er ist?«

»Leider nein. Ich habe ihn nach dem Drama auch sofort entlassen. Immerhin gab es ernsthafte Verdachtsmomente gegen ihn, auch wenn es keinerlei Beweise gab. Genau wie Vauquer etwas Rührendes hatte, wenn man so will, war Thévenin – ›der Schnitter‹, wie ihn die Gärtner nannten – abstoßend. Immer verdreckt, immer mit einem schrägen Blick auf die jungen Studentinnen. Na ja, andere in ihren feinen Anzügen waren auch nicht erfreulicher. Angefangen bei meinem Schwiegervater, zum Beispiel«, sagte Merlin und deutete mit dem Kinn aggressiv in Richtung Fenster. »Unaufhörlich dabei, die jungen Mädchen anzustarren, ihnen nachzustieren ... Nicht bösartig, aber plump und sehr peinlich. Das ist ein Problem in den Internaten. Fünfundsiebzig junge Mädchen auf der einen Seite, achtzig junge Männer auf der anderen, glauben Sie mir, da ist es schwer, Ordnung zu halten. Na ja, Thévenin jedenfalls hatte ich ohne große Begeisterung eingestellt, um einer Freundin der Familie einen Gefallen zu tun ... Er leistete gute Arbeit, er hat phantastisches Gemüse herangezogen. Vauquer behauptete, er hätte Baumrinden mit seiner Gartenschere zerschnitten ... Ich bin davon nicht überzeugt.«

»Haben Sie ihn in Nevers danach nie wiedergesehen?«

»Nein, tut mir leid. Aber ich kann Ihnen trotzdem helfen, ich kann versuchen, mich zu erkundigen. Ich kenne so viele Leute in Nevers, daß ich irgendwas erreichen müßte.«

»Gern«, sagte Louis.

»Bei dem anderen Mann wüßte ich nicht, wie man vorgehen könnte ... Um so mehr, als er von außen gekommen sein kann. Ein Bekannter des ›Schnitters‹ oder von Rousselet, was weiß ich ... Nur der ›Schnitter‹ selbst könnte uns das sagen ...«

»Deshalb würde ich ihn gerne zu fassen kriegen«, sagte Louis und erhob sich.

Merlin stand ebenfalls auf und begleitete ihn an die Tür. Im Hof begann plötzlich erneut das Kreischen der Schleifmaschine. Merlin zeigte einen resignierten Gesichtsausdruck, genau wie Bufo bei großer Hitze, und gab Louis die Hand.

»Ich hör mich um«, sagte er. »Ich halte Sie auf dem laufenden. Behalten Sie meine Geschichte für sich.«

Louis überquerte den gepflasterten Hof langsam genug, um durch das Fenster einer Werkstatt den Mann wahrzunehmen, der diese schreckliche Maschine bediente. Er hatte weiße Haare, einen nackten, behaarten Oberkörper, eine frische Gesichtsfarbe und machte einen rüstigen Eindruck. Er legte die Maschine ab, um Louis mit einer ausholenden Bewegung zu grüßen. Louis erkannte eine Unmenge kleiner Holzstatuen auf einer Werkbank und ein unbeschreibliches Durcheinander. Während er das Hoftor des Stadtpalais' hinter sich schloß, hörte er noch, wie das Fenster im ersten Stock geöffnet wurde und Merlins Stimme schrie:

»Stell das Ding ab, verdammt!«

20

Am Abend ging Louis bei Marthe vorbei, beruhigte sie, was den Zustand ihrer Puppe betraf, und erneuerte seine Vorsichtsmaßregeln.

Gegen zehn Uhr abends besuchte er Clément Vauquer und erzählte ihm ausführlich von seinem Besuch bei dem ehemaligen Direktor.

»Er hat dich gemocht«, sagte er Clément, der merkwürdigerweise keinerlei Absicht zeigte, schlafen zu gehen, und eher unruhig schien.

»Ich selbst auch genauso«, erwiderte Clément und drückte sich etwas aufgeregt den Nasenflügel.

»Wer überwacht ihn heute abend?« fragte Louis Marc leise.

»Lucien.«

»Gut. Sag ihm, er soll aufpassen. Ich finde, er ist aufgewühlt.«

»Mach dir keine Sorgen. Wie gedenkst du den ›Schnitter‹ wiederzufinden?«

Louis verzog etwas betreten das Gesicht.

»Nicht leicht«, brummte er. »Alle Thévenins in Frankreich einen nach dem anderen abzuhaken ist zu aufwendig. Ich habe heute morgen nachgesehen, es gibt 'ne ganze Menge. Wir haben nicht viel Zeit. Es drängt, verstehst du, es drängt. Clément den Bullen entziehen, die Frauen dem Mörder entziehen … Wir können uns nicht damit vergnügen, herumzubummeln. Ich glaube, wir täten gut daran, direkt über die Bullen zu gehen. Vielleicht gibt es eine Akte. Nathan könnte mir da Auskunft geben.«

»Und wenn es keine Akte gibt?«

»Dann bin ich zuversichtlich, über Merlin was herauszubekommen, der versucht, die Fährte in Nevers aufzunehmen. Merlin läßt das nicht los. Er wird sich dranmachen.«

»Und wenn Merlin ihn nicht findet?«

»Dann gibt's nur noch das Telefonbuch.«

»Und wenn Thévenin kein Telefon hat? Ich bin auch nicht im Telefonbuch. Und trotzdem gibt's mich.«

»Ach, Scheiße, Marc! Laß uns wenigstens eine Chance! Irgendwo ist der ›Schnitter‹ ja wohl, und wir werden ihn finden!«

Ein bißchen entmutigt fuhr Louis sich mit den Händen durchs Haar.

»Er ist auf dem Friedhof von Montparnasse«, sagte plötzlich Cléments melodische Stimme.

Louis wandte sich langsam Clément zu, der damit beschäftigt war, ein Stück Silberpapier zusammen- und wieder auseinanderzufalten.

»Wovon redest du?« fragte Louis mit wenig liebenswürdigem Unterton.

»Vom ›Schnitter‹«, erwiderte Clément und zeigte wieder das böse Lächeln wie beim ersten Mal, als er den Mann erwähnt hatte. »Er ist persönlich nämlich auf dem Friedhof, was den Ort betrifft, wo er sich aufhält.«

Louis packte Clément heftig am Arm. Sein grüner Blick hatte sich stahlhart auf ihn gerichtet. Clément ertrug diesen Blick ohne sichtbare Schwierigkeit, und soweit Marc wußte, war er der erste, der dazu fähig war. Selbst er, der Louis inzwischen gut kannte, wandte den Blick ab, wenn der Deutsche den Kopf aufrichtete und seine Augen starr wurden.

»Hast du ihn umgebracht?« fragte Louis und drückte den mageren Arm des jungen Mannes.

»Wen umgebracht?«

»Den ›Schnitter‹ ...«

»Aber nein«, sagte Clément.

»Laß mich das machen«, unterbrach Marc und schob Louis zur Seite.

Marc nahm einen Stuhl und setzte sich zwischen den Trottel und Louis. Das war jetzt das vierte Mal in drei Tagen, daß Louis die Beherrschung verlor und Marc sie bewahrte, und das war wirklich seltsam. Dieser Vauquer drehte alles um ihn herum um.

»Sag mir, ist der ›Schnitter‹ tot?« fragte Marc behutsam.

»Aber nein.«

»Na, dann sag mir, was er auf dem Friedhof macht?«

»Na, er kümmert sich um den Park!«

Louis packte erneut Cléments Arm, dieses Mal etwas ruhiger.

»Bist du dir sicher, was du sagst, Clément? Der ›Schnitter‹ unterhält die Friedhofsanlagen?«

Clément hob die Hand.

»Gärtnert er auf dem Friedhof?« fragte Louis nochmals.

»Ja doch. Was soll er denn sonst tun? Er ist doch Gärtner!«

»Seit wann weißt du das?«

»Schon immer. Seit er aus unserem Park in Nevers weg ist, fast zu derselben Zeit wie ich selbst. Er hat auf dem Friedhof von Nevers gegärtnert, und dann ist er auf den Friedhof von Montparnasse gegangen. Die Gärtner von Nevers haben mir gesagt, daß er manchmal nicht nach Hause geht, dann schläft er zwischen den Gräbern.«

Der junge Mann biß sich erneut auf die Lippen – ob aus Haß oder Ekel, war schwer zu sagen.

»Die Gärtner von Nevers wissen alles«, schloß Clément.

In diesem entschiedenen Satz erkannte Louis zum ersten Mal den Ton von Marthe, und das rührte ihn ein wenig. Marthe hatte dem Jungen ihren Stempel aufgedrückt.

»Warum hast du mir das nicht gesagt?« fragte Louis, etwas benommen.

»Hast du mich danach gefragt?«

»Nein«, räumte Louis ein.

»Ah, gut«, erwiderte Clément erleichtert.

Louis ging zur Spüle, trank lange am Wasserhahn, vermied es, sich die Lippen an seinem Jackett abzuwischen, da er noch seinen schicken Anzug trug, und fuhr sich mit den nassen Händen durch sein schwarzes Haar.

»Gehen wir«, sagte er.

»Auf den Friedhof?« fragte Marc.

»Ja. Sag Lucien, er soll runterkommen. Er löst dich jetzt ab.«

Marc schlug drei Mal gegen die Decke, um den Weltkriegshistoriker herunterzurufen. Clément, der das System in den drei Tagen, die er jetzt hier war, kapiert hatte, sah ihm lächelnd zu.

»Ich mach das genauso mit den Äpfeln, damit sie runterfallen«, sagte er vergnügt.

»Hier fällt auch gleich einer runter«, bestätigte Marc. »Du wirst sehen.«

Eine Minute später kam Lucien die Treppe hinuntergestürzt und betrat das Refektorium mit einem Buch in der Hand.

»Bin ich dran mit Wache?« fragte er.

»Ja. Paß gut auf ihn auf, er war vorhin ein bißchen unruhig.«

Lucien deutete einen kurzen militärischen Gruß an und warf seine Haarsträhne nach hinten, die ihm den Blick versperrte.

»Mach dir keine Sorgen«, sagte er. »Gehst du weit weg?«

»Auf den Friedhof«, antwortete Marc und zog eine kleine schwarze Leinenjacke an.

»Aha, reizend. Wenn du Clemenceau begegnest, übermittle ihm meinen Gruß. Gute Reise, Soldat.«

Und Lucien machte es sich auf der Bank bequem, ohne sich noch um irgend jemanden zu kümmern, lächelte Clément zu und schlug sein Buch auf: *1914–1918: Die Heldenkultur*.

21

Louis hatte eingewilligt, den Bus zu nehmen, um zum Friedhof von Montparnasse zu kommen. Die beiden Männer liefen jetzt rasch durch die Nacht.

»Er ist schon ein bißchen komisch, oder?« bemerkte Louis.

»Er konnte nicht wissen, daß du den ›Schnitter‹ gesucht hast«, erwiderte Marc. »Man muß ihn verstehen.«

»Nein, ich rede von deinem Kollegen Lucien. Er ist komisch. Finde ich.«

Marcs Züge spannten sich. Er billigte sich selbst das uneingeschränkte Recht zu, Lucien und Mathias schlechtzumachen und den einen wie den anderen zu beschimpfen, aber er ertrug es nicht, daß ein anderer ihnen auch nur ein Haar krümmte – und sei es Louis.

»Er ist nicht im geringsten komisch«, antwortete er mit schneidender Stimme.

»Vielleicht. Ich weiß nicht, wie du ihn das ganze Jahr über erträgst.«

»Sehr gut«, log Marc.

»Schon gut, reg dich nicht auf. Er ist schließlich nicht dein Bruder.«

»Was weißt du denn?«

»Schon gut, Marc, vergiß, was ich gesagt habe. Ich frage mich nur, ob man ihm vertrauen kann. Ich mache mir ein bißchen Sorgen, ob es gut war, ihm Clément anzuvertrauen, er macht nicht gerade den Eindruck, als ob er richtig kapiert, worum es hier geht.«

»Hör mal zu«, sagte Marc, blieb stehen und fixierte die

hochgewachsene Silhouette des Deutschen in der Nacht. »Lucien kapiert sehr gut, worum es geht, und außerdem ist er intelligenter als wir beide zusammen. Da brauchst du dir wirklich keine Sorgen zu machen.«

»Wenn du es sagst.«

Marc hatte sich beruhigt und besah sich die lange Mauer, die den Friedhof von Montparnasse umschloß.

»Wo gehen wir rein?«

»Über die Mauer.«

»Du bist ein Kletterer. Aber ich hinke. Wo gehen wir rein?«

Marc besah sich die Umgebung.

»Da, die großen Mülltonnen. Damit kommst du rüber.«

»Sehr gute Idee«, bemerkte Louis.

»Gerade die Mülltonnen waren immer eine Idee von Lucien.«

Die beiden Männer warteten, bis sich eine Gruppe von Passanten entfernt hatte, und zogen eine der hohen Tonnen in die Rue Froidevaux.

»Wie kriegen wir raus, ob er da ist?« fragte Marc. »Der Friedhof ist groß. Außerdem hat er zwei Teile.«

»Wenn er da ist, hat er vermutlich Licht brennen. Das suchen wir.«

»Warum warten wir nicht bis morgen?«

»Weil die Zeit drängt und weil es gut ist, wenn wir ihn nachts und allein erwischen und in die Enge treiben können. Nachts sind die Leute schwächer.«

»Nicht alle.«

»Hör auf zu schwätzen, Marc.«

»O. k. Ich helfe dir auf die Mülltonne. Dann klettere ich auf die Mauer und zieh dich zu mir hoch.«

»Sehr gut, also los.«

Marc hatte trotzdem etwas Schwierigkeiten. Kehlweiler wog sechsundachtzig Kilo und war einen Meter neunzig groß. Marc fand das übertrieben und ein bißchen beleidigend.

»Hast du eine Lampe mitgenommen?« fragte Louis

etwas atemlos, als sie schließlich beide auf dem Friedhofsgelände standen.

Er war verärgert wegen seines Anzugs. Er hatte Angst, er sei hin.

»Wir brauchen im Moment keine. Man sieht ja alles, hier steht ja kein Baum.«

»Ja, das ist hier auch der jüdische Teil des Friedhofs. Geh langsam zu den Bäumen dort drüben.«

Marc ging lautlos voran. Die Anwesenheit von Louis, der hinter ihm ging, beruhigte ihn. Ihn schüchterte weniger der Ort ein – obwohl er nicht gerade besonders mutig war – als die Vorstellung von diesem Mann, dem ›Schnitter‹, der irgendwo im Dunkeln mit seinem Werkzeug herumlief. Clément hatte eine Art, von ihm zu reden, die einem eine Gänsehaut machte. Er spürte Louis' Arm, der ihn an der Schulter zurückhielt.

»Da«, flüsterte Louis. »Links.«

Etwa dreißig Meter weiter flackerte ein kleines Licht neben einem Baum. Man sah die Silhouette eines Mannes, der am Fuß des Baumes saß.

»Geh du auf die rechte Seite, ich komme von da«, befahl Louis.

Marc verließ ihn und ging um die Bäume herum. Eine halbe Minute später befanden sich die beiden Männer zu beiden Seiten des ›Schnitters‹. Der Mann sah sie erst in letzter Sekunde und schreckte heftig zusammen, wobei ihm sein Blechteller, aus dem er gerade gegessen hatte, vor die Füße fiel. Er hob ihn mit unsicherer Hand auf, sah dabei abwechselnd auf den einen und auf den anderen Mann und versuchte aufzustehen.

»Bleib sitzen, Thévenin«, sagte Louis und drückte ihm seine breite Hand auf die Schulter.

»Was wollt ihr von mir, verdammte Scheiße?« fragte der Mann mit schleppender Stimme und dem starken Akzent von Nevers.

»Du bist doch Thévenin, oder?« fragte Louis.

»Ja, und?«

»Du schläfst an deiner Arbeitsstätte?«

»Ja, und? Das stört niemanden.«

Louis machte die Lampe an und leuchtete dem Mann ins Gesicht.

»Was ist denn mit euch los, Herrgott?« brüllte Thévenin.

»Ich will sehen, wie du aussiehst.«

Er besah sich den Mann aufmerksam und verzog dann das Gesicht.

»Jetzt unterhalten wir uns«, sagte er.

»Nichts zu machen. Ich kenn euch nicht.«

»Das macht nichts. Uns schickt jemand.«

»Häh!?«

»Ja. Und wenn du heute nicht redest, dann morgen. Oder später. Das macht nichts, die Person hat's nicht eilig.«

»Wer ist es?« fragte Thévenin mit seiner schleppenden Stimme, in der Mißtrauen schwang.

»Die Frau, die du in Nevers mit zwei kleinen Kumpels vergewaltigt hast. Nicole Verdot.«

Thévenin wollte erneut aufstehen, und Louis ließ ihn mit einem Stoß seiner Hand wieder zu Boden fallen.

»Keine Panik«, sagte er ruhig.

»Ich hab nichts damit zu tun.«

»Doch.«

»Ich war nicht dabei.«

»Doch.«

»Scheiße!« brüllte Thévenin. »Seid ihr bescheuert oder was? Gehört ihr zu ihrer Familie? Ich sag euch, ich hab das Mädchen nicht angerührt!«

»Doch. Du hattest dein beiges Polohemd an.«

»Ich bin nicht der einzige mit einem beigen Polohemd!« rief der Mann.

»Und hattest dieselbe näselnde Stimme wie heute.«

»Wer hat euch denn den ganzen Schwachsinn erzählt?« fragte Thévenin, der plötzlich Oberwasser bekam. »Wer? Das war der Junge, nicht wahr? Aber natürlich, das war der Junge! *Er* war das! Der Dorfdepp!«

Thévenin fing an zu lachen und griff nach seiner Weinflasche, die an den Baumstamm gelehnt war. Er nahm einen tiefen Zug.

»Er war das, nicht wahr?« fragte er und schwenkte seine Flasche vor Louis' Nase. »Der Schwachkopf? Wißt ihr wenigstens, was euer Spitzel wert ist?«

Thévenin lachte höhnisch, zog eine alte Leinentasche hervor und wühlte wie besessen darin.

»Da!« rief er und schüttelte erst vor Louis', dann vor Marcs Nase eine Zeitung, die auf der Seite mit dem Phantombild aufgefaltet war. »Ein Mörder! Das ist euer Spitzel!«

»Ich weiß Bescheid«, sagte Louis. »Kann ich deine Tasche sehen?« fügte er hinzu und griff danach.

»Scheiße!« rief Thévenin.

»Du nervst langsam mit deinem ständigen ›Scheiße‹. Marc, gib mir Licht.«

Louis drehte die Tasche um und leerte den Inhalt auf den Kies: Zigaretten, ein Kamm, ein schmutziges Hemd, zwei Konservendosen, eine Wurst, ein Messer, drei Pornohefte, zwei Schlüsselbunde, ein Stück Baguette, ein Korkenzieher, eine Leinenkappe. Alles stank ein bißchen.

»Und deine Gartenschere?« fragte Louis. »Hast du die nicht dabei?«

Thévenin zuckte mit den Achseln.

»Ich habe keine mehr«, sagte er.

»Trennst du dich von deinen Fetischen? Warum hat man dich den ›Schnitter‹ genannt?«

»Der Idiot hat mich so genannt. Der war doch debil. Er hätte eine Dahlie nicht von einem Kürbis unterscheiden können.«

Louis legte die schmuddeligen Gegenstände sorgfältig in die Leinentasche zurück. Er durchwühlte nicht gern anderer Leute Sachen, von wem auch immer. Thévenin nahm erneut einen kräftigen Schluck aus der Flasche. Bevor er die Pornohefte zurücklegte, blätterte Louis sie rasch durch.

»Das interessiert dich wohl?« fragte Thévenin höhnisch.

»Nein. Ich sehe nach, ob du sie nicht vielleicht durchbohrt hast.«

»Was glaubst du?«

»Steh auf. Hast du einen Werkzeugschuppen hier? Führ uns hin.«

»Weshalb?«

»Weil du keine Wahl hast. Wegen der Frau aus Nevers.«

»Scheiße! Ich hab sie nicht angerührt.«

»Vorwärts. Marc, halt ihn fest.«

»Meine Flasche!« rief Thévenin.

»Du wirst sie schon wiederfinden. Vorwärts!«

Thévenin führte sie mit schwankenden Schritten bis zum anderen Ende des Friedhofs.

»Ich weiß nicht, was dir hier gefällt«, sagte Louis.

»Es ist ruhig«, erwiderte Thévenin.

»Mach auf«, sagte Louis, als sie vor einer kleinen Holzhütte angelangt waren.

Thévenin, den Marc festhielt, kam dem Befehl nach, und Louis beleuchtete den kleinen Raum, in dem sich gängiges Gartenwerkzeug stapelte. Zehn Minuten durchsuchte er sorgfältig die Hütte, wobei er von Zeit zu Zeit das Gesicht Thévenins betrachtete, der gelegentlich in höhnisches Gelächter ausbrach.

»Begleite uns zum Tor und laß uns raus«, sagte er, als er die Tür der Hütte wieder hinter sich schloß.

»Wenn ich will.«

»Genau das. Wenn du willst. Los, vorwärts.«

Als sie am Tor angekommen waren, drehte Louis sich zu Thévenin um und packte ihn sanft am Hemd.

»Jetzt hör auf zu lachen und hör mir gut zu, Schnitter: Ich komm dich wieder besuchen, verlaß dich auf mich. Versuch nicht, abzuhauen, das wäre ein gravierender Fehler. Und komm nicht auf den Gedanken, auch nur eine einzige Frau anzurühren, hörst du? Eine einzige Verfehlung, ein einziges Opfer, und du wirst dich zu deinen Freunden auf dem Friedhof gesellen, glaub mir das. Ich laß dir keine Chance, wo immer du auch hingehst. Denk immer daran.«

Louis nahm Marc am Arm und schloß das Portal hinter ihnen.

Als sie am Boulevard Raspail angelangt waren, fast verwundert, die Stadt wiederzusehen, fragte Marc:

»Warum hast du deinen Vorteil nicht ausgenutzt?«

»Was für einen Vorteil? Keine Gartenschere in der Tasche, keine Gartenschere in der Hütte. Auch keine Haushaltsschere, keine Stanze oder sonst etwas in der Art. Und die Hefte sind ganz.«

»Und bei ihm zu Hause? Warum hast du nicht verlangt, daß er uns zu sich nach Hause führt?«

»Mit welchem Recht, Marc? Der Typ da ist besoffen, aber er ist kein Schwachkopf. Er wäre in der Lage, die Bullen aufzusuchen und Anzeige zu erstatten. Von dem ›Schnitter‹ ist es nur ein Schritt zu Clément, und von uns zu Clément ein anderer. Wenn der ›Schnitter‹ Anzeige erstatten und seine Geschichte erzählen würde, dann wären die Bullen am nächsten Morgen bei dir, um Clément einzusammeln. Siehst du, wir haben nicht viel Spielraum.«

»Aber wie könnte der ›Schnitter‹ sagen, daß du das bist? Er weiß nicht mal deinen Namen.«

»Das könnte er tatsächlich nicht. Aber Loisel weiß, daß die Sache mich interessiert, *er* würde den Zusammenhang herstellen. Und er würde finden, daß ich ein bißchen zu weit gehe, ohne ihn zu informieren. Wir sind nicht nur von Dummköpfen umgeben, Marc, das ist das Problem.«

»Ich verstehe«, sagte Marc. »Wir stecken in der Klemme.«

»Zum Teil. Es gibt Schlupflöcher, aber wir müssen uns sehr sorgfältig hindurchlavieren. Ich hoffe, ihn wenigstens für einige Zeit eingeschüchtert zu haben. Und ich werde ihn nicht aus den Augen lassen.«

»Fang nicht an zu träumen. Bei so einer Art Mörder haben Drohungen wenig Sinn.«

»Ich weiß nicht, Marc. Jetzt fährt kein Bus mehr, suchen wir uns ein Taxi, ich habe die Nase voll.«

Auf der Höhe der Metrostation Vavin stoppte Marc ein Taxi.

»Kommst du noch mit in die Baracke, ein Bier trinken?« fragte er Louis. »Das würde dich entspannen.«

Louis zögerte und entschied sich für das Bier.

22

Im Refektorium der Baracke in der Rue Chasle brannte noch Licht. Louis sah auf die Uhr, es war eine Stunde nach Mitternacht.

»Lucien arbeitet ja lange«, sagte er und stieß das alte Tor auf.

»Ja«, erwiderte Marc mit einer gewissen Würde. »Er ist ein Arbeitstier.«

»Wie schafft ihr das eigentlich, Clément während der Nacht zu bewachen?«

»Wir schieben die Bank vor die Tür und schlafen da sozusagen als Sperre mit zwei Kissen. Das ist nicht sehr bequem. Aber Clément kann nicht vorbei, ohne daß man es spürt. Mathias schläft unter der Bank und ohne Kissen. Aber Mathias ist ein besonderer Fall.«

Louis wagte nicht, dazu etwas zu sagen. Er hatte mit seinem Urteil über Lucien vorhin schon genug Schaden angerichtet.

Lucien saß noch immer an seinem Platz an dem großen Tisch. Er arbeitete nicht. Er hatte den Kopf auf seine Arme gelegt und schlief tief und fest auf *1914–1918: Die Heldenkultur*. Marc ging leise zur Tür von Cléments kleinem Zimmer und öffnete sie. Er spähte hinein, dann drehte er sich ruckartig um und sah Louis an.

»Was ist?« fragte Louis, plötzlich beunruhigt.

Mit offenem Mund und unfähig, ein Wort zu sagen, schüttelte Marc langsam den Kopf. Louis stürzte in das Zimmer.

»Weg«, sagte Marc.

Die beiden Männer sahen sich bestürzt an. Marc hatte Tränen in den Augen. Er stürzte sich auf Lucien und schüttelte ihn mit aller Kraft.

»Du Idiot!« schrie er. »Was hast du mit Marthes Puppe gemacht, du Idiot?«

Mit verknautschtem Gesicht wachte Lucien aus dem Schlaf auf.

»Womit?« fragte er mit heiserer Stimme.

»Clément!« rief Marc und schüttelte ihn weiter. »Wo ist Clément, verdammt noch mal?«

»Ach, Clément? Nichts Ernstes, er ist rausgegangen.«

Lucien richtete sich auf und streckte sich. Marc sah ihn fassungslos an.

»Rausgegangen? Wie? Wohin gegangen?«

»Einen kleinen Spaziergang im Viertel machen. Der Junge konnte nicht mehr, immer nur eingesperrt, das ist normal.«

»Aber wie kommt es, daß er einfach rausgehen konnte, um einen Spaziergang zu machen?« rief Marc und stürzte sich erneut auf Lucien.

Lucien betrachtete Marc in aller Ruhe.

»Mein lieber Marc«, sagte er bedächtig und rümpfte die Nase, »er ist gegangen, weil ich ihm die Erlaubnis dazu gegeben habe.«

Lucien warf einen kurzen Blick auf seine Uhr.

»Ausgang für zwei Stunden. Er wird bald zurück sein. Genau in fünfundvierzig Minuten. Ich hol euch ein Bier.«

Er kramte im Kühlschrank herum und brachte drei Bier mit. Louis hatte sich in bedrohlicher Haltung auf die Bank gesetzt.

»Lucien«, sagte er mit tonloser Stimme, »hast du das mit Absicht gemacht?«

»Ja«, erwiderte Lucien.

»Hast du das mit Absicht gemacht, um mich zu ärgern?«

Luciens Blick begegnete dem von Louis.

»Vielleicht«, sagte er. »Ich habe es vor allem mit der

Absicht gemacht, daß er ein bißchen Luft kriegt. Es ist nichts zu befürchten. Sein Bart wächst dicht, er hat kurze und braune Haare, trägt seine Brille und hat die Klamotten von Marc an. Es ist nichts zu befürchten.«

»Damit er ein bißchen Luft kriegt, was?«

»Ganz richtig, damit er ein bißchen Luft kriegt«, erwiderte Lucien und hielt Louis' grünem Blick unerschrocken stand. »Damit er herumlaufen kann. Damit er frei ist. Ihr haltet den Typen jetzt seit drei Tagen in den vier Wänden hier fest, bei geschlossenen Fensterläden, und behandelt ihn wie einen Dummkopf, der nicht einmal mitkriegt, was um ihn herum passiert, behandelt ihn, als würde er nichts spüren. Man bringt ihn zum Aufstehen, man füttert ihn, ›iß, Clément‹, man befragt ihn, ›antworte, Clément‹, und wenn man genug von ihm hat, wird er ins Bett geschmissen, ›geh schlafen, Clément‹, ›verzieh dich, laß uns in Ruhe, geh schlafen‹ ... Also, was habe ich gemacht? Was habe ich gemacht?« fragte er und beugte sich über den Tisch zu Louis.

»Eine gewaltige Dummheit«, erwiderte Louis.

»Ich habe Clément seine kleinen Flügel, seine kleine Würde wiedergegeben«, sagte Lucien, als hätte er nicht gehört.

»Ich hoffe, du kapierst, wo ihn seine kleinen Flügel hinbringen werden?«

»In den Knast!« schrie Marc und stürzte sich wieder auf Lucien. »Du hast ihn geradewegs in den Knast gebracht!«

»Aber nein«, sagte Lucien. »Niemand erkennt ihn. Er sieht jetzt aus wie ein Szenegänger vom Square des Innocents.«

»Und wenn man ihn erkennt, du Dummkopf?«

»Es gibt keine wahre Freiheit ohne Risiko«, sagte Lucien leichthin. »Du als Historiker solltest das wissen.«

»Und wenn er seine Freiheit verliert, Schwachkopf?«

Lucien sah Marc und Louis nacheinander an und stellte jedem ein Bier hin.

»Er wird sie nicht verlieren«, sagte er langsam und

deutlich. »Wenn die Bullen ihn festnehmen, müssen sie ihn wieder freilassen. Weil er nicht der Mörder ist.«

»Ach so?« sagte Marc. »Und das wissen die Bullen? Ist das neu?«

»Das ist neu, in der Tat«, sagte Lucien und öffnete sein Bier mit einer raschen Bewegung. »Aber die Bullen wissen es noch nicht. Nur ich weiß es.«

»Aber ich teile mein Wissen gern«, fügte er nach kurzem Schweigen hinzu.

Und er lächelte.

Louis öffnete sein Bier und trank mehrere Schlucke, ohne den Blick von Lucien zu wenden.

»Ich hoffe für dich, daß die Geschichte gut ist«, sagte er drohend.

»Darum geht es bei der Geschichte nicht. Entscheidend ist, daß sie wahr ist. Nicht wahr, Marc? Und sie ist wahr.«

Lucien verließ den Tisch und setzte sich mit seinem Bier auf den kleinen dreibeinigen Schemel vor dem Kamin. Er sah Louis nicht mehr an.

»Der erste Mord geschah am Square d'Aquitaine im 19. Arrondissement », sagte er. »Der zweite hat in der Rue de la Tour-des-Dames im 9., am anderen Ende von Paris stattgefunden. Der dritte Mord wird – wenn man ihn nicht verhindern kann – in der Rue de l'Étoile im 17. geschehen.«

Louis Blick flackerte. Er verstand nicht.

»Oder vielleicht in der Rue Berger«, fuhr Lucien fort. »Aber ich neige eher zur Rue de l'Étoile. Eine ganz kleine Straße. Wenn die Bullen saubere Arbeit leisten wollten, dann würden sie bei allen alleinstehenden jungen Frauen klingeln, die in dieser Straße wohnen, um sie zu warnen, damit sie niemandem öffnen. Aber«, fügte er hinzu, während er die ungläubigen Gesichter von Louis und Marc ansah, »ich befürchte, daß die Bullen mir nicht folgen werden.«

»Du bist vollkommen übergeschnappt«, knurrte Louis zwischen seinen Zähnen.

»›D'Aquitaine‹ …? ›La Tour‹ …? Fällt euch nichts auf?« fragte Lucien und sah sie erstaunt an. »›D'Aquitaine‹ … ›La Tour‹ … Marc? Meine Güte! Sagt dir das denn gar nichts?«

»Doch«, meinte Marc zögernd.

»Aha!« erwiderte Lucien hoffnungsfroh. »Was sagt dir das?«

»Ein Gedicht.«

»Und was für eins?«

»Von Nerval.«

Lucien erhob sich rasch und nahm ein Buch von der Anrichte. Er schlug eine gekennzeichnete Seite auf.

»Da«, sagte er. »Ich les es euch vor:

Ich bin der Finstre, der Beraubte, der Untröstliche,
Der Fürst von Aquitanien, dessen Turm in Trümmer sank:
Mein *Stern*, mein einziger ist tot, – und das Sternbild meiner Laute –
Zeigt die *schwarze Sonne* der *Melancholie*.«*

Lucien legte das Buch zurück; ihm stand leichter Schweiß auf der Stirn, und er hatte rote Wangen, wie immer, wenn er erregt war. Marc zögerte, aber sein Interesse war geweckt, denn wenn die Exaltiertheiten von Lucien bisweilen wahre Katastrophen darstellten, so konnten es mitunter auch schlicht geniale Einfälle sein.

»Der Mörder folgt dem Gedicht Zeile für Zeile!« erklärte Lucien weiter und schlug mit der Faust auf den Tisch. »Dieses ›Aquitanien‹ und der ›Turm‹ können nicht zufällig beieinander sein. Unmöglich! Das folgt dem Gedicht, ganz eindeutig! Ein mythisches Gedicht, ein Liebesgedicht! Schwer zu deuten, und doch sind es

* Je suis le Ténébreux, – le Veuf, – l'Inconsolé,
Le prince d'Aquitaine à la Tour abolie:
Ma seule *Étoile* est morte, et mon luth constellé
Porte le *Soleil noir* de la *Mélancolie.*

Gérard de Nerval, *El Desdichado,* übers. v. Friedhelm Kemp, in: Erzählungen und Gedichte, München (Winkler) 1989.

die berühmtesten Verse des Jahrhunderts! Die berühmtesten! Die Basis einer Chimäre, die Fundamente einer Welt! Die Wurzeln eines Phantasiegebildes, die Keime eines Wahns! Und der Weg des Verbrechens für den Verrückten, der sich ihrer bemächtigt!«

Völlig außer Atem, hielt Lucien inne, öffnete die Faust und trank einen Schluck Bier.

»Heute abend habe ich Clément getestet«, fuhr er fort und atmete geräuschvoll aus. »Ich habe ihm die Strophe vorgelesen. Ich kann euch garantieren, daß er sie zum ersten Mal in seinem Leben gehört hat. Clément ist nicht der Mörder. Aus diesem Grund habe ich ihn gehen lassen.«

»Armer Irrer«, sagte Louis und stand abrupt auf.

Bleich vor Wut ging er zur Tür und drehte sich zu Lucien um.

»Lucien«, sagte er mit zitternder Stimme, »lern eine Sache vom Leben außer deinem Scheiß-Krieg und deiner Scheiß-Lyrik, lerne eine Sache: Niemand mordet, um ein Gedicht zu illustrieren! Niemand ermordet Frauen, um Verse zu dekorieren, wie wenn man Christbaumkugeln auf eine Tanne stecken würde! Niemand! Niemand hat so etwas je getan, und niemand wird so etwas je tun! Und das ist keine Theorie, es ist die Wirklichkeit! So ist das Leben, und so sind die Morde! Die wirklichen Morde! Nicht die, die du dir in deinem empfindsamen Hirn ausdenkst! Und die, von denen im Moment geredet wird, sind wirkliche Morde, keine ästhetisierende Dekoration! Jetzt merk dir eines, Lucien Devernois: Wenn dein elendes Scheißintellektuellengeschwätz den kleinen Clément lebenslänglich in den Knast bringt, dann schwöre ich dir, daß ich dich zur Erinnerung jeden Abend um ein Uhr nachts ein Exemplar deines Buches fressen lasse.«

Und Louis schlug heftig die Türe zu.

Auf der Straße zwang er sich, ruhig zu atmen. Er hätte diesen armseligen Wicht erwürgen können, auf daß er an seinen Hirngespinsten eines lächerlichen Wissenschaftlers erstickte. Nerval! Ein Gedicht! Die Kiefer fest zusammengepreßt ging Louis etwa fünfzehn Meter die Rue Chasle entlang bis zu der kleinen Mauer, wo sich Vandoosler der Ältere gern hinsetzte, wenn die Sonne schien. Er ließ sich nieder und wartete in der lauen Nacht auf die mögliche Rückkehr von Clément. Er sah auf die Uhr. Wenn Clément die Frist seines »Ausgangs«, den ihm dieser finstere Schwachkopf gewährt hatte, einhalten würde, dann wäre er in einer Viertelstunde zurück.

Louis zählte jede einzelne Minute dieser Viertelstunde. In der kurzen Zeit wurde ihm klar, wie wichtig die Hoffnung war, die er der alten Marthe gemacht hatte, wie sehr er wünschte, ihren Jungen vor den Bullen zu schützen und ihn ihr endgültig frei zurückzugeben. Die Hände fest auf die Oberschenkel gepreßt, überwachte Louis die beiden Seiten der kleinen Straße. Und genau fünfzehn Minuten später sah er, wie unauffällig und verstohlen die Silhouette des fügsamen Jungen auftauchte. Louis drückte sich in den Schatten. Als der junge Mann an ihm vorbeiging, fing sein Herz an zu klopfen, fast, als sei er verliebt. Niemand war ihm gefolgt. Louis sah zu, wie er in die Baracke ging und die Tür hinter sich schloß. Unversehrt.

Gepackt von plötzlicher Erleichterung, vergrub er das Gesicht in den Händen.

23

Gegen halb drei morgens ließ sich Louis erschöpft auf sein Bett fallen und beschloß, daß er am nächsten Tag nicht aufstehen würde. Außerdem war Sonntag.

Um zehn vor zwölf schlug er die Augen wieder auf und war dem Leben nun gewogener. Er streckte seinen rechten Arm aus, schaltete das Radio an, um die neuesten Nachrichten aus aller Welt zu hören, und stand schwerfällig auf.

Als er unter der Dusche stand, hörte er plötzlich ein Wort, das ihn aufschrecken ließ. Er drehte das Wasser ab und spitzte, noch tropfend, die Ohren.

... muß spät am Abend erfolgt sein. Es handelt sich um eine dreiunddreißigjährige Frau ...

Louis stürzte aus dem Bad und blieb wie erstarrt neben seinem Radio stehen.

... nach Ansicht der Ermittler wurde Paule Bourgeay von ihrem Mörder überrascht, als sie sich allein in ihrer Wohnung in der Rue de l'Étoile im 17. Pariser Arrondissement aufhielt. Das Opfer, das heute morgen um acht Uhr gefunden wurde, hat dem Mörder zwischen dreiundzwanzig Uhr dreißig und ein Uhr dreißig morgens ganz offenbar selbst die Tür geöffnet. Die junge Frau wurde erwürgt, dann an mehreren Stellen auf den Oberkörper geschlagen. Die Verletzungen sollen denen der Opfer gleichen, die im vergangenen Monat in Paris am Square d'Aquitaine und in der Rue de la Tour-des-Dames ermordet wurden. Noch immer suchen die Er-

mittler den Mann, dessen Phantombild am Donnerstag von den Zeitungen veröffentlicht wurde und der in der Lage sein könnte, der Polizei entscheidende Informationen zu liefern, was die Morde …

Louis drehte leiser und ließ die Nachrichten weiterlaufen. Er ging mehrere Minuten in seinem Zimmer im Kreis, die Faust an die Lippen gepreßt. Dann trocknete er sich ab, griff nach seinen Sachen und begann sich mechanisch anzuziehen.

Verdammt. Eine dritte Frau. Louis rechnete rasch. Sie war zwischen halb zwölf und halb zwei gestorben … Den ›Schnitter‹ hatten sie gegen Viertel vor zwölf auf dem Friedhof verlassen. Er hatte also genug Zeit gehabt. Und Clément – Louis verzog das Gesicht – war dank Luciens Gunst, ihm kleine Flügel zu verleihen, zwei Stunden weggewesen und um Viertel vor zwei zurückgekehrt. Er hatte leicht hin- und wieder zurückkommen können.

Louis runzelte die Stirn. *Wo* war das passiert? Er erstarrte, das Hemd in der Hand. Rue de l'Étoile … Hatten sie eben wirklich »Rue de l'Étoile« gesagt, oder fing er an, wegen dieser Hirngespinste von Lucien abzudrehen?

Louis stellte das Radio wieder lauter und suchte einen Nachrichtensender. Dann hörte er die Nachricht noch einmal.

… erneut eine junge Frau in ihrer Wohnung in der Rue de l'Étoile in Paris verstümmelt. Das Opfer wurde gegen acht Uhr von einer …

Louis machte das Radio aus und blieb mit nacktem Oberkörper reglos ein paar Minuten auf dem Bett sitzen. Dann zog er mit langsamen Bewegungen sein Hemd an, machte sich fertig und griff nach dem Telefonhörer. Als was hatte er Lucien gestern abend beschimpft? Als armen Irren, jämmerlichen Wicht, Scheißintellektuellen und

Ähnliches dieser Art. Die nächste Begegnung würde ja lustig werden.

Wie auch immer, Lucien hatte es richtig gesehen. Louis schüttelte den Kopf, während er die Nummer des *Âne rouge* wählte. Trotzdem gab es da etwas, das überhaupt nicht paßte.

Die Wirtin des Cafés rief Vandoosler den Älteren, der seine Karten hinlegte und Marc aus der Baracke holte, da die anderen nicht da waren. Fünf Minuten später hatte Louis ihn am Apparat.

»Marc? Ich bin's. Antworte mir kurz und knapp, wie immer. Hast du das gehört? Mit der dritten Frau?«

»Ja«, antwortete Marc mit ernster Stimme.

»Ich weiß, daß Clément gestern abend zurückgekommen ist. Was macht er für einen Eindruck auf dich? Durcheinander?«

»Normal.«

»Weiß er von dem dritten Mord?«

»Ja.«

»Was hat er dazu gesagt?«

»Nichts.«

»Und ... Lucien? Hast du ihn heute morgen gesehen?«

»Nein, ich habe geschlafen. Aber er kommt gleich zum Mittagessen nach Hause.«

»Vielleicht hat er die Nachrichten noch nicht gehört.«

»Doch. Er hat eine Nachricht auf den Tisch gelegt. Ich lese sie dir vor, ich hab sie mitgenommen: *Neun Uhr dreißig – An alle Einheiten: Heute nacht Beginn eines feindlichen Angriffs aus Nordnordwest, voller Erfolg mangels Scharfsinn des Oberkommandos und daraus folgender schlechter Vorbereitung der Truppen. Weitere Angriffe in naher Zukunft zu erwarten. Gegenangriff sorgfältig vorzubereiten – Soldat Devernois.* Reg dich nicht auf«, fügte Marc hinzu.

»Nein«, sagte Louis. »Bitte, frage ihn, ob er einverstanden ist, nach dem Mittagessen bei mir vorbeizukommen.«

»Bei dir zu Hause oder im Bunker?«

»Im Bunker. Wenn er sich weigert, was ich befürchte, dann gib mir Bescheid.«

Nachdenklich verließ Louis das Haus, um zu Mittag zu essen. Schon drei Opfer. Er war überzeugt, daß der Mörder sich eine begrenzte Zahl zum Ziel gesetzt hatte. Louis bestand auf dieser Vorstellung, weil der Mörder zählte und das Zählen notwendigerweise ein Ziel hatte und damit begrenzt war. Aber was für ein Ziel? Drei Frauen? Fünf? Zehn? Und wenn der Typ sich für eine Auswahl von fünf oder zehn entschieden hatte, dann hatte er ihr notwendigerweise auch eine Bedeutung gegeben. Sonst brauchte man keine Auswahl zu treffen.

Louis blieb auf dem Bürgersteig stehen und dachte nach, das Gesicht gesenkt und auf seine Faust gestützt; er fuhr in seinen Gedankengängen fort und folgte deren kümmerlichem Fluß, der häufig ins Stocken kam.

Es war ausgeschlossen, daß der Täter sich zehn Frauen rein nach dem Zufallsprinzip aussuchte, zehn Frauen einfach so, eine nach der anderen. Nein, die Gruppe als Ganzes mußte etwas bedeuten, ein Universum bilden, um ein Modell zu werden und alle Frauen in sich zu vereinen. Eine Bedeutung suchen.

Zwischen den beiden ersten Opfern hatte man keinerlei Verbindung herstellen können, keinerlei sinnvollen Zusammenhang. Das Gedicht, das Lucien vorgeschlagen hatte, brachte natürlich eine perfekte Verbindung ins Spiel, eine Bedeutung, ein Universum, ein Schicksal, in das der Mörder seine Morde einfügen und das er genießen konnte. Aber gerade das konnte Louis nicht hinnehmen: daß der Mörder ein Gedicht wählen könnte, um seine Auswahl zu bestimmen. Nach einem Gedicht morden... Nein. Das war wirklich zu schön, um wahr zu sein. Viel zu preziös, zu raffiniert, zu schick, das hatte nichts mit der Wirklichkeit zu tun. Nicht verrückt genug, nicht neurotisch genug. Was Louis suchte, war ein wahnsinniges und abergläubisches System. Aber ein Gedicht zu nehmen, um danach zu morden – das war intellektueller Quark, da war er sich sicher.

Nachdenklich setzte er sich an seinen Schreibtisch und wartete auf Luciens eventuellen Besuch. Er glaubte nicht, daß er kommen würde. Um ehrlich zu sein, er selbst wäre nach einer solchen Beschimpfung nicht gekommen. In der Baracke schien man allerdings mit Beschimpfungen deutlich anders umzugehen als im Rest der Welt, und das ließ hoffen. Aber was für die drei Evangelisten untereinander galt, galt sicher nicht auch für ihn.

Während er lauter Achten auf ein weißes Blatt malte, verfolgte Louis seine Gedankengänge weiter, klärte seine Theorie einer »rituellen Serie« des Mörders. Könnten die Verse von Nerval den entscheidenden Sinn bringen, den der Mörder seiner Serie zu geben schien? Nein, natürlich nicht. Das war grotesk. Hirngespinste. Gewiß, die Komplexität dieser Verse konnte jemanden, der von Zeichen und Bedeutungen besessen war, faszinieren. Aber nein, es reichte nicht aus.

Nein. Nein ... es sei denn ... Es sei denn, das Gedicht hätte sich den Mörder gesucht, und nicht umgekehrt. Und da änderte sich plötzlich alles. Louis erhob sich und ging ein paar Schritte im Zimmer auf und ab. Er schrieb den Satz auf das mit Achten übersäte Blatt und unterstrich ihn zweimal. *Das Gedicht müßte sich den Mörder gesucht haben.* In dem Fall wäre es möglich. Alles andere waren Hirngespinste, aber das allein war möglich. Das Gedicht sucht sich den Mörder aus, überrascht ihn, stellt sich ihm in den Weg, der Mörder glaubt, darin das Schicksal zu erkennen, dem er folgen muß. Und er führt es aus.

»Ach, Scheiße!« sagte Louis laut.

Er drehte durch. Seit wann überfallen Gedichte ihre Opfer? Louis warf seinen Stift auf den Tisch. Da klingelte Lucien.

Die beiden Männer nickten sich kurz zu, und Louis räumte einen Stapel Zeitungen von einem Stuhl. Er sah Lucien an, der mit frischem Gesicht und forschendem

Blick vor ihm stand und nicht im geringsten aggressiv oder auch nur verärgert schien.

»Du wolltest mich sehen?« fragte Lucien und warf seine Haarsträhne nach hinten. »Hast du das gehört? Rue de l'Étoile. Voll ins Schwarze. Na ja, der Typ hatte keine andere Wahl. Er hat auf dem Weg angefangen, nun muß er sich auch daran halten. Ein System schränkt immer ein. Wie bei der Armee, es kann keine Abweichung geben.«

Wenn Lucien die Sache so sah und sich nicht einmal mehr an die Auseinandersetzung vom Vorabend zu erinnern schien, dann brauchte man ihm ja nur zu folgen. Louis entspannte sich.

»Wie sind deine Überlegungen?« fragte er.

»Ich hab's dir gestern abend gesagt. Es ist der einzige Schlüssel, der das Kästchen öffnet. Ich rede von dem Kästchen des Mörders, von dem kleinen, geschlossenen System eines Verrückten.«

»Wie bist du darauf gekommen, daß es sich um das geschlossene System eines Verrückten handelt?«

»Hast du das nicht Marc erklärt? Daß es sich um eine begrenzte Zahl von Opfern handelt und nicht um eine unbestimmte Menge?«

»Doch. Magst du einen Kaffee?«

»Gern. Und wenn es eine begrenzte Zahl gibt, wenn es ein System gibt, dann gibt es auch einen Schlüssel.«

»Ja«, sagte Louis.

»Und dieser Schlüssel ist das Gedicht. Das war klar wie Kloßbrühe.«

Louis schenkte den Kaffee ein, setzte sich dann wieder auf seinen Stuhl auf der anderen Seite des Tisches und streckte die Beine aus.

»Nichts weiter?«

»Nichts weiter.«

Louis schien ein bißchen enttäuscht. Er tauchte ein Stück Zucker in seinen Kaffee und aß es.

»Und du denkst, daß der Mörder ein Nerval-Kenner ist?« fragte er skeptisch.

»Das ist zuviel gesagt. Jeder auch nur halbwegs kultivierte Mensch käme da in Frage. Das Gedicht ist total bekannt. Da ist zehnmal mehr Tinte drüber verspritzt worden als über die Geschichte des Ersten Weltkrieges, glaub mir.«

»Nein«, sagte Louis und schüttelte eigensinnig den Kopf. »An einer Stelle irrst du dich. Niemand würde sich ein Gedicht aussuchen, um Leichen daran aufzuhängen, denn das ergibt keinen richtigen Sinn. Unser Typ ist kein Ästhet auf der schiefen Bahn, er ist ein Mörder. Ob er kultiviert oder ungebildet ist, ändert an der Sache nichts. Er hätte kein Gedicht ausgesucht. Dieses Kästchen ist nicht stabil genug für das, was er damit anstellt.«

»Das hast du mir gestern abend bereits sehr höflich erklärt«, sagte Lucien kurz und rümpfte die Nase. »Trotzdem ist Nerval der Schlüssel zu dem Kästchen, so absurd das auch erscheinen mag.«

»Aber das ist es ja gerade, der Schlüssel ist nicht absurd genug. Es ist ein viel zu hübscher, viel zu vollkommener Schlüssel. Er klingt hohl.«

Lucien streckte seinerseits die Beine aus und schloß halb die Augen.

»Ich verstehe, was du sagen willst«, sagte er nach ein paar Augenblicken. »Der Schlüssel ist sehr hübsch, hinterlistig und ein bißchen zu überzeugend.«

»Das ist intellektueller Quark, Lucien.«

»Vielleicht. Das Ärgerliche daran ist nur, daß dieser falsche Schlüssel uns die richtigen Morde erschließt.«

»Dann ist es ein grauenhafter Zufall. Diesen ganzen Kram mit dem Gedicht muß man vergessen.«

Lucien sprang mit einem Satz auf.

»Bloß nicht«, sagte er plötzlich erregt und lief im Zimmer umher. »Ganz im Gegenteil, man muß mit den Bullen darüber reden und verlangen, daß die nächste Straße überwacht wird. Und es liegt ganz in deinem Interesse, für diese Überwachung zu sorgen, Louis, denn wenn eine vierte Frau ermordet wird, dann wirst du das

Buch bis zur Einbanddecke auffressen – und zwar ganz von allein, aus Schuldgefühlen, verstehst du?«

»Welche nächste Straße?«

»Hm! Der Punkt ist etwas heikel. Ich denke, daß der vierte Mord sich unweigerlich auf die schwarze Sonne in dem Gedicht konzentriert.«

»Erklär mir das«, bat Louis in übertrieben düsterem Tonfall.

»Ich wiederhole dir die Strophe: ›Ich bin der Finstre, – der Beraubte, – der Untröstliche / Der Fürst von Aquitanien, dessen Turm in Trümmer sank.‹ Das ist Vergangenheit, darauf kommen wir nicht mehr zurück. Jetzt die dritte Zeile: ›Mein Stern, mein einziger ist tot‹ – das ist auch Vergangenheit, es geht weiter – ›und das Sternbild meiner Laute / Zeigt die Schwarze Sonne der Melancholie.‹ Es gibt keinen Straßennamen mit einer Laute, sei es mit Sternbild oder ohne, in Paris, das kannst du dir ja denken. Damit kommen wir zur ›Schwarzen Sonne‹, die im Text groß geschrieben ist; hier wird der Mörder das nächste Mal zuschlagen. Er ist gezwungen, über diesen Punkt zu gehen, er hat keine Wahl.«

»Und die Schlußfolgerung?« fragte Louis schleppend.

»Eine mehrdeutige und unsichere Schlußfolgerung«, erwiderte Lucien bedauernd. »Es gibt keine *Rue du Soleil noir*.«

»Also ein Geschäft? Ein Restaurant? Oder eine Buchhandlung?«

»Nein, es muß eine Straße sein. Wenn der Mörder anfängt, hinsichtlich seiner Logik Kompromisse einzugehen, dann hat sein Sinn keinen Sinn mehr. Das kann er sich nicht erlauben. Er hat mit Straßennamen angefangen, jetzt muß er bis zum Ende damit weitermachen.«

»Was das angeht, kann ich dir folgen.«

»Eine Straße also. Es gibt aber keine x Lösungen: Es gibt die Rue du Soleil, die Rue du Soleil d'or und schließlich noch die Rue de la Lune, ein mögliches Symbol für ein schwarzes Gestirn.«

Louis verzog das Gesicht.

»Ich weiß«, bemerkte Lucien, »das ist nicht sehr befriedigend, aber etwas anderes gibt es nicht. Ich neige zur *Rue de la Lune*, aber es ist unerläßlich, die Zugänge zu allen drei Straßen zu überwachen. Das kann man nicht dem Zufall überlassen.«

Lucien suchte Louis' Blick.

»Du machst das, nicht wahr?«

»Das hängt nicht von mir ab.«

»Aber du redest mit den Bullen darüber?« fragte Lucien hartnäckig.

»Ja, ich rede mit ihnen darüber«, sagte Louis kurz. »Aber es würde mich sehr wundern, wenn sie sich darauf einließen.«

»Du wirst ihnen dabei helfen.«

»Nein.«

»Ist dir die Schwarze Sonne egal?«

»Ich glaube nicht dran.«

Lucien sah ihn an und nickte leicht mit dem Kopf.

»Ist dir klar, daß eine Frau in Gefahr ist?«

»Das weiß ich besser als jeder andere.«

»Aber du fühlst es weniger als ich«, gab Lucien zurück. »Hilf mir. Ich kann die drei Straßen nicht allein überwachen.«

»Die Bullen werden dir helfen, wenn sie dazu Lust haben.«

»Erzählst du ihnen die Geschichte auch ernsthaft? Ohne sie lächerlich zu machen?«

»Das verspreche ich dir. Ich lasse sie ihre Schlußfolgerungen ziehen, ohne einen Kommentar dazu abzugeben.«

Lucien warf ihm einen mißtrauischen Blick zu und ging zur Tür.

»Wann gehst du hin?«

»Jetzt.«

»Übrigens, wärst du in der Lage, ihnen den Titel des Gedichts zu sagen?«

»Nein.«

»*El Desdichado*. Das bedeutet ›Der Enterbte‹.«

»Sehr gut. Verlaß dich auf mich.«

Die Klinke in der Hand, wandte Lucien sich noch mal um.

»In der ersten Fassung hatte das Gedicht einen anderen Titel. Vielleicht würde dich der interessieren?«

Louis zuckte höflich mit den Achseln.

»Das Schicksal«, sagte Lucien und betonte deutlich beide Silben.

Dann schlug er die Tür zu. Louis blieb einige Minuten in Gedanken versunken stehen; er kam sich vor wie ein Ungläubiger, der sich Sorgen macht um einen Freund, der plötzlich zum Mystiker geworden ist.

Dann fragte er sich, seit wann Lucien, den er immer nur in den Weltkrieg vertieft gesehen hatte, soviel über Gérard de Nerval wußte.

24

Es war zwar Sonntag, aber da Loisel den neuen Mord am Hals hatte, war klar, daß er bis nachts in seinem Büro sein würde. Das gab Louis die Zeit, seine beiden Mörder aufzusuchen, den ›Schnitter‹ und den Trottel, die beiden Männer, die er hatte nachts herumlaufen lassen, und die er weiter herumlaufen lassen würde, wenn sich kein Ausweg finden ließe – alles wegen der alten Marthe. Louis verspürte leichte Übelkeit, wenn er an den dritten Mord dachte. Er kannte das Gesicht der Frau noch nicht und zögerte, es sich anzusehen. Er nahm seine Finger zur Hilfe. Heute war der 8. Juli. Die erste Frau war am Donnerstag, dem 21. Juni ermordet worden, die zweite zehn Tage später, am Sonntag, dem 1. Juli, und die dritte sechs Tage später. Der Mörder folgte einem schnellen Rhythmus. Ein weiterer Mord konnte am Freitag geschehen oder sogar schon früher. In jedem Fall blieb nicht viel Zeit.

Louis sah auf den Wecker. Drei Uhr. Er konnte es sich nicht mehr leisten, alles zu Fuß zu erledigen, er würde das Auto nehmen. Er schloß die drei Schlösser der Tür zu seinem Büro ab und ging rasch die zwei Stockwerke hinunter. Während er in der dunklen Eingangshalle des Gebäudes die schwere Tür aufstieß, sagte er halblaut vor sich hin:

»*In Grabesnacht, Du, die ein Trost mir war …*«

Bewußt wurde ihm das erst, als er die heiße Straße entlangging. Der Satz entstammte geradewegs diesem Nerval-Gedicht, da war er sich sicher. *In Grabesnacht, Du, die ein Trost mir war* ... Ja, sicher. Aber Lucien hatte sie nicht vorgelesen, sie war aus einer anderen Strophe, sicherlich der zweiten. Er lächelte, als er über die dunklen Mechanismen der Erinnerung nachdachte. Seit mehr als fünfundzwanzig Jahren hatte er kein solches Buch und schon gar keinen Nerval mehr aufgeschlagen, aber in dieser turbulenten Situation zeigte sein Gedächtnis ihm ein kleines Fragment, wie eine Blume, die einen Schiffbruch überstanden hat. Eine traurige Blume, um die Wahrheit zu sagen. In diesem Augenblick wurde Louis sich bewußt, daß er nicht in der Lage war, Loisel die ersten vier Verse korrekt aufzusagen, und er mußte doch zumindest das Versprechen halten, das er Lucien gegeben hatte. Er machte also einen langen Umweg, bis er eine Buchhandlung fand, die sonntags geöffnet hatte, und begab sich dann auf den Friedhof von Montparnasse.

Am Tag wirkte der Ort anders, aber nicht viel fröhlicher. Er spürte den ›Schnitter‹ auf, der in der abgelegensten Ecke des dreieckigen Friedhofsteils, an ein Grabmal gelehnt, im Schatten döste. Beruhigt ging er auf den anderen, den größeren Teil des Friedhofs und untersuchte aufmerksam die Bäume. Er brauchte eine gewisse Zeit, bevor er auf den Stämmen Einschnitte fand, die den von Clément beschriebenen ähnelten. Hier und da, etwa an jedem fünfzehnten Baum, hatten nicht sehr tiefe, aber wiederholte und wütende Einkerbungen die Rinde zerschnitten. Manche waren alt und vernarbt, andere jünger, aber keine war ganz frisch. Louis ging langsam wieder zu der Ecke, in der der ›Schnitter‹ sich niedergelassen hatte. Er mußte ihn mehrmals mit der Fußspitze anstupsen, bevor er die Augen öffnete und aufschreckte.

»Salut«, sagte Louis. »Ich habe dir ja gesagt, daß ich wieder vorbeikommen würde.«

Thévenin stützte sich auf einen Ellbogen und sah Louis aus seinem roten und verknitterten Gesicht mißtrauisch an, ohne etwas zu sagen.

»Ich habe dir was zu trinken mitgebracht.«

Der Mann erhob sich linkisch, klopfte kurz seine Kleidung ab und streckte die Hand nach der Flasche aus.

»Du willst mich zum Reden bringen, was?« fragte er und kniff die Augen zusammen.

»Natürlich. Du glaubst doch wohl nicht, daß ich meine Kohle auf den Kopf haue, um dir einen Gefallen zu tun, wie? Setz dich wieder.«

Wie am Vortag legte Louis seine Hand auf Thévenins Schulter und drückte so lange, bis der Mann auf dem Boden saß. Wegen seines Knies konnte Louis sich nicht auf den Boden setzen, und er wollte es auch nicht. Er machte es sich, halb sitzend, halb stehend, auf der Kante eines aufgerichteten Grabsteins bequem. Thévenin feixte höhnisch.

»Da hast du dich aber geschnitten«, sagte er. »Je mehr ich trinke, desto klarer bin ich.«

»Eben«, erwiderte Louis.

Thévenin studierte mit gerunzelter Stirn das Flaschenetikett.

»He, sag mal, du verarschst mich doch wohl nicht. Ein Médoc!«

Er stieß einen langen Pfiff aus und nickte bedeutungsvoll.

»Sag bloß«, wiederholte er. »Ein Médoc!«

»Ich mag keine Rachenputzer.«

»Du hast ja Kohle ...«

»Du hast mich gestern angelogen, was deine Gartenschere angeht.«

»Stimmt nicht«, brummte der Mann und holte den Korkenzieher aus seiner Umhängetasche.

»Woher kommen all die Einschnitte an den Bäumen?«

»Nichts gesehen.«

Thévenin zog den Korken und setzte die Flasche an die Lippen.

Louis verstärkte den Druck seiner Hand auf die Schulter des ›Schnitters‹.

»Woher kommen die?« wiederholte er.

»Von den Katzen. Der Friedhof ist voll von ihnen. Sie wetzen sich die Krallen.«

»Gab's im Institut Merlin auch Katzen?«

»Haufenweise. Sag mal, du hast mich ja wirklich nicht verarscht mit deinem Médoc«, wiederholte er und klopfte mit seinem langen Fingernagel gegen die Flasche.

»Wenn einer hier einen verarscht, dann bist du es.«

»Meine Schere hab ich nicht mehr, das ist kein Witz. Ich habe sie schon mindestens einen Monat nicht mehr.«

»Vermißt du sie?«

Thévenin schien über die Frage nachzudenken, dann nahm er einen weiteren kräftigen Schluck.

»Ja«, sagte er und wischte sich mit dem Ärmel über die Lippen.

»Hast du inzwischen nicht vielleicht einen Ersatz gefunden?«

Der Mann zuckte wortlos mit den Achseln. Louis leerte noch einmal die Leinentasche aus und tastete dann seine Jackentaschen ab.

»Bleib hier«, sagte er und nahm die Schlüssel zu der Hütte mit.

Louis sah sich in dem Abstellraum um, in dem sich seit dem Vorabend nichts verändert hatte, und kehrte dann wieder zum ›Schnitter‹ zurück.

»Was hast du gestern nacht gemacht, nachdem ich gegangen bin?«

Der Mann schwieg beharrlich und beugte den Rücken. Louis wiederholte seine Frage.

»Scheiße«, antwortete Thévenin. »Ich hab mir die Mädchen in den Heften angesehen, hab meine Flasche leergemacht und geschlafen. Was soll ich anderes machen?«

Louis packte Thévenin mit der linken Hand am Kinn und drehte sein Gesicht rasch zu sich. Er suchte Thévenins Blick, und das erinnerte ihn an seinen Vater, wenn der ihn plötzlich gepackt und verlangt hatte: »Zeig mir deine Augen, damit ich sehe, ob du lügst.« Louis hatte sich lange Zeit vorgestellt, daß das L von Lüge oder das

W von Wahrheit gegen seinen Willen deutlich in seinen Pupillen erkennbar wären. Aber die blutunterlaufenen Augen des ›Schnitters‹ verwischten jede Information.

»Warum fragst du mich das?« fragte Thévenin, das Gesicht noch immer in Louis eisernem Griff.

»Kannst du's dir nicht vorstellen?«

»Nein«, sagte der Mann und blinzelte. »Laß mich los.«

Louis stieß ihn zurück. Thévenin rieb sich die Wangen und nahm ein paar Schlucke Médoc.

»Und du?« fragte er. »Was bist du für eine Bestie? Warum machst du mir Ärger, und wie heißt du?«

»Nerval. Sagt dir das was?«

»Überhaupt nichts. Bist du ein Bulle? Nein. Du bist kein Bulle, du bist was anderes. Noch was Schlimmeres.«

»Ich bin Dichter.«

»Scheiße«, erwiderte Thévenin und stellte geräuschvoll seine Flasche auf der Erde ab. »So hab ich mir Dichter nicht vorgestellt. Du machst dich über mich lustig.«

»Nicht im geringsten. Hör dir das an.«

Louis zog das Buch aus seiner hinteren Hosentasche und las die ersten vier Zeilen des Gedichts vor.

»Ist ja nicht gerade fröhlich«, sagte der ›Schnitter‹ und kratzte sich die Arme.

Louis packte erneut das Kinn des Mannes und zog sein Gesicht diesmal langsam zu sich.

»Nichts?« fragte er und sah prüfend in die verschwommenen und geröteten Augen. »Erinnert dich das an nichts?«

»Du spinnst«, murmelte Thévenin und schloß die Augen.

25

Louis stellte sein Auto in der Rue Chasle ab und blieb noch ein paar Minuten am Steuer sitzen, ohne sich zu rühren. Der ›Schnitter‹ entzog sich ihm völlig, und es gab keine Möglichkeit, ihn besser in den Griff zu kriegen. Wenn er zu starken Druck ausübte, bekam der Typ womöglich Angst und rannte zu den Bullen. Sie würden Clément auf die Spur kommen, bevor Louis und die anderen sich auch nur einmal umgedreht hätten.

Jemand klopfte auf das Wagendach. Marc sah ihn durch das geöffnete Fenster an.

»Was wartest du da drin? Willst du dich braten lassen?«

Louis wischte sich den Schweiß von der Stirn und öffnete die Tür.

»Du hast recht. Ich weiß nicht, was ich hier drin mache. Es ist unerträglich.«

Marc nickte. Manchmal fand er Louis seltsam. Er nahm ihn am Arm und zog ihn auf der Schattenseite der Straße mit zur Baracke.

»Hast du Lucien gesprochen?«

»Ja. Ein umgänglicher Typ.«

»Manchmal«, räumte Marc ein. »Und?«

»Also, seinen Nerval, den kann man sich hierhin stekken«, sagte Louis mit ruhiger Stimme, während er sich mit der Hand auf die hintere Hosentasche schlug.

Die beiden Männer gingen mehrfach in der kleinen Rue Chasle auf und ab, bis Louis Marc erklärt hatte, warum man sich Luciens Nerval dahin stecken könnte.

Dann betraten sie die Baracke, wo Vandoosler im Refektorium, dessen Fensterläden noch immer geschlossen waren, auf Clément aufpaßte. Die alte Marthe war gekommen und spielte mit ihrem Jungen Mau-Mau.

»Hat man dich auch nicht gesehen?« fragte Louis und küßte Marthe auf die Stirn. »Hast du gut aufgepaßt?«

»Mach dir keine Sorgen«, erwiderte Marthe strahlend. »Ich freue mich, dich zu sehen, weißt du.«

»Freu dich nicht zu früh, meine Liebe. Wir sind aus der Scheiße noch nicht raus. Und ich frage mich, wie lange wir die Stellung noch halten können.«

Er wies mit einer vagen Handbewegung auf die geschlossenen Fensterläden und auf Clément und ließ sich erschöpft und mit einer Hand in seinem schweißverklebten schwarzen Haar auf die Bank fallen. Er dankte Marc mit einem Kopfnicken für das Bier, das der ihm anbot.

»Machst du dir Sorgen wegen dem, was heute nacht passiert ist?« flüsterte Marthe.

»Unter anderem. Hat man dir gesagt, daß er dank Luciens mütterlicher Aufmerksamkeit draußen war?« fragte Louis leise.

Marthe antwortete nicht. Sie mischte die Karten.

»Überlaß ihn mir einen Augenblick«, sagte Louis und deutete auf Clément. »Mach dir keine Sorgen, ich werde ihm das Hirn nicht zermürben.«

»Warum sollte ich das glauben?«

»Weil er uns das Hirn zermürbt.«

Louis ergriff die Hand des jungen Mannes über den Tisch hinweg, um dessen Aufmerksamkeit auf sich zu lenken. Er bemerkte, daß Clément eine neue Uhr am Handgelenk trug.

»Was ist das?« fragte er und zeigte auf die Uhr.

»Das ist eine Uhr«, erwiderte Clément.

»Ich will damit sagen: Wo hast du sie her?«

»Der Typ hat mir die gegeben, der, der immer so schreit.«

»Lucien?«

»Ja. Das ist, um rechtzeitig zu sein.«

»Du warst gestern abend draußen, nicht wahr?«

Wie schon am Tage zuvor hielt Clément ohne Schwierigkeiten Louis' Blick stand.

»Er hat mir gesagt, zwei Stunden rauszugehen, was mich betrifft. Ich habe draußen aufgepaßt.«

»Weißt du, was heute nacht passiert ist?«

»Das Mädchen«, sagte Clément. »Gab es da auch einen Farnkrauttopf?« fügte er plötzlich hinzu.

»Nein, keinen Farn. Hätte es einen geben sollen? Warst du da und hast einen hingebracht?«

»Aber nein. Niemand hat mich gebeten.«

»Sehr gut. Was hast du gemacht?«

»Im Kino.«

»Um die Uhrzeit?«

Clément wand seine Füße um die Stuhlbeine.

»Das Kino mit den nackten Mädchen, das die ganze Nacht funktioniert«, erklärte er und fingerte am Armband seiner neuen Uhr herum.

Louis seufzte und ließ die Hände auf den Tisch fallen.

»Was ist?« Marthe mischte sich mit lauter Stimme ein. »Ist dir das nicht recht? Der Junge braucht ein bißchen Zerstreuung. Er ist doch ein Mann, oder?«

»Schon gut, Marthe, schon gut«, unterbrach sie Louis leicht resigniert und stand von der Bank auf. »Ich gehe wieder«, fügte er hinzu und wandte sich zu Marc, der gerade sein Bügelbrett aufstellte. »Ich geh jetzt zu den Bullen.«

Louis küßte Marthe, ohne etwas zu sagen, strich ihr mit der Hand über die Wange und verließ das Haus mit der Bierflasche in der Hand.

Marc verharrte einen kurzen Augenblick unentschlossen bei seinem Bügelbrett, stellte dann das Eisen ab und ging ihm hinterher. Er erreichte Louis beim Auto und beugte sich zum Fenster hinunter.

»Suchen dich die Bullen?« fragte er. »Was ist mit dir los?«

»Nichts. Es ist dieser katastrophale Fall. Wir stecken

bis zum Hals im Sumpf, und ich habe nicht die geringste Ahnung, wie wir da herauskommen. Ich bau Mist«, fügte er hinzu und schnallte sich an. »Marthe wartet, du wartest, die vierte Frau wartet, alle Welt wartet, und ich bau Mist.«

Marc sah ihn wortlos an.

»Wir werden doch wohl nicht für den Rest unseres Lebens hier im Dunkeln sitzen«, fuhr Louis leise fort, »und diesen Schwachkopf nämlich persönlich schützen und dabei unermüdlich Opfer zählen?«

»Du hattest gesagt, daß es nicht zehntausend Opfer geben würde. Du hattest gesagt, Clément sei es nicht gewesen.«

Louis wischte sich den Schweiß ab, der ihm von der Stirn rann. Er trank ein paar Schlucke von seinem warmen Bier.

»Ja, das habe ich gesagt. Und was beweist es? Ich rede zur Zeit nur Blödsinn. Clément kotzt mich an. Er und der ›Schnitter‹ sind dasselbe Kaliber.«

»Hast du den ›Schnitter‹ gesehen? Was hat er gestern nacht gemacht?«

»Dasselbe wie Clément Vauquer. Sich mit Pornographie beschäftigt.«

Louis trommelte auf das Lenkrad.

»Ich frage mich, wer hier verrückt spielt«, fügte er hinzu, den Blick vor sich ins Leere gerichtet. »Sie oder ich? Ich liebe die Frauen – einschließlich ihres Gesichts und mit ihrer Einwilligung. Die dagegen geilen sich an anonymen Körperteilen auf, für die sie zehn Francs zahlen. Das nehm ich ihnen übel. Die kotzen mich an.«

Louis schwieg, eine Hand auf dem glühendheißen Lenkrad.

»Und du?« fragte er. »Kaufst du dir welche?«

»Ich bin kein gutes Beispiel.«

»Nein?«

»Nein. Ich bin anspruchsvoll und launisch, ich will, daß man mich ansieht, und ich will, daß man mich bewundert. Was sollte ich mit einem Bild?«

»Ziemlich ehrgeizig«, bemerkte Louis träge. »Wie dem auch sei, ich frage mich trotzdem, wer hier verrückt spielt.«

Louis hob die linke Hand, was bei ihm Zweifel und Verwirrung bedeutete.

»Paß gut auf unseren Trottel auf«, fügte er mit schwachem Lächeln hinzu und ließ den Motor an.

Marc winkte lässig, während das Auto sich entfernte. Dann machte er sich wieder auf den Rückweg zur Baracke, wo ihn im Erdgeschoß das Bügelbrett und im zweiten Stock die Pachtverträge des 13. Jahrhunderts erwarteten. Eine Baracke nur mit Männern. Marc seufzte und überquerte langsam die heiße Straße. Das Gespräch mit Louis hatte ihn ein wenig deprimiert. Er mochte es nicht, wenn ihm zu viel von Frauen erzählt wurde, wenn er gerade ganz allein war, das heißt, eigentlich war er schon seit fast ununterbrochen drei Jahren allein, so schien es ihm.

26

Es hatte Louis beträchtlich erleichtert, seine Zweifel – und im Grunde auch seine schlechte Laune – an Marc weitergegeben zu haben. Er betrat entschlossenen Schrittes das Kommissariat, wo Lärm und Hitze herrschten und jede Menge Typen herumrannten. Loisel zwängte sich zwischen den Schreibtischen hindurch und begleitete eilig den Kommissar vom 17. Arrondissement, der für die Rue de l'Étoile zuständig war, zur Tür. Er entdeckte Louis und gab ihm ein Zeichen.

»Ich muß dich sprechen«, sagte er und trennte sich von seinem Kollegen. »Komm mit. Du hattest recht.«

Er ging zurück in sein Büro, warf die Tür zu und breitete etwa fünfzehn Fotos von dem Mord am Vorabend auf seinem überquellenden Schreibtisch aus.

»Paule Bourgeay, dreiunddreißig Jahre, alleinstehend, wurde allein in ihrer Wohnung überrascht, genau wie die beiden anderen.«

»Auch hier keinerlei Zusammenhang zu den anderen Frauen?«

»Sie sind sich nie im Leben begegnet, nicht mal in der Metro. Sie leben allein, sie sind relativ jung. Keine Schönheiten.«

»Dasselbe System?« fragte Louis, der sich über die Fotos beugte.

»Dasselbe. Lappen in den Mund, Erwürgen, überall auf dem Oberkörper Einstiche von einer Schere oder einer Ahle oder so etwas, richtig widerlich. Und da«, sagte Loisel und pochte auf ein Foto, »sind die Spuren auf dem Boden, auf die du mich hingewiesen hast. Ich muß gestehen, daß ich nichts bemerkt hätte, wenn du mich nicht drauf gestoßen hättest, danke dafür. Im Augenblick führt das aber noch nirgends hin. Ich habe Vergrößerungen machen lassen, darauf sieht man es sehr gut.«

Loisel hielt Louis einen Abzug hin. Auf dem Teppichboden waren rechts vom Kopf deutlich Kratzspuren zu sehen, die sich überkreuzten, als sei eine Hand wie ein Rechen über den Teppich gefahren.

»Fingerspuren«, sagte Louis. »Denkst du das auch?«

»Ja. Es sieht so aus, als hätte der Typ mehrfach versucht, irgend etwas aufzusammeln. Vielleicht seine Ahle?«

»Nein«, erwiderte Louis nachdenklich.

»Nein«, bestätigte Loisel. »Es ist etwas anderes. Die Teppichbodenfliese ist herausgenommen und ins Labor gebracht worden. Im Augenblick haben wir nichts Überzeugendes.«

Loisel zündete sich eine seiner schmalen Zigaretten an.

»Aber diesmal hat niemand in den Tagen vor dem Mord unseren Herumtreiber auf der Straße gesehen«, sagte er. »Und kein Farnkraut in der Wohnung. Meiner Meinung nach hast du richtig gelegen: Seit dem Phantombild versteckt sich unser Mann.«

»Glaubst du?« fragte Louis in gleichgültigem Ton.

»Da leg ich meine Hand für ins Feuer. Er hat sich mit Komplizen zusammengetan. Oder«, fügte er nach einer Pause hinzu, »er hat es geschafft, sich ein paar arme Deppen zu kaufen, die ihn schützen.«

»Ach so, natürlich«, sagte Louis. »Das ist natürlich auch möglich.«

»Normalerweise sucht man bei so einem Fall in der Familie. Ein Bruder, ein Onkel ... und vor allem die Mutter, das habe ich dir ja schon gesagt. Aber bei ihm ist das nutzlos. Er hat keine mehr.«

»Woher weißt du das?«

»Weil wir seinen Namen haben!« verkündete Loisel

und begann plötzlich zu lachen, während er seine Hände aneinanderpreßte, als hätte er ein Insekt gefangen.

Louis ließ sich nach hinten auf seinen Stuhl fallen.

»Ich höre«, sagte er.

»Er heißt Clément Vauquer. Merk dir den Namen, Clément Vauquer. Ein junger Typ aus Nevers.«

»Wer hat dich informiert?«

»Ein Wirt aus Nevers. Gestern.«

Louis atmete tief durch. Pouchet hatte dichtgehalten.

»Alles paßt«, fuhr Loisel fort. »Der Typ hat seine Stadt vor etwa einem Monat plötzlich verlassen.«

»Weshalb?«

Loisel hob ratlos die Hände.

»Alles, was ich sagen kann, ist, daß es sich um einen ziemlichen Hungerleider handelt, der mehr schlecht als recht vom Akkordeonspielen lebt. Du siehst, was für einer das ist. Angeblich kann er ganz gut spielen, aber ich mag kein Akkordeon. Abgesehen von diesem Talent ist er wohl geistig minderbemittelt.«

»Ist er nach Paris gekommen, um zu spielen ... oder um zu morden?«

»Das, mein Lieber ... Bei Minderbemittelten sollte man sich nicht allzuviele Fragen stellen.«

»Was weißt du noch?«

»Er soll im Hôtel des Quatre-Boules im 11. Arrondissement abgestiegen sein, aber der Hotelbesitzer ist sich nicht ganz sicher. Wir suchen noch. Eine Frage von Tagen. Das Netz ist gespannt, er wird sich nicht mehr lange halten können.«

»Nein«, erwiderte Louis zustimmend, »das sehe ich genauso. Aber auch mehrere Tage sind eine ziemlich lange Zeit. Du gehst das Risiko ein, bis Freitag ein nächstes Opfer am Hals zu haben.«

»Ich weiß«, sagte Loisel und runzelte die Stirn. »Ich kann zählen. Und im Ministerium will man kein viertes Opfer.«

»Das Ministerium ist nicht wichtig.«

»Nein?«

»Nein. Es geht um die nächste Frau.«

»Natürlich«, erwiderte Loisel etwas verärgert. »Aber bis dahin haben wir ihn. Er wird sein Versteck nicht geheimhalten können. Es wird auffliegen. Es gibt immer einen Dummen, der einen Fehler macht, darauf kannst du dich verlassen.«

»Sicher«, sagte Louis und mußte an Lucien denken. »Ich habe eine Fährte, die ich dir erläutern wollte. Mach daraus, was du willst.«

Loisel sah ihn aufmerksam an. Er wußte, daß die Fährten des Deutschen nie zu verachten waren. Louis hatte sein Buch aus der hinteren Hosentasche genommen und blätterte darin.

»Da ist es«, sagte er und zeigte auf die erste Strophe von *El Desdichado*. »Lies. Die ersten drei Straßennamen sind da drin. Der nächste Mord müßte an der ›Schwarzen Sonne‹ stattfinden. Also in der Rue du Soleil, der Rue du Soleil d'or oder der Rue de la Lune.«

Mit gerunzelter Stirn las Loisel die wenigen Verse, besah sich den Umschlag des Buches und wandte sich wieder den Versen zu, die er noch einmal las.

»Was ist das für ein Quark?« fragte er schließlich.

»Ich will dir die Worte nicht in den Mund legen«, sagte Louis sanft.

»War es das, was du mir sagen wolltest, als du das erste Mal gekommen bist?«

»Ja«, log Louis.

»Warum hast du dann nichts davon erwähnt?«

»Ich habe gedacht, es sei dummer Intellektuellenquark.«

»Hast du deine Meinung inzwischen geändert?«

Louis seufzte.

»Nein. Wir haben zwar einen Mord mehr, der in das Schema paßt, aber ich habe meine Meinung nicht geändert. Trotzdem kann ich mich täuschen. Du könntest die Dinge ja anders sehen – deshalb vertraue ich dir diese Idee an. Vielleicht wäre es sinnvoll, die drei Straßen zu überwachen, die ich dir genannt habe.«

»Ich danke dir für deine Hilfe«, sagte Loisel und legte das Buch auf den Tisch. »Ich bin froh, Kehlweiler, daß du mit offenen Karten spielst.«

»Aber das ist doch normal«, antwortete Louis in etwas gemessenerem Ton.

»Aber weißt du«, fügte der Kommissar hinzu und pochte auf den Buchumschlag, »ich glaube an solche Spitzfindigkeiten nicht. So schnell sieht man keinen Mörder geistreiche Spielchen spielen und dichterische Morde verzapfen, wenn du verstehst, was ich meine.«

»Besser, als du glaubst.«

»Schade, es war ziemlich pfiffig. Sei mir nicht böse.«

»Nicht im geringsten. Es war auch nur, um mein Gewissen zu beruhigen«, sagte Louis, während er an Clément dachte, wie er dabei war, in seinem Versteck mit lauter Deppen Mau-Mau zu spielen. »Du weißt, wie das ist.«

Über den Tisch hinweg drückte Loisel ihm kräftig die Hand.

27

Auf dem Anrufbeantworter war eine Nachricht von Paul Merlin, dem Krötenmann. Louis hörte sie von der Küche aus, während er sich ein großes Stück Brot abschnitt, das er mit allem belegte, was er im Kühlschrank finden konnte, hauptsächlich hart gewordenem Käse. Es war noch nicht einmal sieben, aber er hatte Hunger. Merlin hatte interessante Informationen für ihn, er wollte ihn so bald wie möglich sehen. Louis klemmte den Hörer unters Kinn und rief ihn zurück, er erklärte sich einverstanden, vor dem Abendessen bei Merlin vorbeizukommen. Dann rief er im *Âne rouge* an und fragte nach Vandoosler dem Älteren. Der Ex-Bulle war noch da und spielte an seinem Tisch Karten. Sonntags saß er ewig im Café, außer wenn er mit Kochen dran war.

»Sag Marc, daß ich ihn in zwanzig Minuten abhole«, erklärte Louis. »Ich hupe vor dem Tor. Nein, wir fahren nicht weit, nur zu Merlin, aber ich brauche ihn wirklich. Ach, Vandoos, sag ihm vor allem, er soll sich was Förmliches anziehen, gebügeltes Hemd, Jackett, Krawatte. Ja, genau … Ich weiß es nicht … Sieh zu, wie du zurechtkommst.«

Louis hängte ein und aß neben dem Telefon stehend sein Stück Brot zu Ende. Dann sah er im Bad nach Bufo und zog sich um. Seinen besten Anzug hatte er auf dem Friedhof von Montparnasse versaut. Er wählte etwas weniger Strenges. Um sieben Uhr zwanzig las er Marc auf, der mit mißmutigem Gesicht in der Rue Chasle auf ihn wartete.

»Du siehst gar nicht übel aus«, sagte Louis und musterte Marc, der ins Auto stieg.

»Das hatte ich zum Examen an«, bemerkte Marc mit gerunzelter Stirn. »Die Krawatte ist natürlich von Lucien. Mir ist zu warm, es kratzt an den Beinen, und ich sehe aus wie ein Idiot.«

»Aber das muß sein, um in der Rue de l'Université durch das Hoftor zu kommen.«

»Ich weiß nicht, was du von mir erwartest«, fuhr Marc schimpfend fort, während das Auto in Richtung Boulevard des Invalides fuhr, »aber du tust gut daran, schnell zu machen. Ich habe Hunger.«

Louis hielt an.

»Kauf dir da an der Ecke ein Sandwich«, sagte er.

Fünf Minuten später kam Marc noch immer mißmutig zurück zum Auto.

»Beklecker dich nicht«, bemerkte Louis und fuhr wieder los.

»Heute abend ist Mathias mit Kochen dran, es gibt Omelett mit Kartoffeln.«

»Das tut mir leid«, sagte Louis aufrichtig. »Aber ich brauche dich.«

»Interessiert dich Merlin?«

»Er nicht, aber der Alte. Du kommst mit mir zu Merlin hinauf, und wenn das Gespräch begonnen hat, dann gehst du unter irgend einem Vorwand raus. Unten im Hof hockt der Schwiegervater und arbeitet mit ohrenbetäubenden Maschinen, ich hab's dir ja erzählt. Sieh zu, daß du mit ihm ins Gespräch kommst, rede mit ihm, rede von Nevers, von dem Institut.«

»Warum nicht von der Vergewaltigung, wo du schon dabei bist?« fragte Marc und verzog das Gesicht.

»Stimmt, warum eigentlich nicht?«

Marc sah Louis an.

»Woran denkst du?«

»An den dritten Vergewaltiger. Der Überfall hat im hinteren Teil des Parks stattgefunden, nicht weit von der Tischlerei des Schwiegervaters entfernt. Angeblich hat er nichts gehört. Nach Cléments Aussage war der dritte Mann um die Sechzig, und nach Merlins Aussage hat sich sein Schwiegervater an alle Frauen und Mädchen des Instituts rangemacht.«

»Was erwartest du dir eigentlich genau von mir?«

»Daß du was rauskriegst. Bleib bei ihm, bis ich wieder runterkomme. Das gibt mir einen Vorwand, mir seine Werkstatt anzusehen.«

Marc seufzte und wandte sich kauend ab.

Merlin empfing sie so herzlich, wie seine gute Erziehung es ihm erlaubte, und Louis war glücklich, den sympathischen Krötenkopf wiederzusehen. Marc dagegen war überrascht.

»Du brauchst nicht lange zu überlegen«, flüsterte Louis ihm zu. »Er erinnert an Bufo.«

Marc stimmte mit einem Blinzeln zu und setzte sich, wobei er versuchte, sein Jackett nicht zu verknautschen. Merlin wirkte etwas ungeduldig. Er warf Marc einen irritierten Blick zu.

»Einer meiner Mitarbeiter«, sagte Louis selbstbewußt. »Spezialist für Sexualdelikte. Ich glaube, er könnte uns behilflich sein.«

Na, Klasse, dachte Marc und knirschte leise mit den Zähnen. Merlin sah ihn mit leicht indigniertem Blick an, und Marc bemühte sich, eine gelassene und verantwortungsbewußte Haltung einzunehmen, was ihm nicht leichtfiel.

»Ich habe ihn gefunden«, sagte Merlin und wandte sich an Louis. »Ich habe den ganzen Tag am Telefon verbringen müssen, aber ich habe ihn gefunden.«

»Den ›Schnitter‹?«

»Ganz genau! Es war wirklich nicht einfach. Aber jetzt haben wir ihn, das ist die Hauptsache. Er wohnt in Montrouge, in der Rue des Fusillés 29.«

Zufrieden ging Merlin um seinen Schreibtisch herum und ließ sich schwer in seinen Sessel fallen, wie eine Kröte, die in ihren Tümpel zurückkehrt.

»Ja«, sagte Louis. »Und er arbeitet auf dem Friedhof von Montparnasse. Ich habe ihn gestern abend getroffen.«

»Was soll das heißen? Sie wußten es bereits?«

»Tut mir leid.«

»Sie wußten es bereits und haben mich diesen Typen für nichts und wieder nichts suchen lassen?«

»Mein Mitarbeiter hat ihn gestern ausfindig machen können, nachdem ich Sie verlassen hatte.«

Na, Klasse, dachte Marc erneut. Merlin warf ihm einen trägen Blick zu. Mit herabhängender Lippe sammelte er ein paar Münzen ein, die auf seinem Schreibtisch herumlagen, und begann sie sich mit trägem Blick zwischen die Finger zu klemmen. Dann ließ er die vier Münzen mit einer raschen Bewegung in seine hohle Pfote fallen. Sofort wiederholte er das Ganze, indem er nun je zwei Münzen zwischen zwei Finger steckte. Interessiert sah Marc zu und vergaß ganz seine geplante Rolle.

»Sie hätten wenigstens die Höflichkeit besitzen können, mir Bescheid zu geben«, sagte Merlin und ließ die gelben Münzen in die andere Hand gleiten.

»Tut mir leid«, wiederholte Louis. »Seit dem dritten Mord habe ich nicht mehr daran gedacht. Ich bitte Sie um Entschuldigung.«

»Schon gut«, erwiderte Merlin, der sich erhob und die Münzen in seiner Hosentasche verschwinden ließ. »Was ist mit dem dritten Mord? Hat die Polizei Vauquer identifiziert?«

In diesem Moment setzte im Hof das Dröhnen der Schleifmaschine ein. Merlin schloß kurz die Augen. Ganz der ergebene und bedrückte Kopf von Bufo, wenn Louis sie ins Café mitnahm und sie auf die Scheibe des Flippers setzte. Marc nutzte die Gelegenheit, stand auf und murmelte ein paar verantwortungsbewußt klingende Worte von wegen eines Anrufes, den er mit seinem Handy erledigen müßte, und verdrückte sich. Im Hof war ihm wohler. Paul Merlin verbreitete Langeweile und den Geruch von Seife, und er hatte nicht die geringste Lust, über die Perversionen von Sexualstraftätern ausgefragt zu werden. Die Fenster der Werkstatt, in der der Schwiegervater arbeitete, waren zum Hof hin weit geöffnet. Marc klopfte höflich, bis Ruhe eintrat, und fragte ihn, ob er wohl die Freundlichkeit hätte, auf seine Rückkehr zu achten. Er habe einen Anruf zu erledigen und wolle Paul Merlin nicht nochmals stören, indem er klingelte. Der Alte hatte ein Stück Holz zwischen die Knie geklemmt und bedeutete ihm, sich keine Sorgen zu machen.

Als Marc auf der Straße stand, zog er sein graues Jakkett aus, rieb sich die Beine und ging ein paar Minuten auf und ab, so lange, wie es ihm für das Telefonat eines vielbeschäftigten Mannes angemessen erschien. Beim Hinausgehen hatte er einen kurzen Blick in die Werkstatt werfen können. Er hatte ein ungeheures Durcheinander gesehen, Berge von Werkzeugen, Schachteln, Brettern, Holzstücken, Sägemehl und Hobelspänen, Zeitungen, Fotos, Bücherstapel, einen verdreckten Wasserkessel und Dutzende von kleinen Holzstatuen in Tischhöhe, die auf dem Boden und in Regalen aufgereiht standen. Dutzende von kleinen Frauen aus Holz, nackt, sitzend, kniend, denkend oder andeutungsweise flehend. Langsam ging er durch den kleinen Hof zurück und steckte den Kopf durch das Fenster, um sich zu bedanken. Der Alte bedeutete ihm erneut, er solle sich keine Sorgen machen, und setzte seine Schleifmaschine wieder in Gang. In einer großen Staubwolke glättete er den Rücken einer kleinen Frau aus Holz. Marc besah sich die Skulpturen, die durcheinander auf dem Boden standen. Sie waren sorgfältig und realistisch gearbeitet, aber keine Kunstwerke. Es waren sehr gut gearbeitete kleine Frauen, die für seinen Geschmack viel zu weich und ergeben waren.

»Ist das immer dieselbe?« schrie er.

»Was?« schrie der Alte zurück.

»Die Frau? Ist das immer dieselbe Frau?«

»Alle Frauen sind immer dieselbe!«

»Ach so«, bemerkte Marc.

»Interessiert Sie das?« fragte der Alte, immer noch schreiend.

Marc nickte, und der Alte bedeutete ihm, keine Hemmungen zu haben und hereinzukommen. Er rief ihm seinen Namen zu – Pierre Clairmont –, und Marc rief seinen zurück. Er ging etwas unbeholfen in der Werkstatt umher und besah sich die sehr unterschiedlichen, plump realistischen Holzgesichter von nahem. Auf den Tischen lagen Dutzende von Frauenfotos, die aus Zeitschriften ausgeschnitten waren, zum Teil vergrößert, zum Teil bekritzelt. Plötzlich trat Stille ein, und Marc wandte sich dem Alten zu, der mit der Arbeit an der Schleifmaschine aufgehört hatte und sich mit einer Hand die weißen Brusthaare kratzte. Mit der anderen hielt er die kleine Statue an einem Schenkel.

»Machen Sie nur Frauen?« fragte Marc.

»Gibt es denn etwas anderes? Sagen Sie's nur, wenn Sie Vorschläge haben. Was gibt es anderes?«

Marc zuckte mit den Schultern.

»Was gibt es anderes?« wiederholte der Alte und kratzte sich weiter an der Brust. »Schiffe? Kirchen? Bäume? Obst? Stoffe? Wolken? Hirschkühe im Wald? Es sind alles Frauen, so oder so. Sie werden das nicht abstreiten, wenn Sie auch nur ein bißchen helle sind. Symbole können mir gestohlen bleiben. Da mache ich lieber gleich Frauen.«

»So gesehen ...«, bemerkte Marc.

»Kennen Sie sich mit Skulpturen aus?«

»Nicht allzusehr.«

Der Alte schüttelte den Kopf, zog eine Zigarette aus der Tasche seines offenen Hemds und zündete sie an.

»Na ja, bei Ihrem Beruf haben Sie zwangsläufig nicht viel Sinn für Poesie.«

»Was für einem Beruf?« fragte Marc und setzte sich.

»Zigarette?«

»Ja, danke.«

»Ich würde sagen, Polizei oder so was. Nichts Feinsinniges halt.«

Na, Klasse, wiederholte sich Marc. Seine Gedanken wanderten zu den Pachtverträgen des 13. Jahrhunderts, die ihn auf seinem Schreibtisch erwarteten. Was hatte er eigentlich mit seinem kratzenden Anzug hier verloren, warum mußte er sich mit diesem heiteren, leicht angriffslustigen Alten herumärgern? Ach so, ja, Marthe. Die Puppe von Marthe.

»Sie interessieren sich für Frauen erst, wenn sie tot sind«, fuhr der Alte fort. »Keine sehr belebende Sichtweise.«

Sicher, dachte Marc. Er beschäftigte sich sogar mit Millionen von toten Individuen. Der Alte hatte aufgehört, sich zu kratzen, und streichelte mechanisch den Schenkel der Holzstatue. Wieder und wieder strich er mit seinem runzligen Daumen über das Holz, und Marc wandte den Blick ab.

»Wie kommen Sie zum Beispiel darauf, dieses grauenhafte Drama im Institut wieder auszugraben?« fragte der Alte. »Haben Sie nichts zu tun, oder was?«

»Wissen Sie Bescheid?«

»Paul hat mir gestern davon erzählt.«

Clairmont spuckte mißbilligend ein paar Tabakkrümel auf den Boden. Dann wandte er sich wieder dem Schenkel seiner kleinen Statue zu.

»Haben Sie etwas dagegen?« fragte Marc.

»Paul mochte diese Nicole sehr – die Frau, die da gestorben ist. Er hat Jahre gebraucht, um darüber hinwegzukommen. Und da Sie kreuzen Sie eines schönen Abends einfach so auf. Aber so sind die Bullen: alles kaputtmachen, Existenzen vernichten. Das haben sie im Blut, nicht? Radau, Krawall! Die müssen unbedingt alles verwüsten wie eine Heerschar von roten Waldameisen. Und wofür? Für nichts! Nur Wind! Sie werden die beiden Vergewaltiger nie finden!«

»Wer weiß?« sagte Marc träge.

»Es hat damals keine Beweise gegeben, und es gibt

heute erst recht keine mehr«, erklärte Clairmont kategorisch. »Die alten Sachen sollte man auf sich beruhen lassen.«

Er erhob sich halb von seinem Schemel und bückte sich unter den Tisch, wo er geräuschvoll in seinen Holzkisten wühlte und eine Statue an der Schulter packte. Er stellte sie schwungvoll auf den Boden zwischen sich und Marc.

»Da ist sie, die arme Frau«, sagte er. »Ich habe sie sogar in Bronze gießen lassen, damit sie auf immer weiterlebt.«

In diesem Augenblick betrat Louis die Werkstatt, stellte sich vor und schüttelte dem Bildhauer die Hand.

»Ihr Kollege ist mit künstlerischem Feingefühl nicht gerade gesegnet«, sagte ihm Clairmont ohne weitere Vorreden. »Ich weiß nicht, ob Sie vom selben Schlag sind, aber ich bedaure Sie.«

»Vandoosler ist ein Experte«, erwiderte Louis lächelnd. »Er beschäftigt sich ausschließlich mit Sexualpathologie, und das bringt ihn nicht gerade zum Träumen. Wir sind nicht alle so versierte Experten.«

Marc warf dem Deutschen einen dumpfen Blick zu.

»Sexualpathologie, was?« sagte Clairmont langsam. »Sind Sie deswegen zu mir gekommen, was? Was braut sich jetzt in Ihrem Expertenhirn zusammen? Was sagen Sie da zu sich selbst? Der alte Clairmont, der den lieben langen Tag an seinen kleinen Frauen rumfummelt, der hat nicht mehr alle Tassen im Schrank, ein richtiger Besessener?«

Marc schüttelte den Kopf, während er den Daumen wieder und wieder über den hölzernen Schenkel streichen sah. Louis berührte flüchtig den Kopf der kleinen Statue, die vor Clairmonts Füßen stand.

»Reden Sie von der da?« fragte er.

»Genau«, erwiderte der Alte. »Das ist die, für die Sie sich interessieren, die Frau aus dem Institut, das ist Nicole Verdot.«

Louis hob die kleine, kniende Frau vorsichtig an den Armen hoch.

»Ist sie originalgetreu?«

»Es gibt keinen Bildhauer, der originalgetreuer arbeitet als ich. Fragen Sie wen sie wollen in der Branche. Sogar die Ohren sind originalgetreu.«

Leider, dachte Marc.

»Hat sie da noch gelebt?«

»Nein«, sagte der Alte und zündete sich eine neue Zigarette an. »Ich habe die Statue nach ihrem Tod gemacht, nach Zeitungsfotos. Ich arbeite immer nach Fotos. Aber sie ist es, sie ist es wirklich. Paul hat sie nicht ertragen, so ähnlich ist sie. Als er sie gesehen hat, hat er geschrien wie ein Esel. Deswegen habe ich sie versteckt, er glaubt, ich habe sie weggeworfen.«

»Hat er sie bei Ihnen in Auftrag gegeben?«

»Paul? Machen Sie Witze?«

»Warum haben Sie sie dann gemacht?«

»Um sie in Ehren zu halten, damit sie weiterlebt.«

»Haben Sie sie geliebt?«

»Nicht mehr als andere. Ich liebe alle Frauen.«

»Sie hatte eine ziemlich große Nase«, sagte Louis und stellte die Statuette vorsichtig wieder auf den Boden.

»Ja«, sagte der Alte und nickte.

Louis sah sich um.

»Darf ich mich umschauen?« fragte er.

Clairmont nickte, und Louis ging langsam zwischen den Arbeitstischen und Regalen hindurch. Der Alte starrte Marc unverwandt an.

»Sie hatten mir nichts von Ihrem delikaten Spezialgebiet gesagt. Machen Sie das schon lange?«

»Seit ich vier bin«, erwiderte Marc. »Ich habe mich schon früh aufs Forschen verlegt.«

Clairmont warf seine Kippe in das Sägemehl.

»Vielleicht denken Sie, ich habe ’ne Fliege im Helm«, murmelte er und klopfte auf den Kopf von Nicole Verdot, die ergeben zu seinen Füßen stand. »Aber ich rate Ihnen, zunächst mal Ihr eigenes Material zu überprüfen.«

Gleichgültig pflichtete Marc ihm bei. Er hatte den Ausdruck »eine Fliege im Helm haben« noch nie gehört. Er vermutete, das sei die Entsprechung von »eine Macke« oder »einen Sparren haben«, nur etwas krasser ausgedrückt. Man hörte geradezu den panischen Lärm der Fliege und sah ihren verstörten Flug, und der Ausdruck gefiel ihm sehr. Wenigstens war er nicht völlig umsonst gekommen. Diese Neuerwerbung tröstete ihn darüber hinweg, daß er Mathias' Omelett verpaßt hatte. Natürlich hatte er eine Fliege im Helm, das war gar nicht zu leugnen, aber nicht so, wie der alte Clairmont glaubte. Clément hatte ebenfalls eine fette Fliege im Helm. Und Lucien mit seinen Schützengräben auch. Und der Deutsche mit seinen verdammten Verbrechen. Nur Marthe nicht. Marc betrachtete die Hand des Alten, die unaufhörlich die unvollendete Figur begrapschte. Clairmont hatte ebenfalls eine Fliege im Helm, und zwar von einer ziemlich weit verbreiteten Fliegengattung.

28

»Fünf Dinge«, sagte Marc zu Louis und streckte ihm die Finger einer Hand entgegen, während das Auto sich von dem Stadtpalais entfernte. »Erstens hätte ich da ein paar ernsthafte Bemerkungen zu dem Beruf zu machen, den du mir angehängt hast, ohne mich zu fragen.«

»Gut«, erwiderte Louis. »Hat er dir nicht gefallen?«

»Er hat mir überhaupt nicht gefallen«, bekräftigte Marc. »Zweitens: Was haben die Bullen zum Thema Nerval gesagt? Und drittens: Kennst du den Ausdruck ›eine Fliege im Helm haben‹? Und viertens: Was hältst du von diesen abscheulichen Figuren? Fünftens ist es unabdingbar, daß ich irgendwo was trinken gehe. Die beiden Typen da, die Kröte und ihr Schwiegervater, haben mich geschafft.«

»Wer paßt heute abend auf Clément auf?«

»Ich bin dran. Der Pate vertritt mich, bis ich wieder zurück bin.«

»Wir dürfen uns keinen Schnitzer mehr erlauben. Die Bullen haben Vauquer identifiziert. Jetzt wissen sie, wer er ist und woher er kommt. Sie werden sein gesamtes Leben durchforsten, und wenn sie die Vergewaltigung im Institut und den Mord an der jungen Verdot entdecken, dann werden sie wild. Ich hoffe, daß Lucien begriffen hat, daß wir alle gemeinsam mit Clément im Knast gelandet wären, wenn sie ihn gestern geschnappt hätten.«

»Man weiß nie ganz genau, was Lucien mitkriegt. Es kann sein, daß er mitkriegt, daß an der Wand im Raum hinter der Küche eine Reißzwecke fehlt, und kurz darauf auf der Straße seinen eigenen Zwilling nicht erkennt.«

»Willst du damit sagen, daß es den Typ gleich zweifach gibt?« fragte Louis und stellte das Auto vor einem Café ab.

»O nein, ich glaube nicht. Lucien sagt selbst, daß er einzigartig ist, daß die Gußform zerstört worden ist.«

»Na, um so besser«, bemerkte Louis und stieg aus. »Das ist die einzige aufbauende Nachricht, die ich seit einer Woche höre.«

»Und was ist mit seinem Nerval? Hast du mit den Bullen drüber geredet?«

»Ganz korrekt, ja. Ich habe Loisel die gesamte Strophe zu lesen gegeben. Ergebnis: Es ist ihnen scheißegal. Loisel sagt, es handle sich um Morde, nicht um einen literarischen Salon.«

»Dann überwachen sie also auch die Straßen nicht?«

»Nein.«

»Und was ist mit den nächsten Frauen?«

Louis breitete die Arme aus und ließ sie fallen.

»Komm«, sagte er, »trinken wir einen Kaffee im Café.«

Die beiden Männer setzten sich an einen einzelnen Tisch am Eck hinter der Scheibe.

»Heb deinen effizienten Arm und bestell zwei Bier«, sagte Marc. »Sind auch dir die Straßen scheißegal?«

»Ja, das weißt du sehr gut.«

»Ich meine: so egal, wie du den Eindruck erweckst? Rumort da auch kein einziger Zweifel in irgendeiner Ecke deines Hirns?«

»In irgendeiner Ecke rumort es fortwährend, das weißt du ganz genau.«

»Ja. Das ist die Fliege. Die macht dieses kleine Geräusch.«

»Die Fliege?«

»Die Fliege im Helm. Der Schwiegervater der Kröte sagt das. Was hältst du von dem Typen?«

Louis verzog das Gesicht.

»Er liebt Frauen auf Knien, Frauen als Opfer, schwache

Frauen, er will sie flehend, am Boden liegend und schließlich in ihrer Unterwerfung verklärt. Wenn diese Wahnvorstellung nicht so hoffnungslos banal wäre, würde das ziemlich gut zu dem dritten Vergewaltiger passen. Er hat dessen Geist und dessen Besessenheit. Und er hat Nicole Verdot in Holz geschnitzt. Ziemlich düster, was?«

»Was ist mit der dritten Frau? Keine Fährte?«

»Sie suchen nach keiner Fährte, weil sie sich sicher sind, den Schuldigen gefunden zu haben. Über die Frau ist nur zu sagen, daß sie keinerlei Verbindung zu den ersten beiden Opfern hatte, daß es eine ruhige, pummelige junge Frau war und daß sie wie die anderen brutal massakriert wurde, ohne jede Spur einer Vergewaltigung. Und es gab keine Topfpflanze mit allen zehn Fingern drauf.«

»Das ist noch keine Entlastung von Marthes Puppe«, bemerkte Marc seufzend. »Um elf Uhr abends hätte er schwerlich einen Farnkrauttopf finden können. Und die Spuren? Die Spuren auf dem Teppich?«

»Die waren da, genauso unerklärlich. Kratzspuren auf dem Teppichboden, kaum wahrnehmbar. Loisel hat sie bemerkt, weil ich seine Aufmerksamkeit darauf gelenkt hatte.«

»Hat er eine Idee?«

»Nein.«

»Und du?«

»Auch nicht. Aber es hat eine Bedeutung, ganz sicher. Und wahrscheinlich eine grundlegende Bedeutung. Wenn wir diese Spuren erklären könnten, wäre Clément Vauquer aus der Sache heraus. Es ist das Siegel des Mörders, sein Markenzeichen, seine unvermeidliche Spur. Gewissermaßen seine Unterschrift, der Abdruck seiner Fliege.«

»Seiner Fliege?«

»Ja, der Fliege, von der du gerade gesprochen hast, die Fliege, die der Mörder im Helm hat.«

Marc nickte.

»Eine riesige Scheißfliege«, ergänzte er.

»Genau das«, bemerkte Louis.

29

Louis setzte Marc gegen elf, nach vier Bier und zwei randvollen kleinen Cognacs, vor der Bruchbude in der Rue Chasle ab. Marc war wieder redselig und sogar regelrecht aufgekratzt geworden, und Louis wiederholte seine Ermahnungen zu höchster Wachsamkeit in der kommenden Nacht. Er selbst war leicht betrunken – außerdem hatte er noch zwei Gläser Sancerre mit Paul Merlin in dessen Büro gekippt – und stieg schwerfällig die Stufen zu seiner Wohnung hinauf.

Er durchquerte mechanisch das Zimmer, warf einen besorgten Blick auf die Übersetzung der Bismarck-Biographie, die seit letztem Dienstag auf seinem Schreibtisch dahinsiechte, und nahm sich eine Flasche Wasser mit ans Bett. Dort schüttelte er mit schlaffer Hand die Decke auf, ein abendliches Pflichtritual, seitdem Bufo die häßliche Angewohnheit angenommen hatte, sich nachts zwischen Matratze und Steppdecke zu klemmen – eine alte deutsche Steppdecke, die er von seinem Vater hatte und die schwer wie Zement war, vorzüglich geeignet, einen fest im Bett zu halten, wenn sich einem nach zuviel Bier alles drehte. Vorzüglich auch für die Kröte, die dort das belebende, schraubstockartige Ambiente von Felsspalten wiederfand. Louis holte sie regelmäßig heraus, und Bufo fand dann Zuflucht in einer Höhle des Bücherregals, hinter den unüberwindbar hohen Bänden des Großen Larousse. Für Louis war das ein abergläubischer Grundsatz. Solange er Bufo anderswo unterbrachte, so lange hielt auch die Hoffnung an, nicht allein schlafen zu müssen. Und die Hoffnung ist schon die halbe Miete.

»Verschwinde, Bufo«, sagte Louis und packte sie vorsichtig, »du überschreitest deine Rechte einer Amphibie. Wer sagt dir, daß ich nicht jemanden erwarte? Keine in eine mistige Kröte wie du verwandelte Prinzessin, nein, eine richtige, schöne Frau, die nur mich allein lieben würde? Du lachst? Du hast unrecht, Bufo. Das kann vorkommen. Eine richtige, schöne Frau, die auf ihren beiden Beinen steht, nicht so ein resigniertes Mädchen auf den Knien vor ihrem Bezwinger, wie der alte Clairmont sie sich schnitzt. Alles in allem hast du gut daran getan, nicht mitzukommen, du hättest den Typ nicht gemocht. Du hast eine zu reine Seele, genau wie Marc. Allerdings glaube ich, daß du leicht Sympathie für Merlin empfinden würdest, er ist deinem Großvater wie aus dem Gesicht geschnitten, und vor allem hat er einen phantastischen Sancerre im Keller. Wie dem auch sei: Wenn das besagte schöne Geschöpf heute abend hier ankommt, dann versuch dich ein bißchen liebenswürdiger zu zeigen als damals gegenüber Sonia. Erinnerst du dich nicht mehr an Sonia? Das Mädchen, das letztes Jahr hier gewohnt hat und der du fünf Monate lang ein Gesicht gezogen hast? Sonia ist ausgezogen, sie hat dich nicht gemocht. Mich hat sie auch nicht gemocht.«

Louis setzte Bufo hinter dem Großen Larousse ab.

»Und versuch nicht, das alles zu lesen, es bringt dir nur Ärger ein.«

Er machte das Licht aus und ließ sich aufs Bett fallen. Er versuchte, an das hypothetische Geschöpf zu denken, das ihn diese Nacht besuchen könnte, aber er merkte sehr schnell, daß er an diesem Abend nicht so leicht einschlafen würde. Das Herz schlug ihm bis in die Füße, und die Bilder zogen viel zu rasch in seinem Kopf vorüber. Mist. Er streckte sich auf dem Rücken aus, die Arme entlang dem Körper ausgestreckt, aber die Gesichter der drei ermordeten Frauen setzten ihm zu. Paule, die letzte, warf ihm vor, nichts für sie getan und über die Rue de l'Étoile gelacht zu haben. Er erklärte ihr in aller Ruhe, daß sie zu dem Zeitpunkt, als Lucien Devernois ihm seine poetische Theorie auftischte, sicher bereits tot gewesen sei. Ihm war zu warm, und wütend schob er seine Steppdecke zurück. Inzwischen war die vierte Frau aufgetaucht, die Frau, die bis spätestens Freitag unter den Händen des Mörders ihren Geist aushauchen würde; sie kniete und flehte wie die Statuetten des alten Clairmont. Ihre Züge waren unklar und anrührend, und Louis vertrieb sie mit Müh und Not. Sofort tauchte sie, umgeben von allen Holzgesichtern der Figuren Clairmonts, wieder auf. Louis begann, sie erneut zu vertreiben, und versuchte erfolglos, auf dem Bauch liegend einzuschlafen. Ein bißchen gegen seinen Willen fand er sich damit ab, eine Einschlaftechnik zu versuchen, die Marc ihn gelehrt hatte; sie beruhte im wesentlichen auf dem einfachen Prinzip des Widerspruchsgeistes, Marc nannte sie das System der ekligen kleinen Teufel: Der Mensch weigert sich einzuschlafen, wenn er soll, schläft aber sofort ein, sobald man es ihm verbietet. Die Methode besteht folglich darin, die Augen ständig weit geöffnet zu halten, indem man ohne zu erlahmen einen bestimmten Punkt an der Zimmerwand fixiert. Wenn man unglücklicherweise die Augen schließt, tauchen sofort Hunderte von kleinen Teufeln aus diesem neuralgischen Punkt auf und fressen einen auf, es kommt also gar nicht in Frage, die Sache auf die leichte Schulter zu nehmen. Nach Marcs Ansicht stellte sich in maximal zehn Minuten unwiderstehlicher Schlafzwang ein – außer man hatte die unsinnige Idee, die ekligen kleinen Teufel durch kleine Feen zu ersetzen, was dann endgültig verhinderte, daß man Schlaf fand. Louis vertrieb die Holzfrauen ein drittes Mal und fixierte mit weit aufgerissenen Augen das Schlüsselloch der Tür, um die mögliche Flut der Teufelchen zurückzuhalten. Einen Augenblick lang glaubte er, die Methode würde tatsächlich funktionieren, aber die Holzfrauen kämpften voller Erbitterung und veranstalteten ein Gemetzel unter den kleinen Teufeln auf der anderen Seite der Tür. Angewidert und enttäuscht streckte Louis einen Arm Richtung Lampe aus, setzte sich und trank ein paar Schluck Wasser. Es war fast drei Uhr. Da konnte er sich auch gleich ein Bier aufmachen.

Louis tastete sich in die Küche, machte das Licht an und setzte sich mit einer Bierflasche an den Tisch. Das beste Mittel wäre vielleicht, sich wieder an Bismarcks Leben zu machen und herauszufinden, ob der Kanzler in jenem Mai 1874 nun verärgert gewesen war oder nicht. Louis machte die Schreibtischlampe und den Computer an. Genau in dem Moment, als die Maschine mit dem Brummen der Startroutine fertig war, drängte sich eine der hölzernen Statuetten plötzlich vor alle andern und baute sich unübersehbar vor Louis' geistigem Auge auf. Regungslos und mit klopfendem Herzen betrachtete Louis, der sich nicht zu rühren wagte, dieses stumme Gesicht. Es war tatsächlich eine der Figuren von Clairmont, die er vor einigen Stunden in dessen Werkstatt in der Hand gehabt hatte. Er starrte sie einige Augenblicke an, bis er sicher war, ihr Gesicht nicht mehr zu vergessen. Erst dann erlaubte er sich, aufzustehen, und knipste langsam die anderen Lampen im Zimmer an. Dann lehnte er sich mit der Bierflasche, die er fest in der linken Hand hielt, an das Bücherregal und suchte. Er hatte dieses Gesicht schon einmal gesehen, da war er sich sicher, und trotzdem war die Frau eine Unbekannte. Er war sich ziemlich sicher, daß er nie mit ihr geredet hatte, ihr nicht einmal nahe gekommen war, aber sie war ihm unzweifelhaft vertraut. Louis zwang sich, in der Wohnung umherzugehen, während er gegen ein inzwischen erdrückend gewordenes Schlafbedürfnis kämpfte. Aber er befürchtete ernsthaft, daß die Holzfrau am nächsten Morgen verblaßt sein würde, und wanderte ununterbrochen mit seiner Flasche um seinen Schreibtisch herum. Erst nach über einer Stunde kramte sein alarmiertes Gedächtnis die Bruchstücke seiner Erinnerung hervor und rekonstruierte plötzlich die wichtigsten Informationen. Louis sah auf die Uhr. Zehn nach vier. Lächelnd schaltete er den Computer aus und zog sich an. Die Frau war vor einigen Jahren gestorben, sie hieß Claire irgendwas, und sie hauste irgendwo in seinem Archiv. Sie war ermordet worden. Und wenn er sich nicht irrte, war sie das erste Opfer des Scherenmörders.

Er fuhr sich mit dem Kamm durchs Haar, verließ die Wohnung und schloß leise die Tür hinter sich.

30

Louis stellte den Wagen unweit der Arènes de Lutèce ab und eilte zu seinem Bunker. Die Nacht war warm und mondlos. Alles schlief, außer zwei Homosexuellen mit nacktem Oberkörper, die am Gitter des kleinen Parks lehnten und ihm beim Vorbeigehen einladend zunickten. Louis lehnte mit einer Handbewegung ab und fragte sich, was die Typen wohl denken würden, wenn sie wüßten, daß er gerade einer toten Frau hinterherlief.

Er ging behutsam die Treppe hinauf und öffnete langsam die drei Schlösser an der Tür zum Bunker. In der Nachbarwohnung schnarchte ein Alter mit empfindlichem Schlaf, und Louis hatte nicht die Absicht, ihn zu stören. Er stellte die Kaffeemaschine an und öffnete leise einen der Metallschränke. Er erinnerte sich nicht mehr an den Namen der ermordeten Frau, aber er erinnerte sich sehr genau an den Ort: Nevers.

Ein paar Minuten später stellte Louis eine Tasse Kaffee auf seinen Schreibtisch und legte eine schmale Akte daneben, aus der er Presseausschnitte und Fotos hervorzog. Er hatte sich nicht geirrt, es war ohne jeden Zweifel die Frau, die Pierre Clairmont aus Holz geschnitzt hatte. Ein offenes Lächeln, etwas hängende Lider, dichtes, lockiges Haar, das hinter den Ohren festgesteckt war. Claire Ottissier, Angestellte beim Gesundheitsamt der Stadt Nevers, sechsundzwanzig Jahre alt.

Louis trank ein paar Schlucke Kaffee. Dank sei den ekligen kleinen Teufeln, dachte er. Ihr drohendes Eingreifen hatte die Holzfrauen gezwungen, ihren Tanz abzukürzen und ihr drückendes Geheimnis ohne weitere Ausflüchte preiszugeben. Wenn die kleinen Teufel nicht gewesen wären, hätten die Frauen ihn vielleicht noch die ganze Nacht genervt, ohne ihm irgend etwas Wichtiges mitzuteilen.

Claire Ottissier war in ihrer Wohnung in Nevers gegen sieben Uhr abends ermordet worden, als sie gerade von der Arbeit kam. Acht Jahre war das jetzt her, rechnete Louis. Der Angreifer hatte sie niedergeschlagen, mit einem Strumpf erwürgt und dann ein dutzendmal mit einer kurzen Klinge auf sie eingestochen. Was für eine Waffe es war, hatte man nicht herausgefunden. Auf dem blutverschmierten Linoleum hatte man neben dem Kopf des Opfers kleine, rätselhafte Streifen entdeckt, als ob der Mörder ein Vergnügen darin gefunden hätte, seine Finger durch das Blut zu ziehen. Der ausführliche Bericht des *Écho nivernais* fügte noch hinzu, daß »die Ermittler sich mit den geheimnisvollen Spuren beschäftigen, die sicher in Kürze ihre düstere Botschaft enthüllen werden – woran wir nicht zweifeln.«

Louis schenkte sich eine zweite Tasse Kaffee ein, nahm Zucker, rührte um. Natürlich hatten die Spuren nie auch nur das Geringste enthüllt.

Das also war der Grund, weshalb ihn dieser Teppich mit den verstrubbelten Fäden rechts vom Gesicht des zweiten Opfers irritiert hatte. Dieser Spur war er acht Jahre zuvor schon einmal begegnet. Und jetzt schien ihm außer Zweifel zu stehen, daß Claire die erste Frau gewesen war, die der Scherenmörder umgebracht hatte, lange bevor er sich auf die Frau vom Square d'Aquitaine stürzte. Was war seitdem geschehen? Hatte er anderswo gemordet, ohne daß man es erfahren hatte? Im Ausland? War die Frau vom Square d'Aquitaine in Wirklichkeit sein zwanzigstes Opfer?

Louis erhob sich und spülte nachdenklich seine Tasse aus. Er war jetzt ziemlich wach, und das Tageslicht begann durch die zugezogenen Vorhänge zu sickern. Er war sich noch nicht sicher, wie er sich Loisel gegenüber verhalten sollte. Es wäre entgegenkommend, ihn über dieses erste Verbrechen des Scherenmörders zu informieren. Aber Clairmont ohne Beweise anzuklagen würde Cléments Sache nicht im geringsten weiterbringen und die ganze Entwicklung blockieren. Louis war noch immer versucht, Mördern die Zügel schießen zu lassen, eine hochriskante Methode, die Loisel gewiß nicht gefallen würde – und das war verständlich.

Unentschlossen ging er zum Schreibtisch zurück und sah die letzten Zeitungsausschnitte von damals durch. Ein langer Artikel in *La Bourgogne* erging sich ausführlich über das Leben des Opfers, ihre Ausbildung, Verdienste, ihren beruflichen Ehrgeiz, ihre Aussicht auf baldige Heirat. Es folgte ein Kasten, der mit »Er verfolgte den Mörder und setzte das eigene Leben aufs Spiel« überschrieben war. Louis zuckte zusammen. An diese Episode erinnerte er sich überhaupt nicht mehr. Jean-Michel Bonnot, ein Patissier und Nachbar von Claire, hatte, aufgeschreckt durch den Lärm, den er bei seiner ruhigen Nachbarin hörte, zunächst an ihrer Tür geklopft und dann leise die kleine Wohnung betreten. Dort hatte er den Mörder überrascht, der noch neben der jungen Frau am Boden kniete. Der Mörder – oder die Mörderin, wie der Artikel präzisierte – hatte ihn brutal zu Boden geschlagen und war dann durch das dunkle Treppenhaus geflohen. Der Nachbar war wieder auf die Beine gekommen und hatte die Verfolgung aufgenommen. Aber bis er seine Frau alarmiert hatte, damit jemand dem Opfer zur Hilfe kam, hatte der Mörder einen gehörigen Vorsprung. Bonnot war ihm entlang den Loirequais gefolgt und hatte ihn schließlich in den Gassen verloren. Unter dem Schock des tragischen Ereignisses hatte Bonnot leider nur eine sehr grobe Beschreibung der Person liefern können, die sich hinter einem Schal, einer Wollmütze und einem dicken Mantel versteckt hatte. »Dennoch glauben die Ermittler, den Mörder, der der mutigen Verfolgungsjagd des Patissiers so knapp entgangen ist, sicher finden zu können.«

Zwei andere Zeitungen zeigten das Foto des Konditors, ohne Genaueres über seine Zeugenaussage zu berichten. In der darauffolgenden Woche informierten ein paar Zeilen die Leser darüber, daß die Ermittlungen andauerten. Danach kam nichts mehr. Auf einem Zettel, der an den letzten Artikel geheftet war, hatte Louis »ergebnislos abgeschlossen« und das Datum gekritzelt.

Louis ließ sich auf seinen Stuhl fallen und schloß die Augen. Man hatte den Mörder – oder die Mörderin? – also nie gefaßt, aber es hatte ihn jemand gesehen. Der Konditor hatte ihn zwar nicht beschreiben können, hatte aber zumindest gesehen, wie er sich bewegte und rannte. Das war ein unschätzbares Detail.

Er mußte diesen Mann dringend sprechen. Das Kinn auf die Hände gestützt, betrachtete er lange das Gesicht von Claire Otissier. Dann schlief er unerwartet im Sitzen ein.

31

Am Vormittag stellte Louis leicht benommen sein Auto an der Ecke zur Rue Chasle in den Schatten. Es war halb elf, und die Sonne brannte bereits ordentlich. Diesmal hatte Louis eine alte Sprühflasche mitgenommen, um Bufo von Zeit zu Zeit zu befeuchten. Er griff nach der Akte über die Frau aus Nevers, stopfte die Kröte in seine Jackettasche und durchquerte das kleine Stück Garten, das Marc mittelalterlich »die Brache« nannte – nicht ohne Grund. Er klopfte mehrmals an die Tür der Bruchbude, ohne Antwort zu erhalten. Er ging zum Tor zurück und pfiff. Der Kopf von Vandoosler dem Älteren erschien an einem Oberlicht im Schieferdach.

»He! Deutscher!« rief der Ex-Bulle herunter. »Es ist offen, drück doch die Tür auf, verdammt!«

Louis schüttelte den Kopf, durchquerte erneut die Brache und trat ein. Von seiner Tür im vierten Stock aus rief Vandoosler der Ältere ihm zu, daß der heilige Markus bis elf beim Putzen sei, der heilige Lukas beim Unterricht – Gott erbarme sich der Schüler – und der heilige Matthäus unten im Keller, mit er wisse schon.

»Was machen sie im Keller?« rief Louis zurück.

»Sie kleben Feuersteine zusammen!« rief der Alte, bevor er seine Tür wieder schloß.

Nachdenklich und müde ging Louis die kleine Wendeltreppe hinunter, die nach feuchtem Kork roch. In dem gewölbten Kellerraum stand Mathias zwischen einer mit Werkzeug überladenen Werkbank, die von Telefonbüchern gestützt wurde, und einem Stapel Weinkisten über einen hellerleuchteten langen Tisch gebeugt, auf dem Hunderte von kleinen Feuersteinsplittern ausgebreitet waren. Louis setzte zum ersten Mal den Fuß in diesen Keller, er hatte keine Ahnung gehabt, daß Mathias sich hier in den Tiefen der Erde ein Refugium eingerichtet hatte. Neben ihm stand Clément und prüfte mit eifrigem Gesichtsausdruck, gerunzelter Stirn und in seinen frischen Bart hängender Zunge einen Steinsplitter. Marthe saß auf einem hohen Malerschemel an die Flaschen gelehnt und murmelte, eine kleine Zigarre im Mund, vor sich hin, während sie ihre Kreuzworträtsel löste.

»Ach, Ludwig«, sagte sie, »du kommst gerade recht. ›*Ein* ... für ein Pferd‹ mit zehn Buchstaben, der fünfte ein g?«

»›Königreich‹« sagte Mathias, ohne den Blick von seinen Feuersteinen zu heben.

Etwas erschüttert fragte sich Louis, wer sich in dieser Baracke eigentlich genaue Vorstellungen vom Ernst der Lage machte. Mathias streckte ihm die Hand hin, begrüßte ihn mit einem unbekümmerten Lächeln und wandte sich wieder seiner Arbeit zu. Wenn Louis recht verstand, so bestand das Ziel der Operation offenbar darin, den ursprünglichen Feuersteinblock zu rekonstruieren, den ein prähistorischer Mensch mühsam in Hunderte von Splittern zerlegt hatte. Mit verblüffender Behendigkeit wählte Mathias einzelne Stücke aus und probierte eines nach dem anderen, bevor er sie zurücklegte. Clément stand neben ihm und war damit beschäftigt, zwei Feuersteinstücke ohne großes Geschick aneinander anzupassen.

»Zeig her«, sagte Mathias. Clément streckte ihm die Hand hin und zeigte, was er zusammengefügt hatte.

»Das ist o. k.«, Mathias nickte. »Du kannst jetzt kleben. Aber die Klebestreifen nicht zu lang.«

Der große Jäger und Sammler hob den Kopf und lächelte Louis zu.

»Vauquer ist persönlich sehr begabt, was ihn betrifft«, sagte er. »Er hat wirklich ein genaues Auge. Und das Zusammensetzen von Feuersteinen ist eine knifflige Sache.«

»Wie alt ist das?« fragte Louis höflich.

»Zwölftausend vor.«

Louis nickte. Er hatte den Eindruck, es wäre ungehörig, hier in Mathias' paläolithischem Schlupfwinkel das Foto der Toten aus Nevers herauszuziehen. Besser, er ginge mit Clément hinauf.

Louis ging mit dem jungen Mann ins Erdgeschoß und setzte sich an den großen Holztisch; die Fensterläden in dem Raum waren noch immer geschlossen.

»Geht es dir hier gut?« fragte er.

»Gestern hat jemand an die Tür geklopft, und alle haben sich Sorgen um mein persönliches Schicksal gemacht«, antwortete Clément.

»Willst du damit sagen, daß Besuch hier war?« fragte Louis beunruhigt.

Clément nickte würdevoll und richtete seinen trüben Blick auf Louis.

»Ein sehr langer Besuch von einer Fremden«, bestätigte er. »Aber ich bin mit Mathias in den Keller gegangen. Da ich traurig war mit der Langeweile, ist das der Grund, wegen dem Mathias mich mit den Steinen in Stücken arbeiten läßt. Ein Mensch hat die Stücke gemacht, sehr lange vor meiner persönlichen Geburt. Es ist wichtig, daß sie repariert werden, wegen ihrer Kenntnis. Abends nach dem Omelett habe ich mit dem alten Paten Mau-Mau gespielt als Ersatz, weil es kein Fernsehen gibt. Die Fremde war fortgewesen.«

»Hast du noch mal an die Frauen gedacht? An die Verbrechen?«

»Aber nein. Vielleicht habe ich wieder daran gedacht, aber dann erinnere ich mich gar nicht mehr.«

In diesem Augenblick betrat Marc mit einem Stapel Hemden unter dem Arm den Raum und grüßte schwach.

»Kopfschmerzen«, erklärte er im Vorbeigehen. »Wahrscheinlich der Cognac gestern. Ich mach uns einen starken Kaffee.«

»Gerade wollte ich dich darum bitten«, erwiderte Louis. »Ich habe nur zwei Stunden geschlafen.«

»Schlaflosigkeit?« fragte Marc erstaunt und legte sein Bündel im Wäschekorb ab. »Hast du nicht mal das System mit den ekligen kleinen Teufeln ausprobiert?«

»Doch. Aber sie sind unter einem Ansturm hölzerner Frauen erdrückt worden.«

»Ach so, ja«, bemerkte Marc, während er Tassen holte, »das kann vorkommen.«

»Interessiert dich die Geschichte meiner vergangenen Nacht nicht?«

»So halb.«

»Na, dann hör trotzdem mit größter Aufmerksamkeit zu«, sagte Louis und öffnete die Akte Claire Ottissier. »Vergangene Nacht hat eine der Holzfiguren von Clairmont so lange meinen Schädel gerammt, bis ich ihr ein Gespräch gewährt habe, das dieser Bezeichnung würdig ist. Es tat sehr weh und hat mich vom Schlafen abgehalten.«

»Bist du sicher, daß es nicht der Cognac war?«

»Der Cognac auch, ganz sicher, aber es war vor allem diese verdammte Figur aus hartem Holz, glaub mir. Erinnerst du dich an die, die an der großen Pendeluhr lehnte, mit dem Gesicht zur Wand?«

»Ja, aber ich habe sie mir nicht angesehen.«

»Ich schon. Das ist sie«, sagte Louis und schob das Zeitungsfoto über den Tisch. »›Originalgetreu‹, wie Clairmont sagen würde.« Marc näherte sich dem Tisch, den Topf mit kochendem Wasser in der Hand, und warf einen Blick auf den vergilbten Zeitungsausschnitt.

»Nie gesehen«, sagte er.

»Und du, Clément?« fragte Louis und schob ihm das Foto zu.

Marc schluckte zwei Tabletten und brachte dann den Kaffee, während sich Clément die Frau ansah und Louis sich Clément ansah.

»Muß ich persönlich etwas sagen über die Frau?« fragte Clément.

»Ganz richtig.«

»Was zum Beispiel?«

Louis seufzte.

»Kennst du sie nicht? Hast du sie noch nie gesehen? Und sei es nur an einem Abend vor acht Jahren in Nevers?«

Clément sah Louis mit offenem Mund wortlos an.

»Mein Gott, raube ihm nicht noch das letzte bißchen Verstand«, sagte Marc und schenkte den Kaffee ein.

»Fang jetzt bitte nicht an wie Marthe, verdammt. Er ist nicht aus Zucker.«

»Doch, er ist ein bißchen aus Zucker«, wandte Marc steif ein. »Wenn du dich aufregst, zieht er sich zurück. Sag ihm klar, was du willst, und stell ihm keine Fallen.«

»Also gut. Sie wohnte in Nevers, hieß Claire und wurde eines schönen Abends vor acht Jahren in ihrer Wohnung erwürgt. Der Mörder hat sie mit Stichen übersät. Neben ihrem Kopf waren dieselben kleinen Spuren zu sehen wie bei den drei Opfern vom Square d'Aquitaine, der Rue de la Tour-des-Dames und der Rue de l'Étoile. Das heißt, daß der Scherenmörder seine Serie lange vor Paris begonnen hat. Er hat mit dieser Frau in Nevers angefangen.«

»Ist sie tot?« fragte Clément und legte seine Hand auf das Gesicht der Frau.

»Mausetot«, erwiderte Louis. »Danach ist der Mörder für acht Jahre verschwunden, vielleicht ins Ausland, und dann ist er nach Paris gekommen und hat neu angefangen.«

»Das ist der ›Schnitter‹«, knurrte Clément. »Tschik, tschik.«

»Der ›Schnitter‹ oder der dritte Mann«, sagte Louis. »Der namenlose Vergewaltiger.«

»Warum aber hat der Typ die Frau im Park vergewaltigt und die anderen nicht angerührt?« fragte Marc und zog die Zeitung näher zu sich.

»Der dritte Mann hat die Frau im Park vielleicht gar nicht angerührt. Frag Clément. Er hat uns gesagt, daß er als erster geflüchtet ist, weil er angezogen war, erinnerst du dich?«

»Clairmont?« fragte Marc und las aufmerksam den Zeitungsausschnitt durch.

»Auf jeden Fall hat er sie in Holz verewigt, und das ist höchst bedenklich. Genau wie er auch Nicole Verdot geschnitzt hat.«

»Aber er war nicht acht Jahre lang verschwunden – genausowenig wie der ›Schnitter‹.«

»Tschik«, sagte Clément, das Gesicht über seiner Kaffeetasse.

»Ich weiß«, fuhr Louis fort. »Ich habe Merlin über das Leben seines Schwiegervaters befragt, und der Alte ist ihm zu seinem großen Ärger nie von den Fersen gewichen. Aber genau wie der ›Schnitter‹ war er vielleicht all die Jahre vorsichtig und hat sich zurückgehalten mitsamt seiner ...«

»Seiner Fliege«, schlug Marc vor. »Mitsamt seiner Mistfliege und ihrem brummenden, irren Flug in seinem dicken Helm.«

»Wenn du so willst«, erwiderte Louis und fuhr mit der Hand durch die Luft, wie um das Insekt zu verjagen. »Es sei denn, der dritte Vergewaltiger wäre ein anderer, ein unbekannter Komplize des ›Schnitters‹. Er macht bei der Vergewaltigung der jungen Frau mit, bringt sie dann in der Nacht um, genau wie den jungen Rousselet, und kaum ein Jahr später ermordet er die kleine Claire. Er kriegt Angst, flieht irgendwo in die fernsten Fernen, sagen wir Australien, und niemand hört mehr von seinen Verbrechen.«

»Stimmt«, sagte Marc. »Man hört nicht häufig von Australien, wenn man sich's recht überlegt.«

»Dann kommt er wieder zurück«, fuhr Louis fort. »Mit demselben Trieb. Natürlich will er kein Risiko eingehen. Gewissenhaft bereitet er eine Fluchtmöglichkeit vor. Und er sucht den jungen Dreckskerl, der ihm mitten in der Vergewaltigung mit eiskaltem Wasser den Hintern geduscht hat.«

»Ich hab das gemacht«, sagte Clément und hob plötzlich den Kopf.

»Ja«, sagte Louis sanft. »Reg dich nicht auf, ich weiß es noch. Er sucht ihn und findet ihn noch fast an derselben Stelle, wo er ihn verlassen hatte, in der schönen alten Stadt Nevers. Er schleppt ihn mit nach Paris und hängt ihm die Sache an.«

»Ich verstehe, warum du die Nacht nicht geschlafen hast«, bemerkte Marc. »Aber im Grunde bringt uns das nicht weiter. Wir haben jetzt ein Verbrechen mehr, stimmt, aber wir wußten doch schon, daß die Fliege von dem Typen keine Neuentwicklung war.«

»Hör doch bitte mal mit dieser Fliege auf.«

»Und es sagt uns, daß der alte Clairmont ermordete Frauen in Holz schnitzt, was nicht gerade unwichtig ist. Aber es gibt uns keinen ausreichend soliden Beweis in die Hand, um Clément aus seiner schwierigen Lage zu befreien. Der Alte könnte seine Kreativität genausogut mit Fotos aus den Zeitungen angeregt haben. Vielleicht hat er nur die Fotos angerührt, nicht die Frauen.«

»Ach, übrigens«, sagte Louis plötzlich, »hattet ihr gestern Besuch hier?«

»Nichts Schlimmes, eine Freundin von Lucien. Wir haben Clément in den Keller gebracht. Sie hat nichts gesehen und nichts gehört, sei ganz beruhigt.«

Louis machte eine ungeduldige Handbewegung.

»Versuch doch Lucien begreiflich zu machen, daß jetzt nicht der Moment ist, hier in der Baracke gesellschaftliche Verabredungen zu treffen«, sagte er brüsk.

»Schon passiert.«

»Dieser Typ wird uns noch alle reinreiten.«

»Denk an was anderes«, sagte Marc unwirsch.

Louis setzte sich auf der anderen Seite des Tisches neben Clément und dachte ein paar Minuten schweigend nach, das Kinn auf seine Fäuste gestützt.

»Die Frau von Nevers bringt uns drei Felder weiter«, sagte er. »Mit ihrer Hilfe pressen wir den alten Bildhauer enger in den Schraubstock – allerdings ohne irgendeine Gewißheit, da geb ich dir recht. Trotzdem steckt er drin. Mit ihrer Hilfe sehen wir auch, daß die lyrische Interpretation von Lucien uns definitiv nicht weiterbringt. Die Scherenmorde haben lange vor dem Mord am Square d'Aquitaine begonnen, wahrscheinlich mit dem Mord an der kleinen Claire in Nevers, und sie sind vielleicht acht Jahre lang weitergegangen, sagen wir in Australien.«

»Sagen wir.«

»Das Gedicht müßte also vor dem ersten Vers noch weitere Verse haben, und das ist nicht möglich.«

»Nein.« Marc stimmte zu. »Aber du hast gesagt, daß der Mörder seine Opfer zählt. Warum hat er dann Clément gegenüber von der ›ersten‹ und der ›zweiten‹ Frau gesprochen?

Louis verzog das Gesicht.

»Es ist anzunehmen, daß es die ›ersten Frauen‹ waren, die Clément beobachten sollte, aber nicht die ersten in seiner Serie.«

»Also wäre die Serie nicht unbedingt ›abgeschlossen‹?«

»Ich weiß es nicht, Marc, verdammt noch mal! Auf jeden Fall weiß ich, daß wir *El Desdichado* und seine schwarze Sonne vergessen können. Der Schlüssel zu dem Kästchen liegt woanders. Schließlich noch der dritte Punkt: Durch den früheren Mord in Nevers haben wir die Chance, herauszufinden, ob der Mörder einem unserer Verdächtigen ähnlich sah. Oder zumindest herauszufinden, ob es sich um Clairmont oder den ›Schnitter‹ handeln kann.«

»Tschik«, sagte Clément.

»Oder um das Püppchen von du weißt schon wem«, fügte Louis leise hinzu. »Oder um einen gänzlich Unbekannten. Denn nach dem Mord an Claire Ottissier wäre der Mörder beinahe von einem Nachbarn geschnappt worden, der ihm eine ganze Zeitlang auf den Fersen war. Der ›mutige Patissier‹. Du kannst den Artikel lesen.«

Marc pfiff durch die Zähne.

»Ja«, sagte Louis. »Nach dem Mittagessen fahre ich nach Nevers. Komm mit, wenn es irgendwie möglich ist. Überlaß Clément deinem Paten und Mathias, das geht jetzt sehr gut, wo sie Steine zusammenkleben.«

»Und mein Putzjob? Was ist damit?«

»Sag ab. Es ist eine Sache von einem Tag, höchstens zwei.«

»Das wirkt aber nicht sehr zuverlässig«, brummelte Marc. »Ich habe meine Stellen gerade erst gefunden. Warum soll ich mitkommen? Du kannst doch mit dem mutigen Patissier sehr gut allein reden.«

»Natürlich. Aber ich kann ihm keine Zeichnung von dem Gesicht von Clairmont, dem ›Schnitter‹ oder von du weißt schon wem anfertigen. Du schon.«

»Tschik, tschik«, sagte Clément.

»Clément, vergiß doch mal für fünf Minuten den ›Schnitter‹, ja?« bat Louis und legte ihm die Hand auf den Arm.

Marc war noch immer unentschlossen.

»Denk drüber nach«, sagte Louis und erhob sich. »Ich komme gegen zwei wieder vorbei. Die Wäsche von Madame Toussaint kann vielleicht länger warten als der Mörder.«

Marc warf einen Blick auf den Wäschekorb.

»Es ist die Wäsche von Madame Mallet«, verbesserte er. »Warum reden die Zeitungsartikel eigentlich von einer möglichen ›Mörderin‹?«

»Weiß ich nicht. Das bereitet mir auch Kopfzerbrechen.«

32

Der ›Schnitter‹ saß im Schatten seines Werkzeugschuppens. Mit einem Suppenlöffel bewaffnet, verschlang er gierig den Inhalt seines Blechtellers. Louis sah ihm eine Weile zu. Dann ging er hin, lehnte sich ihm gegenüber an einen Baumstamm und holte ein Sandwich aus einer Papiertüte. Die beiden Männer kauten schweigend. Der Friedhof war leer und still, der Verkehrslärm weit entfernt.

Der ›Schnitter‹ hatte eine saubere weiße Stoffserviette mit spitzenverzierten Ecken über seine Tasche gebreitet, auf die er sein Brot und sein Messer gelegt hatte. Er wischte sich den Schweiß von der Stirn, warf Louis einen glasigen Blick zu und kaute dann gleichgültig weiter.

»Vorsicht, die Wespe!« rief Louis plötzlich und streckte einen Arm aus.

Der ›Schnitter‹ zog rasch den Löffel von den Lippen und schüttelte ihn in der Luft. Das Insekt flog auf, summte ein paar Augenblicke um den Kopf des Mannes und verschwand.

»Danke«, sagte er.

»Nicht der Rede wert.«

Der ›Schnitter‹ stopfte sich nachdenklich einen weiteren Bissen in den Mund.

»In der Südmauer ist ein Wespennest«, sagte er. »Ich bin gestern dreimal fast gestochen worden.«

»Ein Fall für die Feuerwehr.«

»Genau.«

Er kratzte geräuschvoll seinen Blechteller aus und klemmte ihn zwischen die Knie, um nach dem Brot zu greifen.

»Hübsch, das Deckchen«, sagte Louis.

»Ja.«

»Man könnte meinen, handgestickt.«

»Das hat meine Mutter gemacht«, knurrte der ›Schnitter‹ und schwenkte sein Messer. »Damit muß man aufpassen, sehr aufpassen. Es ist ein Sohnschützer.«

»Ein Sohnschützer?«

»Bist du taub? Meine Mutter hat für alle ihre Kinder welche gemacht. Das muß jeden Sonntag gewaschen und, wenn's sauber ist, getrocknet werden, wenn du willst, daß es dich schützt. Denn wenn du das Deckchen jeden Sonntag wäschst, hat meine Mutter gesagt, dann muß du schon mal wissen, welcher Tag gerade ist, und um das zu wissen, darfst du nicht zuviel picheln. Außerdem mußt du dafür aufstehen. Und du mußt heißes Wasser und Seife haben. Und um Wasser zu haben, brauchst du ein Dach über dem Kopf. Und das Dach mußt du bezahlen. Das bedeutet, daß du, nur um das Deckchen sauberzuhalten, ganz schön rakkern muß, und du kannst dir nicht erlauben, jeden Tag, den Gott macht, mit deiner Flasche in der Hand Däumchen zu drehen, hat meine Mutter gesagt. Deswegen ist das ein Sohnschützer. Meine Mutter«, fügte der ›Schnitter‹ hinzu und pochte sich mit dem Griff seines Messers an die Stirn, »hat alles vorausgeplant.«

»Und was ist mit den Töchtern?« fragte Louis. »Hat sie auch Töchterschützer gemacht?«

Der ›Schnitter‹ zuckte verächtlich mit den Schultern.

»Töchter schlucken nicht soviel.«

»Wäschst du jeden Sonntag deine ganze Wäsche?«

»Das Deckchen reicht aus, um alles zu schützen.«

Louis verjagte eine weitere Wespe, schluckte den letzten Bissen seines Sandwichs herunter und klopfte sich die Brotkrümel vom Jackett. Der ›Schnitter‹ hatte Schwein gehabt. Louis hatte von seinem Vater nur eine Steppdecke aus Zement geerbt, um ihn im Bett zu halten, wenn er zuviel getrunken hatte.

»Ich hab dir einen Wein aus deiner Gegend mitgebracht. Einen Sancerre.«

Der ›Schnitter‹ warf ihm einen mißtrauischen Blick zu.

»Ich vermute, das ist nicht alles.«

»Richtig. Ich habe das Foto einer toten Frau dabei.«

»Das hätte mich auch gewundert.«

Der ›Schnitter‹ erhob sich, verstaute sorgfältig das weiße Deckchen in seiner dreckigen Tasche, spülte seinen Blechteller in der Hütte aus und schulterte einen Rechen.

»Ich habe zu tun«, sagte er.

Louis hielt ihm die Flasche hin. Der ›Schnitter‹ entkorkte sie schweigend und nahm ein paar kräftige Schlucke. Dann streckte er die Hand aus, und Louis reichte ihm den Zeitungsausschnitt aus Nevers mit dem Foto. Der Mann sah es sich einen Moment an und trank einen kleinen Schluck.

»Hm«, sagte er. »Wo ist die Falle?«

»Kanntest du sie?«

»Klar doch. Ich war noch in Nevers, als sie gestorben ist. In Nevers würden sie alle erkennen, zwei Wochen lang waren die Zeitungen voll von ihr. Sammelst du so was?«

»Ich glaube, daß der Scherenmörder sie umgebracht hat. Du zum Beispiel.«

»Scher dich zum Teufel. Ich war nicht der einzige in Nevers. Der Dorfdepp war auch da.«

»Aber er hat sich nicht zwei Wochen nach dem Mord nach Paris verzogen. So wie du, nicht wahr? Hast du Schiß gehabt?«

»Ich hab vor nichts Schiß, außer meine Decke nicht waschen zu können. Es gab in Nevers keine Arbeit mehr für mich, das ist alles.«

»Ich geh jetzt, Thévenin«, sagte Louis und steckte den Zeitungsausschnitt wieder ein. »Ich fahre in deine Stadt.«

Der ›Schnitter‹ begann mit düsterem Gesicht den Kiesweg zu harken.

»Ich besuche den Typ, der dem Mörder hinterhergerannt ist«, fügte Louis hinzu.

»Laß mich in Ruhe.«

Auf dem glühendheißen Kiesweg ging Louis langsam zum Ausgang des Friedhofs und erreichte sein überheiztes Auto. Er besprühte Bufo, bevor er sie auf den Beifahrersitz setzte. Er fragte sich, wo er die Kröte während der Reise verstecken könnte, falls Vandoosler der Jüngere ihn begleiten würde. Im Handschuhfach vielleicht? Louis räumte Straßenkarten und diversen Müll aus dem Fach und prüfte die Bewohnbarkeit der kleinen Zelle. Er kapierte nicht, wieso Marc sich derart vor Amphibien ekelte. Na ja, er verstand Marc sowieso kaum – und umgekehrt.

Gegen zwei Uhr stieß er die Tür zur Bruchbude auf. Lucien trank mit Vandoosler dem Älteren gerade Kaffee, und Louis willigte ein, zum vierten Mal an diesem Tag eine Tasse Kaffee zu trinken.

»Hast du mit den Bullen geredet?« fragte Lucien.

»Wegen Nerval? Ja. Ist ihnen scheißegal.«

»Machst du Witze?« rief Lucien.

»Nicht im geringsten.«

»Willst du damit sagen, daß sie sich nicht um die nächste Frau kümmern?«

»Sie werden jedenfalls deine Straßen nicht überwachen. Sie warten darauf, daß diejenigen, die Clément verstekken, einen Schnitzer machen und ihn laufenlassen. Sesselfurzer.«

Lucien war rot angelaufen. Er schnaubte geräuschvoll und warf seine Haare zurück.

»Es sind nicht *meine* Straßen, verdammt noch mal!« schrie er. »Was machst du jetzt?«

»Nichts. Ich fahre nach Nevers.«

Lucien stand auf, schob mit großem Getöse seinen Stuhl weg und verließ den Raum.

»Das war's dann«, bemerkte Vandoosler der Ältere. »Der heilige Lukas ist ein Heißsporn. Wenn du Clément suchst, der ist mit dem heiligen Matthäus unten im Keller. Der heilige Markus ist auf seiner Etage. Er arbeitet.«

Seinerseits verärgert, ging Louis in den zweiten Stock hinauf und klopfte an die Tür. Marc saß inmitten eines Berges von Manuskriptkopien an seinem Schreibtisch. Er hatte einen Bleistift zwischen den Lippen und nickte kurz.

»Reiß dich los«, sagte Louis. »Wir fahren.«

»Wir werden nichts finden«, entgegnete Marc, ohne den Blick von seinem Manuskript zu lösen.

»Nimm den Bleistift aus dem Mund, ich verstehe kein Wort.«

»Wir werden nichts finden«, wiederholte Marc ohne Stift und wandte sich Louis zu. »Und außerdem möchte ich Lucien im Augenblick nicht allein lassen.«

»Wie, im Augenblick? Hast du Angst, daß er Clément auf einen kleinen Spaziergang schickt?«

»Nein, es ist was anderes. Wart einen Moment, ich muß mit ihm reden.«

Marc sprang mit ein paar Sätzen die Treppe in den dritten Stock hinauf und kam zehn Minuten später wieder zurück.

»Einverstanden. Muß nur noch meine Sachen zusammenpacken.«

Louis sah ihm zu, wie er Wäsche in einen Rucksack stopfte und einen Stapel Kopien seiner mittelalterlichen Manuskripte dazupackte, wie jedes Mal, wenn er sich von seinem Schreibtisch entfernte, und sei es nur für eine Nacht. Louis dachte sich, daß Marc vielleicht einen Sohnschützer gebrauchen könnte, um ihn vor seinen schwindelerregenden Stürzen in die Brunnen der Geschichte zu bewahren.

33

Marc hatte das Steuer übernommen, während Louis auf der Rückbank einen Mittagsschlaf hielt. Weck mich, wenn wir die Loire sehen, hatte er gesagt. Gegen halb vier war Marc an Montargis vorbeigekommen und hatte im Handschuhfach nach der Straßenkarte getastet. Seine Finger hatten etwas Trockenes, Weiches gestreift, er hatte laut aufgeschrien und panisch den Randstreifen angesteuert. Dann hatte er einen Blick in das Handschuhfach riskiert und Bufo entdeckt, die auf einem feuchten Lappen vor sich hin döste. Verdammt nochmal, er hatte die Kröte angefaßt.

Empört hatte er sich umgedreht, um Louis zu beschimpfen, aber der Deutsche war nicht einmal aufgewacht.

Marc hatte ein paar Flüche ausgestoßen, sehr langsam die Klappe des Handschuhfachs zugemacht und dabei den Mutigen Patissier beschworen, um sich ein Herz zu fassen. Jemand, der einen Scherenmörder sucht, kann nicht vor einem Miststück von Kröte Reißaus nehmen. Schweißgebadet war er weitergefahren und hatte sich erst nach etlichen Kilometern wieder beruhigt.

Gegen halb fünf fuhr er die Loire entlang. Sein Hemd klebte am Sitz. Er beschloß noch zu warten, bevor er Louis weckte und ihn beschimpfte. Dreißig Kilometer vor Nevers bremste er plötzlich und drehte um. Er stellte das Auto auf dem Platz einer kleinen mittelalterlichen Stadt ab und verließ den Deutschen und die Kröte im Auto, um zu Fuß zur Kirche hinunterzugehen. Glücklich besichtigte er sie eine halbe Stunde lang und saß dann eine ganze Weile auf dem Kirchenvorplatz, das Gesicht der hohen Turmfassade zugekehrt. Als die schweren Glocken sechs Uhr schlugen, erhob er sich, reckte sich und ging zum Auto zurück. Louis lehnte verärgert am Kotflügel.

»Fahren wir«, sagte Marc und hob beruhigend eine Hand.

Er setzte sich ans Steuer und fuhr wieder in Richtung Route Nationale 7.

»Was hat dich geritten, hier anzuhalten, um Himmels willen? Weißt du, wie spät es ist?« fragte Louis.

»Wir haben viel Zeit. Ich konnte hier nicht durchfahren, ohne der ältesten Tochter von Cluny guten Tag zu sagen.«

»Wer ist diese Tochter?«

»Eine, in die ich immer sehr verliebt war. Die da«, fügte er hinzu und zeigte mit einem Finger nach rechts, als das Auto auf dem Weg zurück an der Kirche vorbeikam. »Eine der schönsten Töchter der Romanik überhaupt. Guck, so guck doch!« rief er plötzlich und fuchtelte mit dem Arm. »Gleich verschwindet sie hinter der Kurve, verdammt!«

Louis seufzte, verrenkte sich den Hals, guckte und setzte sich leise fluchend wieder gerade hin. Es war gewiß nicht der richtige Augenblick für Marc, in einen Geschichtsbrunnen zu stürzen, und seit gestern spürte Louis, daß Marc auf einer bedrohlich schiefen Bahn war.

»Sehr schön«, sagte er. »Jetzt mach aber schnell. Wir haben schon genug Zeit verloren.«

»Das wäre nicht passiert, wenn du dein Miststück von Kröte nicht in das Handschuhfach gestopft hättest. Nach diesem unerwünschten fleischlichen Kontakt brauchte ich eine umfassende spirituelle Reinigung.«

Auf den letzten Kilometern schwiegen die beiden Männer, und in Nevers setzte sich Louis wieder ans Steuer, weil er die Stadt etwas kannte. Er sah mehrfach auf den Stadtplan, um das Haus von Jean-Michel Bonnot zu finden, und stellte das Auto kurz darauf vor dessen Haustür ab. Marc machte als erster wieder den Mund auf und schlug vor, noch etwas trinken zu gehen, bevor sie in die Privatsphäre des Mutigen Patissiers eindrangen.

»Bist du sicher, daß er zu Hause ist?« fragte Marc, als er schließlich vor einem Bier saß.

»Ja. Heute ist Montag, da arbeitet er nicht. Ich habe ihm heute morgen über seine Frau Bescheid gegeben. Glaubst du, daß du den ›Schnitter‹ und Clairmont zeichnen kannst?«

»Ungefähr.«

»Fang an, wenn wir schon hier sitzen.«

Marc zog einen Block und einen Kugelschreiber aus seinem Rucksack, riß ein Blatt heraus und konzentrierte sich. Louis sah ihm zu, wie er eine Viertelstunde lang mit gerunzelter Stirn skizzierte.

»Soll ich auch die Fliege zeichnen?« fragte Marc, ohne die Arbeit zu unterbrechen.

»Zeichne besser noch seine Gesamterscheinung ohne Gesicht.«

»Sehr gut. Das kostet extra. Die Fliege wäre umsonst gewesen.«

Marc beendete seine Skizze und reichte sie Louis.

»Gefällt's dir?«

Louis nickte mehrfach, um seiner Zustimmung Ausdruck zu verleihen.

»Gehen wir«, sagte er, »es ist sieben.«

Bonnots Frau bat sie, im Wohnzimmer zu warten. Marc setzte sich vorsichtig auf die Kante eines großen Sofas, das mit einer gehäkelten Spitzendecke überzogen war, und begann mit der zweiten Skizze. Louis hatte es sich beherzt in einem Veloursessel bequem gemacht und seine langen Beine ausgestreckt. Wegen seines Knies mochte er nicht länger als unbedingt nötig mit angewinkelten Beinen sitzen. Kurz darauf trat Jean-Michel Bonnot ein. Er war klein, dickbäuchig, hatte sehr rote

Wangen und einen unsicheren Blick und trug eine enorme Brille. Marc und Louis erhoben sich. Er gab ihnen etwas linkisch die Hand. Durch die offene Tür hörte man, wie die Kinder aßen.

»Wir sind spät dran«, sagt Louis, »bitte entschuldigen Sie das. Mein Freund mußte unterwegs anhalten, um eine alte Freundin zu besuchen.«

»Das macht nichts. Meine Frau hatte sich die genaue Uhrzeit nicht gemerkt.«

Louis erklärte dem Patissier ausführlich die Verbindungen, die seiner Ansicht nach zwischen dem Mord von Nevers und der tragischen Verbrechensserie bestanden, die Paris derzeit erlebte. Er sagte, daß sich gerade seine Hilfe bei der Suche nach dem Mörder, den er acht Jahre zuvor so mutig verfolgt hatte, als entscheidend erweisen könnte.

»Ich bitte Sie«, wandte Bonnot ein.

»Doch«, erwiderte Louis, »Sie waren sehr mutig. Alle Zeitungen haben das damals betont.«

»Ich dachte, die Polizei sucht den Mann, dessen Phantombild überall veröffentlicht worden ist?«

»Das ist nur eine Spur. Jedenfalls denkt die Polizei, daß der Mörder – wer auch immer – aus Nevers kommen könnte.«

»Sind Sie kein Polizist?« fragte der Mann und warf Louis einen flüchtigen Blick zu.

»Ich arbeite für das Innenministerium.«

»Aha«, sagte Bonnot.

Marc kritzelte unterdessen konzentriert vor sich hin. Ab und zu warf er dem Mutigen Patissier einen Blick zu. Er fragte sich, wie Bonnot reagiert hätte, wenn Louis seine dreckige Kröte, die er beim Aussteigen diskret in seine Tasche befördert hatte, auf den Tisch gesetzt hätte. Er vermutete, Bonnot hätte sehr phlegmatisch reagiert. Eines Tages würde er dieses Phlegma vielleicht auch besitzen, es bestand also kein Anlaß zur Verzweiflung.

»Kennen Sie den Mann auf dem Phantombild?« fragte Louis.

»Nein«, antwortete Bonnot mit leichtem Zögern.

»Sie sind sich nicht sicher?«

»Doch. Meine Frau hat sich nur gestern abend ein bißchen darüber lustig gemacht, weil er sie an jemanden von hier erinnert, der ziemlich einfältig ist. Man begegnet ihm ab und zu in der Stadt, er schleppt sein Akkordeon durch die Straßen, und manchmal gibt man ihm ein bißchen was. Ich habe meiner Frau gesagt, daß man über solche Leute nicht lacht, weder über Mörder noch über Einfältige.«

In diesem Augenblick kam Madame Bonnot herein und stellte einen Pastis und ein großes Tablett mit Patisserie auf den Tisch.

»Bedienen Sie sich«, sagte Bonnot und deutete mit dem Kinn auf das Tablett. »Ich selbst esse nie Gebäck. Patissier zu sein erfordert Disziplin.«

Bonnot schenkte sich ein, und Louis und Marc machten deutlich, daß sie ebenfalls am Pastis interessiert seien.

»Entschuldigen Sie. Ich habe gedacht, daß Polizisten bei den Leuten nie was trinken.«

»Wir sind vom Innenministerium«, erklärte Louis noch einmal, »und die Leute vom Innenministerium haben bei den Leuten immer getrunken.«

Bonnot warf ihm denselben scheelen Seitenblick zu und füllte kommentarlos die Gläser. Marc reichte Louis die Skizzen von Clairmont und dem ›Schnitter‹, nahm sich ein dick gefülltes Blätterteig-Teilchen und begann, die Silhouette von Clément Vauquer zu zeichnen. Bonnot war ihm nur halb sympathisch, und es war ihm recht, daß er sich weitgehend heraushalten konnte.

Bonnot sah sich jetzt mit Louis die Zeichnung des ›Schnitters‹ an und rückte seine Brille auf der Nase zurecht. Leicht angewidert verzog er das Gesicht.

»Kein sehr angenehmer Mensch, oder?«

»Nein«, bemerkte Louis, »nicht sehr.«

Bonnot wandte sich dem Porträt von Clément zu.

»Nein«, sagte er nach einer Weile. »Nein ... Wie soll ich mich daran erinnern? Sie kennen die Geschichte ...

Es war im Februar, der Mörder war in einen Schal gehüllt, außerdem noch mit Mütze. Ich habe nicht einmal daran gedacht, ihn anzusehen, so sehr stand ich unter Schock. Dann das Gedränge und die Verfolgung, da hab ich ihn nur von hinten gesehen ... Tut mir leid. Wenn ich zwischen den beiden wählen müßte, würde ich der Silhouette und dem Leibesumfang nach auf den hier tippen«, sagte er und tippte mit dem Finger auf Clairmont. »Der andere scheint mir ein bißchen breit in den Schultern. Aber, offen gestanden ...«

Marc riß geräuschvoll sein Blatt aus dem Block und legte Bonnot die Skizze mit Cléments Silhouette vor. Dann entschied er sich für ein Kaffeecreme-Teilchen und konzentrierte sich wieder auf seinen Block. Der Typ war ein guter Bäcker, da gab es nichts. Ein Korinthenkacker wie Lucien hätte erklärt, die Teilchen wären zu dick und ohne jede Raffinesse, aber Marc sagten sie ausgesprochen zu.

»Nein ...«, wiederholte Bonnot. »Ich weiß nicht. Vielleicht ist der da zu schmächtig ...«

»Wie ist er gerannt?«

»Nicht gut. Er lief nicht sehr schnell, er hielt die Arme so nach hinten und wurde alle zehn Meter langsamer, als ob er ermüden würde. Er hatte nichts von einem Rennläufer, überhaupt nicht.«

»Wie konnte er Ihnen unter den Bedingungen dann überhaupt entwischen?«

»Ich bin selbst ein sehr schlechter Läufer. Außerdem habe ich stehenbleiben müssen, um meine Brille aufzuheben, die mir runtergefallen war. Der Typ hat die Gelegenheit genutzt, um mir durch die Lappen zu gehen. So war das. Das war die ganze Kunst.«

»Ist außer Ihnen niemand sonst gerannt? Hat niemand anderes ihn gesehen?«

»Niemand.«

»Waren Sie allein, als der Überfall stattfand?«

»Meine Frau war zu Hause.«

»Hat sie nichts gehört?«

»Nein. Aber ich war noch im Treppenhaus, ich war gerade auf dem Treppenabsatz, als es passiert ist.«

»Ich verstehe.«

»Warum fragen Sie mich das?«

»Um mir Ihre Reaktion vorzustellen. Es ist nicht gerade üblich, sich einem Mörder an die Fersen zu heften.«

Der Mann zuckte mit den Achseln.

»Ich versichere es Ihnen«, sagte Louis. »Sind Sie nicht ängstlich?«

»Doch, wie alle. Aber es gibt immer etwas, wovor Männer keine Angst haben, nicht wahr?«

»Und was?«

»Na, Frauen! Und ich hab in der Situation wirklich geglaubt, es sei eine Frau! Da bin ich ihr ohne nachzudenken hinterhergestürzt. Das war die ganze Kunst.«

Marc nickte, während er weiterkritzelte. Der ›Sehr mittelmäßig mutige Patissier‹, verbesserte er in Gedanken. Zumindest war der Besuch nicht ganz vergeblich gewesen, die Welt wurde wieder geradegerückt.

»Wie war das Blätterteig-Teilchen?« fragte Bonnot und wandte sich zu Marc.

»Vorzüglich«, antwortete Marc und hob den Stift. »Mächtig, aber vorzüglich.«

Bonnot nickte und wandte sich wieder Louis zu.

»Die Polizisten haben mich dann aufgeklärt. Ihrer Ansicht nach hätte eine Frau nicht die erforderliche Kraft gehabt, um die Nachbarin so schnell niederzuschlagen. Die Nachbarin war verdammt kräftig, muß man dazu sagen.«

»Ich würde gerne wissen, weshalb Sie an eine Frau gedacht haben«, sagte Louis und streckte einen Finger in Richtung Pastisflasche. »Haben Sie ihr Gesicht gesehen, ihren Körper? Nur für eine Sekunde?«

Bonnot schüttelte langsam den Kopf und schenkte ihm ein zweites Glas ein.

»Nein ... Ich habe Ihnen schon gesagt, daß sie, daß er völlig vermummt war. Er hatte einen dicken braunen Wollmantel an und eine einfache Hose, wie man sie im Winter bei Männern wie Frauen sieht ...«

»Vielleicht Haare, die unter der Mütze hervorsahen?«

»Nein ... Oder zumindest habe ich sie nicht gesehen. Ich habe im Grunde gar nichts gesehen. Ich habe halt nur geglaubt, es wäre eine kräftige Frau, nicht sehr jung und nicht sehr anmutig. Ich weiß nicht, warum. Nicht wegen der Kleidung, nicht wegen der Silhouette, nicht wegen dem Gesicht oder den Haaren. Also wegen etwas anderem, logischerweise, aber ich weiß nicht, was es war.«

»Überlegen Sie bitte noch mal, es könnte sehr wichtig sein.«

»Aber sie haben damals gesagt, es sei ein Mann gewesen«, wandte Bonnot ein.

»Und wenn Sie nun recht hätten?« entgegnete Louis.

Ein leicht heimtückisches Lächeln huschte über das Gesicht des Patissiers. Er legte das Kinn in die Hände und dachte, leise vor sich hin brummend, nach. Louis sammelte die Zeichnungen ein und gab sie Marc, der sie wieder in seinen Block steckte.

»Ich komm nicht drauf«, sagte Bonnot und richtete sich auf. »Es ist zu weit weg.«

»Vielleicht kommt es wieder«, sagte Louis und erhob sich. »Ich rufe Sie heute abend noch an, um Ihnen die Nummer von meinem Hotel zu geben. Und wenn Ihnen irgendwas einfällt, was die Frau oder die Zeichnungen angeht, so hinterlassen Sie mir eine Nachricht. Ich bin morgen noch den ganzen Vormittag da.«

Auf der Suche nach einem Abendessen liefen Marc und Louis eine Weile durch die Stadt. Der Abend war noch sehr warm, und Louis trug vorsichtig sein Jackett über dem Arm.

»Schwache Fährte.«

»Ohne Zweifel. Der Typ ist nicht sehr einnehmend.«

»Meine Zeichnungen waren umsonst. Der Sehr-mittelmäßig-mutige-Patissier ist völlig kurzsichtig.«

»Aber die Geschichte mit der Frau ist sehr interessant, wenn sie denn stimmt.«

»Das ist alles andere als sicher. Er wirkt nicht gerade besonders aufrichtig.«

Louis zuckte mit den Schultern.

»Es gibt so Leute. Komm, wir gehen hier essen. Das ist eins der kleinen Restaurants, wo Clément abends immer gespielt hat.«

»Ich habe keinen Hunger«, sagte Marc.

»Wie war die Patisserie?«

»Wirklich gut. Als Patissier ist der Typ wirklich o. k.»

Louis suchte einen etwas abgelegenen Tisch aus.

»Sag mal«, fragte er, als er sich setzte, »was hast du eigentlich bei dem ängstlichen Patissier gezeichnet, nachdem du mit den Porträts fertig warst? Kirchen, Flüsse, Kuchen?«

»Der alte Clairmont würde dir sagen, daß all das Frauen sind. Ich habe weder die einen noch die anderen gezeichnet.«

»Also was dann?«

»Willst du's wirklich wissen?«

Marc hielt ihm den aufgeschlagenen Block hin, und Louis verzog das Gesicht.

»Was ist das denn für ein Mist? Einer von deinen ekligen kleinen Teufeln oder was?«

»Das ist die vierzigfache Vergrößerung der Fliege von Clairmont«, erklärte Marc lächelnd. »Die Fliege in seinem Helm.«

Louis schüttelte angewidert den Kopf. Marc blätterte um.

»Das hier ist eine andere vergrößerte Fliege«, erklärte er.

Louis drehte den Block erst in die eine, dann in die andere Richtung und versuchte in dem von großen weißen Flecken durchlöcherten wüsten Gewirr ineinander verschlungener Linien irgend etwas zu erkennen.

»Da erkennt man überhaupt nichts«, sagte er und gab Marc den Block zurück.

»Das liegt daran, daß sie unergründlich ist. Das ist die Fliege des Mörders.«

34

Um sechs Uhr abends war Lucien ziemlich erregt und in Eile von seinem Unterricht zurückgekommen und in den Keller gestürzt. Mathias und Clément waren hartnäckig mit einem Feuersteinknollen und einer Rolle Klebeband beschäftigt.

»Bist du soweit?« fragte Lucien.

»Wir sind gleich fertig«, erwiderte Mathias ruhig.

Lucien trommelte auf den Tisch, während der Jäger und Sammler die Klebearbeit beendete. Dann nahm Mathias den Feuerstein aus Cléments Händen und legte ihn vorsichtig in eine Wanne.

»Beeil dich«, sagte Lucien.

»Nur mit der Ruhe. Hast du das Essen besorgt?«

»Ein rustikales Sandwich und einen Liter klares Wasser für dich, eine Schale indisches Huhn mit Erbsen und ein Bier für mich.«

Mathias sagte nichts und stieg die Treppe hinauf, wobei er Clément sanft vor sich her schubste.

Im Refektorium nahm Lucien den Besenstiel und klopfte heftig viermal an die Decke. Ein kleines Stück Gips fiel vor seine Füße, und Mathias machte eine unmerkliche Geste der Mißbilligung. Die Tür oben im Dachstuhl wurde geöffnet, und eine Minute später erschien Vandoosler der Ältere.

»Schon?« fragte er.

»Mir ist es lieber, wir sind schon ab sieben da«, sagte Lucien entschlossen. »Unzureichende militärische Vorbereitungen waren schon immer ein Grund für unbeschreibliche Gemetzel.«

»Sehr gut«, sagte der Pate. »Welche Straße übernimmst du?«

»Mathias postiert sich an der Rue du Soleil, ich mich an der Rue de la Lune. An der Rue du Soleil d'Or steht eben keiner. Wir sind nur zu zweit.«

»Bist du sicher?«

»Mit dem Gedicht? So sicher, wie man nur sein kann. Ich habe Zeichnungen von Marc mit den beiden Typen drauf, und er hat sie uns genauestens beschrieben.«

»Vielleicht ist es ein Unbekannter.«

Lucien schnaubte ungeduldig.

»Wir müssen unser Glück versuchen. Bist du dagegen?«

»Nicht im geringsten.«

Der Pate begleitete sie bis zur Tür, schloß hinter ihnen ab und steckte den Schlüssel ein. Heute abend würde er für lange Stunden mit Clément Vauquer allein sein.

35

Im Hotel de la Vieille Lanterne wurde nach zehn kein Frühstück mehr serviert. Louis war diese Strafe gewohnt, da er zu jener verdächtigen Spezies gehörte, die nach der vorgeschriebenen Uhrzeit aufstand, zwischen elf und zwölf Uhr mittags, der Stunde der Außenseiter, der Nachtschwärmer, der Geächteten, der Schuldigen, der Tagediebe, der Junggesellen, der Schlechtrasierten und der Unanständigen. Am Empfang wurde ihm mitgeteilt, es lägen zwei Nachrichten für ihn vor. Hastig faltete Louis den ersten Zettel auseinander und erkannte die Schrift von Marc, was nichts Gutes verhieß.

»Salut, Sohn des Rheins,
ich bin um acht losgefahren, um der ältesten Tochter (Du weißt welche) einen weiteren Besuch abzustatten und dabei auch die Gebäude in ihrer Umgebung zu besuchen, denen ich gestern meine Reverenz nicht erweisen konnte. Ich stehe zwischen 14 Uhr 30 und 15 Uhr 30 auf der alten Brücke. Wenn ich dich nicht sehe, fahre ich mit dem Zug nach Hause. Falls deine Kröte vorhaben sollte, sich wieder an die Ufer der Loire zu verziehen, dann versuch sie nicht um jeden Preis daran zu hindern.

Marc.«

Verärgert schüttelte Louis den Kopf. Wie konnte man nur im Morgengrauen aufstehen, um sich eine Kirche anzusehen, die man bereits am Vortag gesehen hatte – das überstieg sein Fassungsvermögen. Marc verschwand in der Fallgrube seines verdammten Mittelalters und würde jetzt zu nicht mehr viel nütze sein. Louis faltete die zweite, sehr viel weniger ausführliche Nachricht auseinander. Er hatte am Morgen einen Anruf von Jean-Michel Bonnot erhalten, mit der Bitte, so bald wie möglich in seinem Laden vorbeizukommen.

Louis fand den Laden des Furchtsamen Patissiers ohne Schwierigkeiten. Seine Frau führte ihn in die stickige Backstube im Keller, wo es nach Butter und Mehl roch. Das erinnerte ihn daran, daß er noch nicht gefrühstückt hatte, und Bonnot, der ein noch röteres Gesicht hatte als am Vorabend und ihn sichtlich ungeduldig erwartete, brachte ihm zwei noch heiße Croissants.

»Ist es Ihnen wieder eingefallen?« fragte Louis.

»Ganz richtig«, erwiderte Bonnot und rieb sich die Hände, um sie vom Mehl zu reinigen. »Unmöglich, gestern abend auch nur ein Auge zuzutun. Ständig ist mir die arme kleine Nachbarin im Kopf rumgegangen wie ein Gespenst. Ich bin völlig erledigt.«

»Ja«, sagte Louis. »Ich weiß, wie das ist.«

»Meine Frau hat gesagt, das liegt am Mond, aber ich weiß genau, daß das wegen der Nachbarin war. Ist ja logisch, nach all Ihren Geschichten.«

»Tut mir leid.«

»Dann habe ich plötzlich gegen zwei Uhr morgens wieder alles vor mir gesehen. Jetzt weiß ich, warum ich gedacht habe, daß es eine Frau war.«

Louis richtete den Blick unverwandt auf den Mann. »Schießen Sie los«, sagte er.

»Sie werden ganz schön enttäuscht sein, aber Sie haben mich ja gebeten, Ihnen Bescheid zu geben.«

»Schießen Sie los«, wiederholte Louis.

»Wenn Ihnen so daran liegt. Als ich in das Zimmer gekommen bin, kauerte der Mörder in seinem dicken Mantel neben Claire. Es war alles voller Blut, und ich bekam Panik. Er hat mich gehört und sich nicht einmal mehr nach mir umgedreht, er ist aufgesprungen und hat mich umgerannt. Aber direkt davor, vielleicht eine Zehntelsekunde davor, hat er was vom Teppich aufgehoben. Und dieses Etwas war ein Lippenstift.«

Bonnot hielt inne, um Louis mit scheelem Blick zu beobachten.

»Fahren Sie fort«, sagte Louis.

»Na ja, das ist alles. Der Lippenstift und dann noch der Damenstrumpf, der auf dem Boden rumlag, da hab ich mir das eben so zusammengereimt. Ich bin *ihr* hinterhergerannt, ohne auch nur eine Sekunde daran zu denken, es könnte ein Mann sein.«

»Das klingt plausibel.«

»Aber ich frage Sie: Wenn es ein Mann war, was hatte der dann mit einem Lippenstift zu schaffen?«

Sie schwiegen eine Zeitlang. Nachdenklich aß Louis sein zweites Croissant.

»Wo hat er den Lippenstift aufgelesen?«

Der Mann zögerte.

»Neben dem Kopf? Neben dem Körper?«

Bonnot fummelte mit gesenktem Blick an seiner Brille herum.

»Neben dem Kopf«, sagte er.

»Sicher?«

»Ich glaube.«

»Auf welcher Seite?«

»Rechts von ihrem Gesicht.«

Louis spürte, wie sein Herzschlag sich leicht beschleunigte. Bonnot sah erneut zu Boden. Mit dem Fuß zeichnete er Kreise in den Mehlstaub.

»Haben Sie den Lippenstift von der Eingangstür aus wirklich gesehen?« fragte Louis hartnäckig weiter.

»Gesehen nicht«, gab Bonnot zu. »Aber man kann Dinge von weitem erkennen. Es war bordeauxrot und silbern und hat ein leises metallisches Geräusch in seiner Hand gemacht. Als ob es gegen Ringe stoßen würde. Genau wie bei meiner Frau, wenn sie ihren Lippenstift aufhebt. Er fällt ihr ständig runter, ich weiß nicht, wie sie das anstellt. Ich habe ihn nicht wirklich gesehen, nein, aber ich habe die Farben wahrgenommen und das Klicken gehört. Und bei mir bedeutet so was Lippenstift. Auf jeden Fall habe ich wegen dem Ding an eine Frau gedacht.«

»Danke«, sagte Louis, noch immer nachdenklich, und gab ihm die Hand. »Ich will Sie nicht länger stören. Ich lasse Ihnen meine persönliche Nummer in Paris da, falls Sie sie brauchen sollten.«

»Brauche ich nicht«, sagte Bonnot und schüttelte den Kopf. »Ich habe Ihnen gesagt, was Sie wissen wollten, mehr kann ich nicht für Sie tun. Die Gesichter, die Sie mir gestern gezeigt haben, sagen mir immer noch nichts.«

Louis schlenderte zurück zu seinem Wagen. Es war erst zwölf, er hatte noch Zeit, im Kommissariat vorbeizugehen und Pouchet einen Besuch abzustatten. Louis hielt es für richtig und notwendig, ihn über seine Fortschritte auf dem laufenden zu halten. Er würde mit ihm über die Fortpflanzung der Einhufer und den Mord von Nevers diskutieren. Es gab gute Chancen, daß es Pouchet gewesen war, der Bonnot damals vernommen hatte.

Um Viertel nach drei begab sich Louis zu dem von Marc angegebenen Treffpunkt. Marc stand auf der alten Brücke, beugte sich über die steinerne Brüstung und beobachtete das Fließen der Loire. Louis hupte und öffnete die Tür, ohne sich von seinem Sitz zu rühren. Marc schreckte auf, lief zum Auto, stieg ein, und Louis fuhr wortlos wieder an.

Mehr um Marc aus seinen Träumen zu reißen als um ihn zu informieren, schilderte ihm Louis ausführlich sein Gespräch mit dem Feigen Patissier und dann sein Mittagessen mit Pouchet. Pouchet hatte tatsächlich damals die Zeugen vernommen. Aber zu keinem Augenblick war von einem Lippenstift die Rede gewesen. Louis hatte vier Bier bezahlt, und sie hatten auf die Gesundheit aller künftigen Maultierbabys angestoßen.

»Wie bitte?« fragte Marc.

»Es ging um eine Wette. Das große Mysterium der Maultier-Zeugung, weißt du, diese dicken, kräftigen Esel.«

»Wo ist da das Geheimnis?« fragte Marc unschuldig. »Die Maultiere sind die Nachkommen von Eseln und Stuten. Im umgekehrten Fall handelt es sich um Maulesel. Worum ging's bei der Wette?«

»Um nichts«, erwiderte Louis und konzentrierte sich auf die Straße.

36

Nachdem er Marc vor der Bruchbude abgesetzt hatte, fuhr Louis auf direktem Wege zur Rue de l'Université. Die Stimme des alten Clairmont hallte aus der Gegensprechanlage.

»Kehlweiler«, sagte Louis. »Ist Paul Merlin nicht da?«

»Nein. Den ganzen Abend weg.«

»Das paßt ausgezeichnet. Ich komme auch Ihretwegen.«

»Aus welchem Anlaß?« fragte Clairmont mit dem herablassenden Unterton, den er häufig anschlug.

»Claire Ottissier, eine Frau, die in Nevers gestorben ist.«

Kurzes Schweigen.

»Das sagt mir nichts«, meinte der Alte.

»Sie steht in Ihrer Werkstatt, den Kopf zur Pendeluhr gedreht. Sie haben sie geschnitzt.«

»Ach so! Die ist das? Entschuldigen Sie, ich erinnere mich nicht an alle Namen. Was ist damit?«

»Machen Sie mir nun auf?« fragte Louis etwas lauter. »Oder ist Ihnen lieber, daß wir vor allen Passanten über Ihre nekrophile Kunst reden?«

Clairmont betätigte den Türöffner, und Louis ging zu ihm in die Werkstatt. Der Bildschnitzer saß mit bloßem Oberkörper und qualmender Zigarette zwischen den Lippen auf einen hohen Schemel. Mit einem kleinen Holzmeißel kerbte er das Haar der Figur aus, an der er gerade arbeitete.

»Wir machen's schnell«, sagte Louis. »Ich hab's ein bißchen eilig.«

»Ich nicht«, erwiderte Clairmont und ließ einen Holzspan fallen.

Louis nahm einen Stapel Fotos von der Werkbank, setzte sich Clairmont gegenüber auf einen hohen Schemel und begann rasch die Fotos durchzublättern.

»Tun Sie sich keinen Zwang an«, sagte Clairmont.

»Wonach suchen Sie sich die Frauen aus, die Sie schnitzen? Nach ihrer Schönheit?«

»Ganz egal. Alle Frauen sind in Wirklichkeit nur eine einzige.«

»Mit Lippenstift oder ohne Lippenstift?«

»Ganz egal. Ist das von Bedeutung?«

Louis legte den Stapel wieder auf die Werkbank.

»Aber was für welche suchen Sie sich bevorzugt aus? Tote? Ermordete?«

»Nicht bevorzugt. Es ist vorgekommen, daß ich ein paar Opfer verewigt habe. Das leugne ich nicht.«

»Weshalb?«

»Ich glaube, das habe ich Ihnen bereits gesagt. Um sie zu verewigen und um ihre Qual zu würdigen.«

»Macht Ihnen das Vergnügen?«

»Gewiß.«

»Wie viele Opfer haben Sie auf diese Weise ... ›gewürdigt‹?«

»Ich würde sagen, sieben oder acht. Da war die erwürgte Frau vom Bahnhof in Montpellier, die beiden jungen Mädchen in Arles, die Frauen in Nevers, als ich dort wohnte ... In letzter Zeit habe ich keine mehr gemacht. Ich glaube, es beginnt mich zu langweilen.«

Clairmont schlug mit dem Hammer auf den Meißel und löste einen langen Span ab.

»Sonst noch was?« fragte er, während er seine Kippe im Sägemehl ausdrückte.

Louis deutete auf die Zigaretten, und der Alte reichte ihm eine.

»Ich habe vor, Sie wegen der Vergewaltigung und der Ermordung von Nicole Verdot und dem Mord an Claire Ottissier festnehmen zu lassen«, sagte Louis und ließ sich von Clairmont Feuer geben. »In der Zwischenzeit prüfe ich weitere Anklagepunkte.«

Clairmont schüttelte das Streichholz, lächelte und machte sich wieder an das Haar aus Holz.

»Lächerlich«, sagte er.

»Darum geht es nicht. Die Statuetten der beiden Opfer und Ihre Anwesenheit vor Ort werden Kommissar Loisel leicht überzeugen, vor allem, wenn ich ihn darum bitte. Er kümmert sich um den Scherenmörder und ist auf hundertachtzig. Er lechzt nach einem Schuldigen.«

»Was soll das miteinander zu tun haben?«

»Claire ist das erste Opfer des Mörders – nach Nicole Verdot, aber Nicole gehört nicht zu der Serie. Sie ist gewissermaßen eine Art Vorspiel.«

Im Gesicht des Bildhauers zeigte sich leichte Verwirrung.

»Haben Sie die Absicht, mir das alles anzuhängen? Wegen meiner Statuetten? Sind Sie verrückt, oder was?«

»Sie verstehen meinen Plan nicht. Es gibt, ganz wie Sie sagen, keinen dringenden Tatverdacht, und die Bullen werden Sie nach achtundvierzig Stunden wieder laufen lassen – die übrigens nicht spaßig sein werden. Aber wenn Sie wieder zurück sind, hat das Übel seinen Lauf genommen: Ihr Schwiegersohn wird Sie auf immer verdächtigen, an der Vergewaltigung und Ermordung von Nicole beteiligt gewesen zu sein. Das ist nur Verleumdung, aber von so einem Verdacht bleibt immer was hängen. Sogar soviel, daß er Sie rausschmeißen wird, falls Sie das Glück haben, daß er Sie nicht vorher mit Ihrer Stichsäge zerlegt. Und da Sie ausschließlich von seiner Kohle leben, werden Sie im Elend verrecken.«

Louis erhob sich und ging durch die Werkstatt, die Hände auf dem Rücken.

»Ich lasse Sie nachdenken«, sagte er ruhig.

»Und wenn mir Ihr Plan nicht gefällt?« fragte der Alte und runzelte besorgt die Stirn.

»Dann werden Sie mir alles erzählen, was Sie über die

Vergewaltigung von Nicole Verdot wissen, und ich werde meinen Plan vorläufig vergessen. Denn Sie wissen etwas. Entweder waren Sie dabei, oder Sie wissen etwas. Ihre Bude lag keine zwanzig Meter vom Tatort entfernt.«

»Meine Bude war hinter den Bäumen. Ich habe geschlafen, das habe ich schon gesagt.«

»Es ist ganz Ihre Entscheidung. Aber machen Sie schnell, ich habe nicht die ganze Nacht Zeit.«

Clairmont preßte beide Hände auf den Schädel seiner Statue, senkte den Kopf und seufzte.

»Das sind brutale Methoden«, knurrte er.

»Ja.«

»Ich habe nichts damit zu tun, weder mit der Vergewaltigung noch mit dem Verbrechen.«

»Ihre Version?«

»Da war Rousselet, der Student, der in der Loire ertrunken ist. Und der Gärtner.«

»Vauquer?«

»Nein, nicht der Trottel, der andere.«

»Thévenin? Der ›Schnitter‹?« fragte Louis mit leichtem Schauder.

»Ganz genau, der ›Schnitter‹. Und noch ein dritter Typ.«

»Wer?«

»Ich hab ihn nicht erkannt. Rousselet hat Nicole vergewaltigt, der ›Schnitter‹ hatte keine Zeit mehr. Der Dritte hat nichts gemacht.«

»Woher wissen Sie das?«

Clairmont zögerte.

»Na los«, knurrte Louis.

»Ich habe alles von meinem Fenster aus gesehen.«

»Und Sie haben sich nicht gerührt?«

Clairmont packte den Kopf seiner Statue.

»Nein, ich habe zugesehen. Mit meinem Fernglas.«

»Großartig. Haben Sie deshalb den Bullen gegenüber nichts gesagt?«

»Natürlich.«

»Selbst als Vauquer verdächtigt wurde?«

»Er ist sofort wieder freigelassen worden.«

Louis ging wortlos im Raum umher und umkreiste langsam die Werkbank.

»Was beweist mir, daß nicht Sie der dritte Mann sind?«

»Ich war es nicht«, erwiderte Clairmont heftig. »Es war ein Unbekannter. Ein Voyeur, sicher ein Bekannter des ›Schnitters‹. Wenn Sie ihn finden wollen, müssen Sie bei ihm weitersuchen.«

»Was wissen Sie darüber?«

»Zwei Tage später habe ich den ›Schnitter‹ in einem Bistrot in Nevers gesehen. Er war sternhagelvoll und haute an der Bar große Summen raus. Das hat mich stutzig gemacht, ich habe ihn eine Zeitlang beobachtet. Die Kohle hat mindestens einen Monat gereicht, ohne das zu berücksichtigen, was er sicher zur Seite gelegt hatte. Ich habe mir immer gedacht, daß er für die Vergewaltigung bezahlt worden ist, ordentlich bezahlt, und Rousselet genauso – und zwar von demjenigen, der das Mädchen festgehalten hat. Dem Voyeur.«

»Großartig«, wiederholte Louis.

Erneut legte sich lastende Stille über den Raum. Louis drehte ein kleines Holzstück zwischen den leicht zitternden Fingern, und Clairmont betrachtete seine Füße. Als Louis sich zur Tür wandte, warf der Bildhauer ihm einen verschreckten Blick zu.

»Machen Sie sich keine Sorgen«, sagte Louis, ohne sich umzudrehen. »Paul wird nicht erfahren, auf welch würdevolle Weise Sie sich um seine Freundin gekümmert haben. Es sei denn, Sie hätten mich belogen.«

Mit zusammengebissenen Zähnen, die Hände ins Lenkrad gekrallt, raste Louis die Rue de Rennes hoch, nahm einem Bus die Vorfahrt und fuhr weiter zum Friedhof von Montparnasse. Erst als er den Wagen in der Rue Froidevaux abstellte und ein schwerer Gewitterregen die Windschutzscheibe unter Wasser zu setzen begann, wurde ihm klar, daß es schon nach acht und das Tor des Friedhofs längst verschlossen war. Ohne Marc hatte er keinerlei Möglichkeit, über die Mauer zu klettern. Louis seufzte. Marc suchen, um zu klettern, Marc suchen, um zu zeichnen, Marc suchen, um zu rennen. Aber Marc hatte sich ostentativ in eine andere Epoche verdrückt, und Louis bezweifelte, daß er ihn an diesem Abend aus der Bruchbude würde loseisen können.

Auf der Avenue du Maine begann der Motor zu stottern, und Louis warf einen Blick auf die Tankanzeige. Kein Benzin mehr. Er ließ den Wagen unweit der Tour Montparnasse ausrollen. Er war nach Nevers und wieder zurück gefahren, ohne sich ums Tanken zu kümmern. Er schlug mit der Faust auf das Armaturenbrett, stieg fluchend aus und schob den Wagen langsam an die Bordsteinkante. Dann nahm er seine Tasche aus dem Auto und warf die Tür zu. Es goß jetzt wie aus Kübeln. Er lief so schnell er konnte bis zum Platz und in den Metro-Eingang. Es war gut und gern ein halbes Jahr her, daß er zum letzten Mal Metro gefahren war, und er mußte zunächst einen Plan suchen, um den Weg bis zur Rue Chasle herauszufinden.

Am Bahnsteig zog er vorsichtig seine Jacke aus, um seiner in der Tasche dösenden Kröte nicht weh zu tun, die sich entgegen Marcs Hoffnungen nicht voller Begeisterung Richtung Loire-Ufer davongemacht hatte. In Wirklichkeit machte Bufo nie etwas voller Begeisterung. Sie war eben eine besonnene Amphibie.

Louis stieg in den Zug, schüttelte die Nässe ab und setzte sich schwerfällig auf einen Klappsitz. Der Lärm des Zuges übertönte die gräßlichen Worte des alten Clairmont, und das war für zehn Minuten auch gut so. Er hatte sich zusammenreißen müssen, um ihn nicht in seinen Sägemehlhaufen zu schmeißen. Es war auch gut, daß der Friedhof schon geschlossen gewesen war. Er war sich nicht sicher, ob das Sohnschützer-Deckchen dem ›Schnitter‹ heute abend viel genutzt hätte. Louis atmete tief durch und richtete dann den Blick auf eine Mitreisende mit klatschnassen Haaren, ein Werbeplakat und schließlich ein arabisches Gedicht aus dem

9. Jahrhundert, das an der Rückfront des Wagens hing. Er las es aufmerksam von der ersten bis zur letzten Zeile und versuchte, seine eher dunkle Bedeutung zu verstehen. Es ging um Hoffnung und Überdruß, und das kam seiner gegenwärtigen Stimmung sehr entgegen. Plötzlich erstarrte er. Was machte ein arabisches Gedicht aus dem 9. Jahrhundert in einem Metrowagen?

Louis sah sich das Plakat genauer an. Es war ordentlich in einem Metallrahmen neben der Werbung angebracht. Zwei Strophen des Gedichts standen darauf, darunter der Name und die Lebensdaten des Autors. Unten dann das grün-blaue Logo der Pariser Verkehrsbetriebe und der Slogan: *Verse in Grün und Blau*. Konsterniert stieg Louis an der nächsten Station aus und stieg in den zweiten Wagen. Dort fand er ein kleines Prosagedicht von Jacques Prévert. Er ging durch alle fünf Wagen und zählte fünf Gedichte. Er wartete auf den nächsten Zug und inspizierte die fünf Wagen. Zehn Gedichte. Er stieg um und besah sich die Wagen von zwei aufeinanderfolgenden Zügen. Als er an der Place d'Italie ausstieg, hatte er zwanzig Gedichte. Der arabische Gesang hatte sich viermal wiederholt, der Prévert dreimal.

Benommen setzte er sich auf eine Bank, die Ellbogen auf den Knien, das Gesicht in den Händen. Warum hatte er das nicht früher gewußt, verdammt? Aber er nahm ja nie die Metro. Verflucht noch mal. Da klebten sie Gedichte in die Züge, und er wußte es nicht. Seit wann mochte diese Aktion laufen? Ein halbes Jahr? Ein Jahr? Louis sah das eigensinnige und leidenschaftliche Gesicht von Lucien vor sich. Lucien hatte recht. Es war kein intellektueller Quark, sondern eine furchtbare Möglichkeit. Alles kehrte sich um. Es ging nicht mehr um einen Mörder auf der Suche nach einem Gedicht, sondern um ein Gedicht, das den Weg eines Irren kreuzte. Eines Irren, der es in der Metro gelesen hatte, während er auf seinem Sitz saß, als ob es für ihn geschrieben worden wäre. Der es gelesen und wiedergelesen und darin ein »Zeichen«, einen »Schlüssel« gefunden hatte. Es war gar nicht mehr erforderlich, daß es sich bei dem Mörder um einen feinsinnigen, gebildeten Menschen handelte. Es genügte, daß er die Metro nahm, es genügte, daß er sich hinsetzte und einfach nur hinsah. Und daß der Text über ihn kam, als wollte das Schicksal ihm eine persönliche Nachricht überbringen.

Louis stieg die Treppe hinauf und klopfte an die Scheibe des Fahrkartenschalters.

»Polizei«, sagte er zu dem Verkäufer und zeigte seine alte Karte vom Ministerium. »Ich muß sofort einen Verantwortlichen für die Züge sprechen. Ganz egal welchen.«

Verschüchtert sah der junge Mann auf Louis' durchnäßte Kleidung und gab angesichts der blau-weißroten gestreiften Karte nach. Er schloß die schmale Zugangstür auf und ließ ihn in den kleinen Raum eintreten.

»Gibt's unten Ärger?« fragte er.

»Ärger, nein. Wissen Sie, seit wann die Pariser Verkehrsbetriebe Gedichte plakatieren? Ich meine das vollkommen ernst.«

»Gedichte?«

»Ja, in den Zügen. ›Verse in Grün und Blau‹.«

»Ach, das?«

Der junge Mann runzelte die Stirn.

»Ich würde sagen, seit ein oder zwei Jahren. Aber warum ...«

»Ein Mordfall. Ich brauche dringend Informationen zu einem ganz bestimmten Gedicht. Ich will wissen, ob es angeschlagen wurde, und wenn ja, wann. Die Abteilung für Öffentlichkeitsarbeit der Verkehrsbetriebe müßte das wissen. Haben Sie ein internes Telefonbuch?«

»Hier«, erwiderte der junge Mann, öffnete einen Metallschrank und zog einen ziemlich mitgenommenen Ordner heraus.

Louis nahm hinter einem geschlossenen Schalter Platz und blätterte das Verzeichnis durch.

»Aber da werden Sie um die Uhrzeit keinen antreffen«, wandte der junge Mann schüchtern ein.

»Ich weiß«, erwiderte Louis müde.

»Wenn es so dringend ist …«

Louis sah ihn an.

»Haben Sie eine Idee?«

»Ja, das heißt … Also … Ich könnte notfalls Ivan anrufen. Der klebt die Plakate … und daher kennt er natürlich eine Menge davon. Es kann gut sein …«

»Los«, sagte Louis, »rufen Sie Ivan an.«

Der junge Mann wählte eine Nummer.

»Ivan? Ivan? Hier ist Guy, stell deinen verdammten Anrufbeantworter ab und geh ran, es ist dringend, ich ruf vom Schalter aus an!«

Guy warf Louis einen entschuldigenden Blick zu. Dann hatte er plötzlich seinen Freund am Apparat.

»Ivan, wir haben hier ein Problem. Es geht um eins deiner Plakate.«

Einige Augenblicke später übernahm Louis den Hörer.

»Um welches Gedicht geht es?« fragte Ivan. »Sehr gut möglich, daß ich mich dran erinnere.«

»Soll ich's Ihnen aufsagen?«

»Ich glaube, das wäre das Beste.«

Jetzt war es an Louis, dem jungen Mann einen etwas verlegenen Blick zuzuwerfen. Er konzentrierte sich, um sich die vier Zeilen in Erinnerung zu rufen, die er sich am Tag zuvor mit Loisel angesehen hatte.

»Gut«, sagte er und nahm wieder den Hörer. »Sind Sie noch dran?«

»Ich höre zu.«

Louis atmete tief ein.

»*Ich bin der Finstre, der Beraubte, der Untröstliche, der Fürst von Aquitanien, dessen Turm in Trümmer sank; mein Stern, mein einziger, ist tot, und das Sternbild meiner Laute zeigt die schwarze Sonne der Melancholie.* Das Ganze ist von einem gewissen Gérard de Nerval und heißt *El Desdichado*. Wie es weitergeht, weiß ich nicht.«

»Könnten Sie's mir noch mal wiederholen?«

Louis wiederholte die Zeilen.

»Ja«, sagte Ivan. »Das hat mal gehangen. Ich bin mir sicher.«

»Wunderbar«, erwiderte Louis, die Hand um den Hörer gepreßt. »Können Sie sich zufällig erinnern, wann das war?«

»Ich würde sagen, kurz vor Weihnachten. Kurz vor Weihnachten, denn ich hab noch gedacht, das ist ja nicht gerade ein sehr fröhlicher Text zum Fest.«

»In der Tat.«

»Aber dann bleiben die Plakate immer einige Wochen hängen. Da müßten Sie sich bei der Dienststelle erkundigen.«

Louis dankte dem Plakatkleber herzlich. Dann versuchte er erfolglos, Loisel zu erreichen.

»Nein, keine Nachricht«, erklärte er dem diensthabenden Polizisten. »Ich rufe später wieder an.«

Er schüttelte dem jungen Guy die Hand und klopfte zehn Minuten später an die Tür der Bruchbude. Es war abgeschlossen, und nichts rührte sich. Er legte seine Tasche vor der Tür ab und ging um das Haus herum. Von hinten erreichte man die drei hohen Fenster des Erdgeschosses, die auf ein etwas größeres Stück Garten hinausgingen.

Marc nannte es »das Rodeland« im Gegensatz zur »Brache«, weil er dort ein bißchen Unkraut gejätet und Mathias ein paar Kartoffeln gepflanzt hatte. Louis schlug mehrmals an den Fensterladen und rief dabei seinen Namen, um die Bewacher von Clément nicht zu verschrecken.

»Ich mach dir auf!« rief die Stimme von Vandoosler dem Älteren.

Vandoosler begrüßte ihn mit einer Weinflasche in der Hand.

»Salut, Deutscher. Wir spielen gerade alle drei eine Partie Mäxchen.«

»Wer, ›alle drei‹?«

»Wir drei, ich, Marthe und ihr Junge.«

Louis betrat das Refektorium und sah Clément rittlings auf der Holzbank sitzen, die alte Marthe an seiner Seite. Auf dem Tisch standen Gläser und lagen Zettel, um die Punkte aufzuschreiben.

»Wo sind die anderen?« fragte Louis.

»Die Evangelisten? Ausgegangen, spazieren.«

»Aha. Alle drei zusammen?«

»Ich hab keine Ahnung. Das ist ihre Sache. Spielst du mit?«

»Nein, ich trink einen Kaffee, wenn noch welcher übrig ist.«

»Bedien dich«, erwiderte der Pate und nahm seinen Platz in der Spielrunde wieder ein. »Da ist welcher in der Kanne.«

»Vandoos«, sagte Louis, während er sich einschenkte, »Es kann sein, daß der ›Schnitter‹ wirklich der zweite Vergewaltiger ist.«

»Tschik«, flüsterte Clément.

»Und es kann auch sein, daß er und Rousselet dafür bezahlt worden sind. Der dritte Mann bei der Vergewaltigung, ganz sicher der Auftraggeber, bleibt noch im dunkeln. Und wahrscheinlich ist er die große Gefahr. Möglicherweise ein Bekannter des ›Schnitters‹.«

Vandoosler drehte sich zu Louis um.

»Und noch was Schlimmeres«, sagte Louis. »Ich habe einen Fehler gemacht. Lucien hatte recht.«

»Aha«, bemerkte der Pate unbeteiligt.

»Aber ich konnte nicht ahnen, daß dieses Gedicht im vergangenen Dezember überall in der Metro und in den Vorortzügen plakatiert worden ist.«

»Ist das von Bedeutung?«

»Das ändert alles. Der Mörder hat das Gedicht nicht gesucht. Er ist drüber gestolpert.«

»Ich verstehe«, bemerkte Vandoosler und warf die Würfel auf das Tablett.

»Sechshundertfünfundsechzig, blank«, verkündete Marthe.

»Sechs, sechs, fünf«, trällerte Clément.

Louis warf Marthes Puppe einen Blick zu. Er schien sich inzwischen in diesem Haus ganz wohl zu fühlen. Louis verstand das. Der Kaffee war hier besser als überall sonst, selbst wenn er kalt war, wie heute abend. Es war ein ganz und gar beruhigender Kaffee. Das mußte am Wasser liegen, vielleicht auch am Haus.

»Ich habe versucht, Kontakt mit Loisel aufzunehmen«, sagte er, »aber er ist nicht mehr im Kommissariat. Nicht zu erreichen.«

»Was willst du von ihm?«

»Ich will ihn davon überzeugen, die Straßen überwachen zu lassen. Aber verdammt, wir können vor morgen abend nichts tun.«

»Wenn dich das trösten kann: Die Evangelisten haben gestern abend mit der Überwachung begonnen. Heute abend haben sie sich alle drei postiert. Der heilige Lukas ißt ein baskisches Huhn in der Rue de la Lune, der heilige Markus und der heilige Matthäus essen Sandwiches in der Rue du Soleil und der Rue du Soleil d'or.«

Louis musterte schweigend den alten Bullen, der lächelnd neu würfelte, und Marthe, die an ihrer kleinen Zigarre zog, während sie ihm einen raschen Blick zuwarf. Er fuhr sich mehrmals mit den Händen durch sein schwarzes Haar, das noch immer vom Regen naß war.

»Drei, drei, eins«, trällerte Clément leise.

»Das ist Meuterei«, sagte Louis und trank einen Schluck kalten Kaffee.

»Genau das hat Lucien auch gesagt. Er hat gesagt, es würde ihn an 1917 erinnern. Alle halten nach dem ›Schnitter‹ oder dem alten Bildhauer Ausschau. Aber wenn es sich, wie du sagst, um den dritten Mann handelt, haben sie keine Chance. Die Bullen müßten bei allen alleinstehenden jungen Frauen in den drei Straßen vorbeigehen, um sie zu warnen. Und dann eine Falle aufstellen.«

»Warum hat man mir nichts davon gesagt?«

Vandoosler der Ältere zuckte mit den Schultern.

»Du warst dagegen.«

Louis nickte und schenkte sich eine zweite Tasse Kaffee ein.

»Du hast nicht zufällig ein bißchen Brot?« fragte er. »Ich habe nicht zu Abend gegessen.«

»Heute ist Dienstag, ich habe mein königliches Gratin gemacht. Soll ich dir davon was warm machen?«

Eine Viertelstunde später schaufelte sich Louis zufrieden und entspannt eine große Portion auf den Teller. Daß die Meuterer die Straßen überwachten, beruhigte ihn. Aber Vandoosler der Ältere hatte recht. Wenn es sich um den dritten Mann handelte, dann würden sie ihn nicht bemerken. Es sei denn, der Mörder unternahm mehrere Abende lang Erkundungsgänge. Es waren sehr kleine Straßen, eine sogar eher eine Gasse. Es wäre ein leichtes, alle Anwohner und regelmäßigen Besucher zu informieren. Aber es war nun unabdingbar, daß Loisel auf den Plan trat.

»Sind sie bewaffnet?«

»Gestern sind sie mit bloßen Händen losgezogen. Heute abend habe ich ihnen geraten, sich ein bißchen auszurüsten.«

»Deine Knarre?«

»Bloß nicht. Sie wären in der Lage, sich eine Kugel durchs Knie zu jagen. Lucien hat den Stockdegen seines Urgroßvaters mitgenommen ...«

»Sehr unauffällig.«

»Ihm lag viel daran, du weißt, wie er ist. Mathias hat ein Opinel-Messer, nur Marc hat nichts mitnehmen wollen. Messer widern ihn an.«

»Damit sind sie ja wirklich gut ausgerüstet«, seufzte Louis. »Wenn es hart auf hart kommt ...«

»Sie sind nicht so wehrlos, wie du denkst. Lucien hat seine Inbrunst, Mathias seine Tugend und Marc seine Finesse. Das ist gar nicht so schlecht, vertrau meiner Erfahrung als alter Bulle.«

»Wann kommen sie nach Hause?«

»Gegen zwei Uhr morgens.«

»Dann warte ich hier auf sie, wenn dich das nicht stört.«

»Ganz im Gegenteil, du kannst meine Wache übernehmen. Und mach dir ein kleines Feuer im Kamin, Deutscher, du holst dir sonst noch den Tod in deinen nassen Klamotten.«

37

Spät am Mittwoch vormittag durchschritt Louis das Eingangstor des Friedhofs von Montparnasse. Durch den Regen vom Vortag hatte es ein wenig abgekühlt, und die aufgeweichten Wege des Friedhofs rochen nach Erde und Linden. In der Nacht hatte Louis bis halb drei auf die Rückkehr der Evangelisten gewartet. Gegen elf hatte Vandoosler der Ältere Marthe nach Hause gebracht. Clément hatte sie nicht gerne weggehen sehen und seinen Kopf an ihre Stirn gelegt, sie hatte ihm durchs Haar gestrichen.

»Dusch noch, bevor du ins Bett gehst«, hatte sie ihm leise gesagt. »Es ist wichtig, auf das Duschen zu achten.«

Louis hatte sich gedacht, Marthe wäre gut geeignet, mit Moral genähte Sohnschützer zu erfinden, ganz wie die Mutter des ›Schnitters‹. Dann war er allein vor dem Holzfeuer zurückgeblieben, hatte in die Flammen gestarrt und unaufhörlich an den Scherenmörder gedacht. Merkwürdigerweise gingen ihm die ganze Zeit nur drei Bilder durch den Kopf: die Zeichnung der vierzigfach vergrößerten Fliege des Mörders, das baskische Huhn von Lucien und der Fuß des Furchtsamen Patissiers, der Kreise ins Mehl zeichnete. Er war müde, ganz ohne Zweifel. Dann hatte Lucien mit seinem Degen lärmend Einzug gehalten. Keiner der drei Männer hatte in den Straßen irgend etwas bemerkt.

Mit einer Flasche Sancerre in der Hand durchquerte Louis gemächlich den Friedhof, ohne den ›Schnitter‹ zu entdecken. Die Hütte war leer. Er besah sich den anderen Teil des Friedhofs, jenseits der Rue Emile-Richard, aber ohne Erfolg. Leicht beunruhigt ging er zum Eingang zurück und erkundigte sich beim Wärter.

»Es ist wirklich das erste Mal, daß jemand nach ihm fragt«, brummelte der Wärter abweisend. »Er ist heute morgen nicht gekommen. Worum geht's? Wenn Sie seinen Durst löschen wollen«, sagte er und zeigte auf die Flasche, »lassen Sie sich nur Zeit. Er schläft sicher gerade irgendwo seinen Rausch aus.«

»Kommt das öfter vor?«

»Nein, nie«, erwiderte der Wärter. »Muß krank sein. Entschuldigen Sie, ich muß meine Runde machen. Bei all den Verrückten, die sich hier rumtreiben.«

Louis ging die Straße entlang. Er machte sich allmählich Sorgen. Jetzt, wo der ›Schnitter‹ abgehauen war, begann die Situation auf allen Ebenen seiner Kontrolle zu entgleiten. Er mußte dringend Loisel benachrichtigen. Louis stieg in einen Bus in Richtung Montrouge und lief dort eine ganze Weile durch die grauen Straßen, bevor er die Bude des ›Schnitters‹ fand. Von dem kleinen Gebäude, das zwischen einem unbebauten, verwilderten Grundstück und einem Café mit undurchsichtigen Scheiben eingezwängt stand, bröckelte der Putz in großen Placken herab. Eine Nachbarin sagte ihm, wo Thévenin sein Zimmer hatte.

»Aber er ist im Augenblick nicht da«, ergänzte sie. »Anscheinend hat er ein Quartier an seiner Arbeitsstelle. Manche haben eben Glück.«

Louis hielt das Ohr ein paar Minuten an die Tür, ohne irgend ein Geräusch zu hören. Er klopfte mehrmals und ließ es schließlich bleiben.

»Wenn ich Ihnen sage, daß er nicht da ist«, brummte die Frau verärgert, »dann ist er nicht da.«

Nach mehrfachem Umsteigen erreichte Louis schließlich das Kommissariat von Loisel; die Flasche Sancerre hatte er immer noch in der Hand. Jetzt kam es darauf an, Loisel auf die drei Straßen anzusetzen, ohne von Clairmont oder dem ›Schnitter‹ zu reden und damit

Sand ins Getriebe zu streuen. Über die beiden Toten von Nevers würde er allerdings reden müssen. Früher oder später würde Loisel von der Vergewaltigung im Park erfahren, wenn das nicht schon geschehen war. Ihn von Cléments Fährte ablenken, nachdrücklich auf das Gedicht verweisen, auf die schwarze Sonne. Den besten Angriffswinkel finden – das alles würde nicht leicht sein, Loisel war kein Dummkopf.

»Hast du was Neues über die Spuren auf dem Teppich?« fragte Louis, als er sich seinem Kollegen gegenübersetzte.

Loisel hielt ihm eine seiner Strohhalmzigaretten hin.

»Nichts. Es sind ganz sicher Fingerspuren, das ist alles. Keinerlei ungewöhnliche Substanz im Teppich.«

»Keine Spuren von Lippenstift?«

Loisel runzelte die Stirn und stieß den Rauch aus.

»Spielst du womöglich ein bißchen einsamer Jäger, Deutscher?«

»In wessen Interesse sollte das liegen? Ich bin nicht mehr im Dienst, ich sag's dir noch mal.«

»Was ist das für eine Geschichte mit deinem Lippenstift?«

»Genaugenommen weiß ich nichts. Ich glaube, daß der Mörder schon einige Leute erledigt hat, bevor er sich als ›Fachmann‹ auf die Hauptstadt gestürzt hat. Angefangen bei einer gewissen Nicole Verdot, die er nach einer Vergewaltigung rasch aus dem Weg geräumt hat, und einen Hervé Rousselet, seinem Komplizen bei der Vergewaltigung, der beinahe ausgepackt hätte. Man kann fast glauben, daß er Spaß an der Sache gefunden hat: Nicht ganz ein Jahr später hat er eine zweite junge Frau namens Claire Ottissier erwürgt und zerstochen. Die Namen findest du in der Kartei der unaufgeklärten Fälle.«

»Und wo?« fragte Loisel, der einen Stift in der Hand hielt und ein Blatt von seinem Block riß.

»Wo, glaubst du, kann das stattgefunden haben?«

»In Nevers?«

»Ganz genau. Es ist jetzt neun beziehungsweise acht Jahre her.«

»Clément Vauquer«, flüsterte Loisel.

»Er ist nicht der einzige Mann in Nevers. Aber er war tatsächlich bei der Vergewaltigung anwesend. Na, du wirst es so oder so erfahren, da ist es mir schon lieber, es kommt von mir. Er war Retter und einfacher Zeuge, weder Vergewaltiger noch Mörder.«

»Sei nicht blöd, Deutscher. Verteidigst du den Typen?«

»Nicht unbedingt. Ich denke nur, daß er sich uns ein bißchen zu schnell aufgedrängt hat.«

»Bis auf weiteres hat sich mir niemand aufgedrängt. Wo hast du das alles her?«

»Der Fall Claire Ottissier hat in meinem Archiv rumort. Dasselbe Schema, wie man so sagt.«

»Und der andere? Die Vergewaltigung?«

Louis hatte die Frage vorausgesehen. Loisels Ton war schneidend, seine Züge starr.

»Im Lokalblatt. Ich habe ein bißchen recherchiert.«

Loisel knirschte mit den Zähnen.

»Warum? Was hast du gesucht?«

»Die Erklärung für einen möglichen Haß auf diesen Vauquer.«

Loisel erwiderte zunächst nichts.

»Und der Lippenstift?« fragte er dann.

»Bei dem Mord an Claire Ottissier gab es einen Zeugen. Ich habe ihn gestern in Nevers befragt.«

»Verschwende nur ja keinen überflüssigen Gedanken an uns!« Der Kommissar explodierte. »Ich vermute, daß mein Telefon die ganze Zeit besetzt war und du's nicht geschafft hast, mich zu erreichen?«

Louis legte seine Hände flach auf den Tisch und stand ruhig auf.

»Ich mag deine Art nicht, mit mir zu reden, Loisel. Ich habe nie die Angewohnheit gehabt, detaillierte Protokolle meiner Ermittlungen zu verfassen. Jetzt, wo ich mir über eine Reihe von Dingen sicher bin, komme ich und teile sie dir mit. Wenn dir diese Vorgehensweise mißfällt und dich meine Informationen nicht interessieren, dann verziehe ich mich, und du siehst, wo du bleibst.«

Wenn du Frieden willst, bereite den Krieg vor, dachte Louis, der diesen Spruch ansonsten nie besonders gemocht hatte.

»Sag schon«, sagte Loisel nach kurzem Schweigen.

»Dieser Zeuge, Bonnot, hat gesehen, wie der Mörder etwas neben dem Kopf des Opfers aufgehoben hat. Seiner Ansicht nach war es ein Lippenstift – aber er hat das Ding nicht von nahem gesehen. Er hat geglaubt, bei dem Mörder handle es sich um eine Frau.«

»Was noch?«

Louis setzte sich wieder. Loisel hatte sich beruhigt.

»Das Gedicht, das ich dir neulich gezeigt habe. Die Sache ist inzwischen ernst, sehr ernst. Das Gedicht hat letztes Jahr vor Weihnachten zwei Monate in der Metro gehangen. Ich hätte gern, daß du die Rue de la Lune, die Rue du Soleil und die Rue du Soleil d'or abriegelst. Und daß du alle alleinstehenden Frauen warnst, die dort wohnen. Die Straßen sind nicht lang.«

»Worauf willst du mit deiner Metrogeschichte hinaus?«

»Angenommen, der Mörder ist ein Erleuchteter, ein Paranoiker, ein Besessener ...«

»Ganz bestimmt«, entgegnete Loisel achselzuckend. »Und? Du glaubst doch wohl nicht, daß er sich ein Gedicht aussucht, um sich auf seinem Weg nicht zu verlaufen, oder?«

»Nein, das Gedicht hat sich *ihn* ausgesucht. Angenommen, dieser Typ will alle Frauen des Planeten abmurksen, aber angenommen, er ist nicht so bescheuert, um in einem endlosen Massaker die eigene Haut zu riskieren? Angenommen, daß er, der ängstlich, manisch und berechnend ist, beschließt, nur eine Auswahl abzumurksen, aber eine bestimmte, signifikante Auswahl, die alle Frauen symbolisiert? Das Einzelne für das Ganze?«

»Was weißt du davon?«

»Nichts. Aber so würden meine Überlegungen aussehen.«

»Aha. Gute Nachricht. Und was würdest du an seiner Stelle tun?«

»Ich würde einen Schlüssel mit einer bestimmten Bedeutung suchen, um meine Auswahl zu treffen.«

»Und das wäre dann das Gedicht?« fragte Loisel höhnisch.

»Das wäre das Gedicht, dem ich viermal in der Metro begegnet bin, oder irgend etwas anderes, worauf das Schicksal mich stoßen würde: ein Bild auf einem Zuckerpapier oder ein Blatt mit Schulaufgaben irgendwo im Rinnstein, ein Besuch der Zeugen Jehovas oder eine Wahrsagerin vor dem Supermarkt, dreimal dieselbe Anzahl von Treppenstufen an einem Tag, der Text eines Liedes an einem Abend in der Kneipe oder ein Artikel in der Zeitung ...«

»Machst du dich über mich lustig?«

»Hast du nie fünfmal deinen Zucker im Kaffee umgerührt und es vermieden, unter einer Leiter durchzugehen?«

»Nie.«

»Pech für dich. Aber ich sage dir, so funktioniert das – und zwar noch hundertmal schlimmer, wenn du eine fette Fliege im Helm hast.«

»Bitte?«

»Wenn du eine Macke hast. Und die Fliege des Mörders ist eine schreckliche Fliege, die von den verdammten Zeichen des Schicksals, von denen der Alltag voll ist, profitiert. Er hat das Gedicht von seinem Klappsitz aus gesehen, ›*Ich bin der Finstre, der Beraubte, der Untröstliche ...*‹, ein Anfang, der einen packt, oder? Als er am Abend nach Hause gefahren ist, hat er es noch mal gesehen: Eingequetscht in einem überfüllten Wagen, ist er mit der Nase auf die Zeilen gestoßen ... ›*Der Fürst von Aquitanien, dessen Turm in Trümmer sank*‹ ... Und vielleicht am nächsten und am übernächsten Tag noch einmal ... ›*Die Seufzer der Heiligen und die Schreie der*

Fee‹ ... Verlockend für einen Vergewaltiger, glaubst du nicht? Ein dunkler, kryptischer Text, in dem jeder seine Verrücktheit unterbringen kann ... Er sucht ihn, er wartet auf ihn, und er findet ihn ... Und am Ende nimmt er ihn an, er nimmt ihn in sich auf und macht daraus den Dreh- und Angelpunkt seines mörderischen Wahns. So funktioniert das mit bestimmten Fliegen.«

Loisel spielte zweifelnd mit seinem Stift.

»Du mußt diese Straßen markieren«, sagte Louis nachdrücklich. »Du mußt alle Gebäude aufsuchen, Loisel, verdammt!«

»Nein«, erwiderte Loisel entschlossen und drückte sich das Radiergummiende seines Stiftes gegen die Stirn. »Ich habe dir schon gesagt, was ich davon halte.«

»Loisel!« wiederholte Louis und schlug mit der Hand auf den Tisch.

»Nein, Deutscher, da mache ich nicht mit.«

»Ist das damit erledigt? Du läßt den Dingen ihren Lauf?«

»Tut mir leid, Alter. Aber danke wegen der Mordfälle von Nevers.«

»Nichts zu danken«, brummte Louis und wandte sich zur Tür.

Verärgert und beklommen billigte sich Louis auf dem Weg das Recht zu, an allen fünf Nägeln der linken Hand zu kauen, der Hand des Zweifels und der Verwirrung. Unterwegs hielt er an, um in einem Café was zu essen. Dieser bornierte Idiot von Loisel. Was konnten sie zu viert ausrichten? Wenn er wenigstens den ›Schnitter‹ geschnappt hätte ... Er hätte ihn so lange mit Sancerre abgefüllt, bis er den Namen den dritten Mannes ausgespuckt hätte. Aber Thévenin hatte sich abgesetzt, und alle Spuren verliefen damit im Sande.

Gegen drei Uhr war er in der Bruchbude, um dort von seinem Mißerfolg bei Loisel und dem Verschwinden des Gärtners zu berichten. Marc stand an seinem Bügelbrett, er war mit seiner Wäsche in Verzug. Lucien unterrichtete, der Jäger und Sammler klebte Steine zusammen mit Clément, der allmählich Spaß daran zu finden schien, und Vandoosler jätete das Rodeland. Louis ging zu ihm und setzte sich auf einen Akazienstumpf. Das dunkle Holz war warm.

»Ich mache mir Sorgen«, sagte Louis.

»Gibt auch genug Grund dazu«, erwiderte der Pate.

»Heute ist Mittwoch.«

»Ja. Es dürfte nicht mehr lange dauern.«

Gegen sieben verließen die vier Männer die Baracke, um ihre Posten einzunehmen. Louis schloß sich Lucien an, um die Rue de la Lune von ihren beiden Zugängen aus zu überwachen.

Die Zeit verging langsam, das Warten war eintönig, und Louis fragte sich, wie viele Nächte sie aushalten würden. Er schätzte, daß sie die Überwachung nach acht Abenden aufgeben müßten. Sie konnten nicht ihr ganzes Leben damit verbringen, mit baskischem Huhn versorgt abends auf der Lauer zu liegen. Die Anwohner fingen schon an, ihnen irritierte Blicke zuzuwerfen. Sie verstanden nicht, was diese Typen da machten, die bereits seit drei Abenden unbeweglich herumstanden. Kurz vor drei fiel Louis ins Bett. Er schmiß Bufo von der Matratze und sank in tiefen Schlaf.

Am nächsten Tag startete Louis erfolglos eine zweite Offensive bei Loisel. Er suchte erneut den Friedhof und das Zimmer in Montrouge auf, aber der ›Schnitter‹ war nicht wieder aufgetaucht. Den Rest des Tages verbrachte er damit, lustlos an der Übersetzung weiterzutippen, und abends begab er sich zur Baracke. Die drei Männer waren im Aufbruch begriffen, Lucien versuchte gerade, vorsichtig ein Plastikschälchen mit gedämpftem Rindfleisch und Zwiebeln einzupacken.

»Du machst dich ein bißchen lächerlich, Lucien«, bemerkte Marc.

»Soldat«, erwiderte Lucien, ohne sich bei seinem Werk stören zu lassen, »wenn die Truppen mit gedämpftem Rindfleisch und Zwiebeln hätten ernährt werden können, hätte das das Antlitz des Krieges entscheidend verändert.«

»Ganz sicher. Das Antlitz des Krieges hätte dir geähnelt, und die Deutschen hätten ihren Spaß gehabt.«

Lucien zuckte herablassend mit den Schultern und rollte einen Streifen Alufolie ab, der dreimal so lang war wie nötig. Vandoosler der Ältere und Clément hatten am Ende des Tisches bereits mit einer Partie Karten begonnen und warteten auf Marthe.

»Ich bin persönlich dran«, sagte Clément.

»Ganz genau. Spiel«, entgegnete Vandoosler.

An diesem Donnerstagabend übernahm Louis zusammen mit Marc die Überwachung der kleinen Rue du Soleil d'or. Es beruhigte ihn, abwechselnd an allen drei Straßen Posten zu beziehen, er versuchte zu vergessen, wie vergeblich diese Überwachung, wie grotesk sie beinahe war.

Wie bei einem täglichen Ritual durchstreifte Louis auch am Freitag unter den argwöhnischen Blicken des Wärters den Friedhof von Montparnasse. Der große Typ mit den schwarzen Haaren, der jeden Tag hier vorbeikam, schien ihm nicht ganz in Ordnung. Bei all den Verrückten.

Dann sah sich Louis in Montrouge um, unter den ebenfalls mißtrauischen Blicken der Nachbarin, und kehrte wieder zu Bismarck zurück. Er machte sich mit etwas mehr Eifer an seine Übersetzung, was ihm kein gutes Omen zu sein schien. Ein Zeichen dafür, daß er anfing, die Hoffnung auf einen glücklichen Ausgang seiner Suche nach dem Scherenmörder aufzugeben. Was würden sie in diesem mehr als wahrscheinlichen Fall mit Marthes Puppe machen? Diese fürchterliche Frage warf einen immer größeren Schatten auf seine Gedanken. Seit zehn Tagen führten der alte Bulle und die

Evangelisten jetzt das Leben von Eingeschlossenen, hielten die Fensterläden verrammelt, wehrten Besuch ab, verriegelten die Tür, schliefen auf der Bank, zehn Tage, an denen Clément das Tageslicht nicht gesehen hatte. Louis konnte sich nicht vorstellen, daß eine solche Situation ewig dauern sollte. Und die Vorstellung, Clément bei Marthe zu verstecken, war in nichts erfreulicher. Der Typ würde auf dem roten Federbett noch das letzte bißchen Hirn verlieren oder sich aus dem Staub machen. Und dann würden die Bullen ihn schnappen.

Es lief immer auf dasselbe Ergebnis hinaus.

Clément hatte im Grunde nur von einem kurzen Aufschub profitiert. Er hatte keine Hoffnung, aus der Falle herauszukommen. Immer vorausgesetzt natürlich, daß Clément Vauquer wirklich der war, der er zu sein behauptete.

Auch hier kam man immer wieder auf dieselbe Überlegung zurück.

Nach dem Friedhof, nach Montrouge und nach Bismarck ging Louis wieder zur Baracke. Er war früh dran, Marc war von seinem Job noch nicht zurück und Lucien noch in der Schule. Louis setzte sich an den großen Tisch und sah Clément zu, der mit der alten Marthe spielte. In zehn Tagen Abgeschiedenheit hatte die Luft sich mit Zigarren- und Alkoholgeruch vollgesogen, und der düstere Raum erweckte den Anschein einer Spielhölle. Einer Spielhölle, in der man nicht zum Vergnügen spielte, sondern vor allem, um die Zeit totzuschlagen. Marthe versuchte, die Zerstreuungen zu variieren, und wechselte die Spiele. An diesem Abend hatte sie das Knöchelchen-Spiel mitgebracht, das Clément bei ihr auf dem Bett gelassen hatte, wo er die erste Nacht geschlafen hatte. Clément mochte die Knöchelchen. Und tatsächlich spielte der junge Mann mit großer Geschicklichkeit, warf die kleinen Metallteile in die Luft und fing eines nach dem anderen wieder auf wie ein Jongleur.

Louis schaute ihm einen Moment beim Spielen zu,

denn es sah schön aus, und er kannte die Regeln nicht. Clément warf die Knöchelchen in die Luft, fing sie mit dem Handrücken wieder auf, warf erneut und fing mit der Hand, erst eins nach dem anderen, dann zwei und zwei, drei und drei, die vier silbernen in der hohlen Hand, das eine rote auf dem Handrücken, und Marthe zählte die Figuren. Clément war geschickt und schnell, er lachte fast dabei. Beim ›vier und vier‹ scheiterte er, und die Knöchelchen fielen auf den Boden. Er bückte sich und sammelte sie ein. Louis durchfuhr es heiß und kalt. Das Aufblitzen der metallischen Farben, bordeauxrot und silbern, das Klickern der Knöchelchen in seiner Hand. Er erstarrte und beobachtete Cléments Hand, die das Spiel wiederaufgenommen hatte. Seine Finger packten zu und ließen los und zogen dabei immer wieder schmierige Striche auf dem gewachsten Holz.

»Totenkopf«, sagte Clément an und zeigte die metallenen Knöchelchen in seiner Hand. »Marthe, soll ich den Glückswurf machen? Ich persönlich? Mach ich's?«

Clément nagte an seinen Lippen.

»Na, mach schon«, ermutigte ihn Marthe. »Trau dich, mein Junge.«

»Was ist der Glückswurf?« fragte Louis nervös.

In diesem Moment kam Marc herein, genau in dem Augenblick, als auch Mathias pünktlich aus seinem Keller auftauchte. Mit einer energischen Handbewegung gebot Louis ihnen Schweigen.

»Der Glückswurf«, erklärte Clément, »ist, wenn …«

Er hielt inne und drückte sich auf den Nasenflügel.

»Das ist der, nämlich der den Mann immer rettet«, fuhr er fort. »Klein a, das Schiff, das nie mehr untergeht, klein b, die Kuh, die Milch gibt, klein c, das Feuer, das ausgeht.«

»Wenn du Schwein hast, halt«, faßte Marthe zusammen.

»Er macht von allen Gefahren sauber«, erklärte Clément und nickte ernst mit dem Kopf. »Und er gibt hundert Punkte.«

»Und wenn du ihn verpatzt?« fragte Marthe.

Clément fuhr sich mit der flachen Hand über die Kehle.

»Dann verlierst du alles und bist tot«, erwiderte er.

»Und wie wird das gespielt?« fragte Louis.

»Auf welchselbige Weise«, sagte Clément.

Er legte das rote Knöchelchen in die Mitte des Tisches, schüttelte die vier silbernen in seiner Hand und warf sie auf das Holz.

»Daneben. Ich habe Anrecht auf fünf Würfe. Jeder muß sich so drehen, daß ... so fallen, daß nämlich ...«

Clément runzelte die Stirn.

»Muß jedes Knöchelchen auf einer anderen der vier verschiedenen Seiten zu liegen kommen?« schlug Marc vor.

Lächelnd stimmte Clément zu.

»Das ist eine alte Sache«, sagte Marc. »Die Römer drückten die vier Seiten des Astragalus-Knochens vor ihrer ersten Fahrt auf den Bug ihrer Schiffe. Das schützte vor Schiffbruch.«

Clément hörte nicht mehr zu und warf erneut.

»Daneben«, sagte Marthe.

Louis stand langsam auf, ergriff Marc am Handgelenk und zog ihn aus dem Refektorium. Er ging im dunklen Treppenhaus ein paar Stufen hoch und blieb dann stehen.

»Die Knöchelchen, verdammt, Marc, hast du das gesehen?«

Marc sah ihn in der Dunkelheit verblüfft an.

»Der Glückswurf? Ja, das ist so alt wie die Antike.«

»Marc, Himmelherrgott, es war kein Lippenstift! Es war ein Knöchelchen-Spiel! Silbern und bordeauxrot, metallisch ... Der Mörder hat Knöchelchen gespielt! Die Streifen der Fingerspuren, Marc! Die Spuren auf dem Boden! Er hat gespielt! Er hat gespielt!«

»Ich kann dir nicht folgen«, flüsterte Marc.

»Das, was der Konditor beschrieben hat! Es war ein Knöchelchen-Spiel, das der Mörder in aller Eile aufgesammelt hat!«

»Ich hab's kapiert. Aber warum willst du unbedingt, daß der Mörder eine kleine Partie auf dem Teppich gespielt hat?«

»Wegen seiner Fliege, Marc, immer wegen dieser Fliege! Würfel, Knöchelchen, gewagte Einsätze, das sind Requisiten eines Verrückten! Er hat gespielt, um ein Zeichen des Schicksals zu erhalten, um den Mord zu heiligen, um die Götter auf seine Seite zu bringen, um sich das Glück zu sichern ...«

»Der Glückswurf ...«, murmelte Marc. »›Der, nämlich der den Mann immer rettet‹ ... Also ... glaubst du ... daß Clément ...?«

»Ich weiß es nicht, Marc. Hast du gesehen, wie geschickt er ist? Der Typ spielt seit Jahren. Er ist ein Meister, wie Vandoos sagen würde.«

Ein Freudenschrei drang aus dem Refektorium.

»Da«, sagte Louis. »Er hat es geschafft. Sag bloß nichts, laß dir nichts anmerken, beunruhige ihn nicht.«

Mit großem Lärm stürmte Lucien zur Tür herein.

»Halt's Maul«, sagte Marc prophylaktisch.

»Was macht ihr denn hier im Dunkeln?« fragte Lucien.

Marc zog ihn beiseite, und Louis ging ins Refektorium zurück.

»Brechen wir auf«, sagte er zu Mathias.

Strahlend und mit schweißnasser Stirn gab Clément Marthe die Knöchelchen.

38

Julie Lacaize betrat ihre Erdgeschoßwohnung in der Rue de la Comète 5, im 7. Pariser Arrondissement.

Ächzend stellte sie drei Taschen mit Einkäufen in der kleinen Küche ab, zog die Schuhe aus und ließ sich auf ihr Sofa fallen. Sie war müde von den acht Stunden Datenerfassung und blieb ein ganzes Weilchen liegen, während sie über die beste Möglichkeit nachdachte, um künftig die freitäglichen Arbeitsessen im Betrieb zu vermeiden. Dann schloß sie die Augen. Morgen, Samstag, Nichtstun. Sonntag vormittag dito. Nachmittag dito, oder vielleicht mit Robin ins Puppentheater gehen. *Das Puppenspiel amüsiert Kinder und Menschen von Geist.*

Gegen acht schob sie sich ein Fertiggericht in den Ofen, telefonierte lange mit ihrer Mutter und schaltete dann den Anrufbeantworter ein. Gegen halb neun öffnete sie das Fenster, das auf den kleinen Hof hinausging, um den Rauch des gerade verbrannten Essens zu vertreiben. Gegen Viertel vor neun schlang sie ihr Abendessen hinunter, wobei sie versuchte, die verkohlte Kruste zu entfernen, während sie es sich mit dem Rücken zum geöffneten Fenster vor dem Fernseher bequem machte, wo eine Wiederholung der *55 Tage in Peking* lief. Die frische Luft tat gut, aber das Licht zog dicke Stechmükken an, die sich in ihrem Haar verfingen.

39

Marc, Lucien und Mathias trennten sich in der Metro und zogen jeder in seine Richtung los. An diesem Abend begleitete Louis Mathias in die Rue du Soleil. Sie waren in Zweifel geraten und hatten auf Marcs Vorschlag hin am Vortag noch einmal das Gedicht und den Stadtplan von Paris überprüft, aber sie waren sich ihrer Entscheidung sicher. Es würde die Rue de la Lune oder die Rue du Soleil sein, allenfalls vielleicht noch die Rue du Soleil d'or. Lucien neigte noch immer zur Rue de la Lune, wenn man akzeptieren konnte, daß der Mond als das Gestirn der Nacht und damit als Schwarze Sonne angesehen würde. Louis gab ihm recht, aber Marc bezweifelte das. Er wandte ein, daß der Mond nur durch das auf ihn projizierte Licht leuchtete, daß er nur ein toter Planet und somit das Gegenstück einer Sonne sei. Lucien wischte das Argument beiseite. Der Mond leuchtet, Punkt, aus, Schluß. Für die Rolle der Schwarzen Sonne gebe es keinen besseren Kandidaten als den Mond.

Während der Metrofahrt las Marc das Gedicht, das am Ende des Wagens aufgehängt war, eine kleine Variation über die Weizenähren, in der er jedoch keinerlei Fingerzeig des Schicksals für seinen persönlichen Gebrauch entdecken konnte. Verärgert dachte er nochmals über Louis' Hypothese mit den Metallknöchelchen nach. Die Chance war groß, daß der Deutsche recht hatte, und das bereitete Marc Kummer. Denn dann deutete alles auf Clément. Seine Spielleidenschaft, seine – recht seltene – Freude an diesem Spiel, die fünf metallenen

Knöchelchen, die er bei sich hatte, sein geschickter Umgang mit ihnen, dann schließlich sein leichtgläubiger, sicherlich abergläubischer Geist, abgesehen von allen anderen Verdachtsmomenten, die ihn belasteten und die jeder von ihnen seit zehn Tagen zu ignorieren vorgab.

Schlurfenden Schrittes wechselte Marc den Bahnsteig. Er hatte den Trottel liebgewonnen. Aber wer garantierte, daß Clément wirklich so ein Trottel war? Und was bedeutete »Trottel« eigentlich genau? Auf seine Weise mangelte es Clément durchaus nicht an Feingefühl. Genausowenig wie an vielen anderen Dingen. Er war musikalisch. Er war geschickt. Er war aufmerksam. Er hatte in nicht einmal zwei Tagen die Kunst des Feuerstein-Zusammenklebens begriffen, und das war kein Kinderspiel. Nur das Gedicht hatte er noch nie gehört, davon hatte Lucien sich überzeugt. Und wenn Clément geschickt genug gewesen wäre, um Lucien zu täuschen?

Marc stieg in den Wagen und blieb stehen, die Hand an der Stange, an der sich täglich dreitausend Hände von Metronutzern festhielten, um nicht auf die Schnauze zu fliegen. Marc hatte sich immer gefragt, warum es in den Wagen immer nur zwei von diesen Stangen gab und nicht mehr. Aber nein, das wäre ja zu einfach.

Zwei Stangen.

Zwei Knöchelchenspieler.

Clément und ein anderer. Warum nicht? Clément war doch nicht allein auf der Welt, verdammt. Vielleicht gab es sogar Tausende von Knöchelchenspielern in Paris.

Nein, bestimmt keine Tausende. Es war ein seltenes Spiel und völlig aus der Mode gekommen. Aber Marc brauchte nicht Tausende von Spielern, er wollte zwei, nur zwei. Clément und einen anderen.

Marc runzelte die Stirn. Der ›Schnitter‹? Konnte der ›Schnitter‹ Knöchelchen spielen? Er hatte keine bei ihm gesehen, weder in seiner Tasche noch in der Hütte, aber was bewies das? Und dieser alte Dreckskerl von Clairmont?

Marc schüttelte den Kopf. Weshalb sollten die beiden

Typen Knöchelchen gespielt haben? Das ergab keinen Sinn.

Natürlich ergab es einen Sinn. Sie hatten doch immerhin zusammen gewohnt, verdammt, damals im Institut von Nevers ... Und ein Spiel wird gelernt, wird weitergegeben, wird gemeinsam gespielt ... Was war da wahrscheinlicher, als daß die beiden Gärtner und der alte Clairmont abends bei einem von ihnen die Knöchelchen auf einen Tisch warfen? Clément konnte es ihnen ganz einfach beigebracht haben. Und er ...

Und er ...

Marc erstarrte, die Hand noch immer um die Stange geklammert.

Verstört stieg er aus der Metro und ging mit unsicheren Schritten zur Rue du Soleil d'or.

Und Clément ...

Marc nahm seinen Wachposten an der Ecke der Gasse ein, wo er sich gegen eine Straßenlaterne lehnte. Über eine Stunde lang überwachte er mechanisch die Passanten, ging um die Laterne herum, lehnte sich ein paar Minuten an, nahm dann seinen Rundgang wieder auf, ging in einem Umkreis von fünf Metern auf und ab. Seine Gedanken verwirrten sich immer wieder, und er bemühte sich, sie zu glätten wie die Röcke von Madame Toussaint.

Denn schließlich mußte Clément doch irgendwie ...

Um neun verließ Marc seine Straßenlaterne, drehte sich unvermittelt um und rannte in die Avenue de Vaugirard. Er sah sich nach den vorbeifahrenden Autos um, entdeckte ein Taxi und stürzte winkend darauf zu. Und ausnahmsweise zeigte sein Arm einmal Wirkung. Der Wagen hielt an.

40

Keine Viertelstunde später sprang Marc aus dem Taxi. Es war noch nicht dunkel, und ängstlich suchte er nach einem Versteck. Es gab nur einen geschlossenen Zeitungskiosk, damit mußte er klarkommen. Etwas außer Atem lehnte er sich an die Kioskwand und begann zu warten. Wenn er das jeden Abend machen müßte, dann sollte er ein weniger gewagtes Versteck finden. Louis' Auto zum Beispiel. Er wünschte sich sehnlichst, Louis anrufen zu können, aber der Deutsche war unerreichbar, er stand in Belleville an der Rue du Soleil. Beim *Âne rouge* anrufen und den Paten benachrichtigen? Und wenn Clément in der Zwischenzeit abhauen würde? Und wie konnte er das Risiko eingehen, sein Versteck zu verlassen, und sei es nur für ein paar Minuten? Es war keinerlei Telefonzelle in Sicht, außerdem hatte er auch keine Karte. Jämmerliche Vorbereitung der Truppen, hätte Lucien gesagt. Kanonenfutter, ein wahres Gemetzel.

Marc erschauerte und zupfte mit den Zähnen an der Nagelhaut seiner Fingernägel.

Als der Mann eine Dreiviertelstunde später auf die dunkle Straße trat, hatte Marc mit einem Schlag keine Angst mehr. Ihm ganz vorsichtig folgen. Nicht von ihm ablassen, ihn bloß nicht verlieren. Vielleicht ging er nur ins Bistrot an der Ecke, aber ihn um Himmels willen nicht verlieren. Nicht entdeckt werden, großen Abstand halten. Marc folgte ihm, ließ Passanten zwischen sich und den Mann, hielt den Kopf gesenkt und spähte nach oben. Der Mann ging an einem Restaurant vorbei, ohne hineinzugehen, dann an der Metrostation, ohne die Stufen hinunterzugehen. Er ging ohne Eile, aber mit einer gewissen Spannung im Rücken. Er hatte eine Art Arbeitshose an und trug eine alte Ledertasche in der Hand. Er ging an einer Reihe Taxis vorbei, ohne stehenzubleiben. Offensichtlich ging es zu Fuß weiter. Also war das Ziel nicht weit. Also war es weder die Rue de la Lune noch die Rue du Soleil oder die Rue du Soleil d'or. Es ging woanders hin. Der Mann lief nicht aufs Geratewohl durch die Straßen, er ging entschlossenen Schrittes, ohne zu zögern. Ein einziges Mal allerdings blieb er stehen, um kurz einen Stadtplan zu konsultieren, dann setzte er seinen Weg fort. Wo immer es auch hinging, es war offenbar das erste Mal. Marc ballte die Fäuste in den Taschen. Jetzt liefen sie bereits seit fast zehn Minuten mit für einen simplen Stadtbummel zu entschlossenen Schritten hintereinander her.

Marc begann ernsthaft zu bedauern, daß er kein wie auch immer geartetes Angriffswerkzeug mitgenommen hatte. In der Tiefe seiner Tasche hatte er nur einen Radiergummi, den seine Finger immer wieder kneteten. Gewiß würde er mit einem Radiergummi nicht weit kommen, wenn das eintreten sollte, was er befürchtete, und er einschreiten müßte. In der Hoffnung, irgend etwas zu finden – und sei es nur ein Stein –, machte er sich daran, die Bürgersteige abzusuchen. Eine eitle Hoffnung, da in Paris nichts seltener ist als herumliegende Steine, seien es auch noch so bescheidene Kieselsteine in der Art, wie Marc sie immer suchte, um sie bei seinen Spaziergängen mit der Fußspitze vor sich herzukicken. Als er in die Rue Saint-Dominique einbog, entdeckte er keine fünfzehn Meter weit einen herrlichen Bauschuttcontainer, mit dem in weißer Schrift auf grünem Grund angebrachten, unwiderstehlichen Hinweis *Durchwühlen verboten*. Gewöhnlich standen da immer ein paar Typen drauf, die fieberhaft nach alten Büchern, Kupferdrähten, Matratzen oder Kleidung suchten. Heute abend gab es keinen Abnehmer. Marc warf dem Mann, der vor ihm lief, einen kurzen Blick zu und schwang sich auf den Container. Er schob eilig Gipsbrocken, Stuhlbeine und Teppichrollen zur Seite und stieß auf eine phantastische Ansammlung von Klempnermüll. Er packte ein kurzes, stabiles Bleirohr und sprang wieder auf den Boden. Der Mann war fast außer Sichtweite und überquerte gerade die Esplanade des Invalides. Marc rannte gut dreißig Meter, dann ging er wieder langsamer.

Der Spaziergang dauerte noch fünf Minuten, dann verlangsamte der Mann seinen Schritt, senkte den Kopf und wandte sich nach links. Marc kannte das Viertel nicht. Er hob den Blick zum Straßenschild und schlug sich mit der Faust auf den Mund. Der Mann war gerade in die kleine Rue de la Comète eingebogen ... Verdammt, ein Komet ... Wie hatten sie das nur übersehen können, als sie den Stadtplan von Paris abgesucht hatten? Schlampige Arbeit. Sie hatten sich nicht die Mühe gemacht, die viertausend Straßennamen der Hauptstadt durchzugehen. Sie hatten sich damit begnügt, herumzupicken und nach einem Mond, einer Sonne oder einem Stern zu suchen. Einfach dilettantisch. Niemand hatte an einen Kometen gedacht, eine dahinrasende Kugel aus Eis und Staub, eine Lichterscheinung, eine schwarze Sonne ... Um das Maß vollzumachen, war die kleine Straße nur einen Steinwurf vom Carrefour de la Tour-Maubourg entfernt. Der Turm in Trümmern, der Komet ... Es war so offensichtlich, daß es jeder x-beliebigen gemeinen Fliege ins Auge gesprungen wäre. Marc wußte jetzt sicher, daß er dem Scherenmörder auf den Fersen war, und zwar ohne Waffe, ohne Hilfe, mit nichts als einem albernen Bleirohr. Sein Puls beschleunigte sich und seine Knie wurden weich. Er hatte das deutliche Gefühl, daß er die letzten Meter nicht schaffen würde.

Julie Lacaize schreckte auf, als es um fünf nach zehn bei ihr klingelte. Verdammt noch mal, sie mochte es nicht, wenn sie mitten in einem Film unterbrochen wurde.

Sie ging zur Tür und sah durch den Spion. Es war dunkel, sie konnte nichts erkennen. Von dem kleinen Hof aus erklärte ihr eine entschiedene und ruhige Männerstimme, es gebe da ein technisches Problem mit ausströmendem Gas auf Höhe des Gebäudes im Bereich von Sektion 47, und er komme, um dringende Überprüfungen in allen Wohnungen durchzuführen.

Ohne zu zögern, öffnete Julie die Tür. Feuerwehrleute und Gasmänner sind heilige Wesen, die die schwankenden Geschicke der unterirdischen Rohrsysteme lenken, jener unbekannten Leitungen, Kamine und Vulkane der Hauptstadt.

Der Mann bat mit besorgtem Gesichtsausdruck darum, die Küche sehen zu dürfen; Julie zeigte ihm den Weg und wandte sich um, um die Tür zu schließen.

Wie ein Schraubstock legten sich zwei Arme um ihren Hals. Unfähig zu schreien, wurde Julie nach hinten gezogen. Ihre Hände klammerten sich in einer krampfartigen, aber vergeblichen Bewegung verzweifelt um den Arm des Mannes. Aus dem Fernseher drangen die Schüsse des Boxeraufstandes.

Marc stieß dem Mörder brutal das Ende des Bleirohrs gegen die Wirbelsäule.

»Laß sie los, Merlin, verdammt noch mal!« brüllte er, »oder ich zerschlag dir dein Kreuz!«

Es schien Marc, als habe er deswegen so laut gebrüllt, weil er sich im Grunde unfähig fühlte, auf das Kreuz, den Kopf oder den Bauch von wem auch immer einzuschlagen. Merlin ließ die junge Frau los und fuhr blitzartig herum. Sein Krötengesicht war wutverzerrt. Marc fühlte, wie er im Nacken und an den Haaren gepackt wurde und stieß mit aller Kraft seine Bleistange unter das Kinn des Mörders. Merlin hielt sich stöhnend mit beiden Händen den Mund und fiel auf die Knie. Marc konnte sich nicht überwinden, ihm auf den Kopf zu schlagen. Er wartete, bis Merlin wieder hochkam, während er der Frau zurief, sie solle die Bullen rufen. Als Merlin sich am Sessel hochzuziehen versuchte, zielte Marc auf seinen Hals und stürzte sich, das Rohr mit beiden Händen umklammernd, auf ihn. Merlin kippte auf den Rücken, Marc drückte das Rohr auf seine Kehle. Er hörte, wie die junge Frau mit schriller Stimme den Bullen ihre Adresse nannte.

»Seine Füße! Einen Strick!« rief Marc, der sich gegen den dicken Mann stemmte. Er drückte der Kröte den Hals zu, aber das Bleirohr zitterte unter seinen Händen. Der Mann war kräftig und leistete heftigen Widerstand. Marc fühlte sich hoffnungslos leicht. Wenn er losließe, würde Merlin rasch die Oberhand gewinnen.

Julie hatte keinen Strick und mühte sich an den Beinen des Mannes mit breitem Klebeband ab. Keine vier Minuten später hörte Marc, wie die Bullen zum offenen Fenster hereinkletterten.

41

Marc saß mit hängenden Armen und schmerzenden Beinen auf dem Sofa und sah zu, wie die Bullen sich um Paul Merlin kümmerten. Er hatte darum gebeten, Loisel sofort zu benachrichtigen und Louis Kehlweiler zu holen, der derzeit an der Rue du Soleil Wache hielte. Julie, die neben ihm saß, war zwar nicht sehr unternehmungslustig, schien aber doch in weit besserer Form als er. Er bat sie dringend um drei Aspirin oder irgend etwas, was gerade zur Hand war, um seine schrecklichen Kopfschmerzen zu lindern, die ihm auf sein linkes Auge drückten. Julie gab ihm ein Glas Wasser und reichte ihm eine Tablette nach der anderen, so daß ein Polizist, der später gekommen war, glaubte, Marc sei das Opfer.

Als seine Kopfschmerzen etwas nachgelassen hatten, sah Marc Merlin zu, der zwischen zwei Bullen saß und mechanisch seine Amphibienlippen bewegte. Eine Fliege im Helm, gar kein Zweifel, eine so monströse und unglaublich Fliege wie die, die er in Nevers gezeichnet hatte. Dieses Schauspiel bestärkte Marc in seinem Grausen vor Kröten, auch wenn ihm undeutlich bewußt war, daß das nichts miteinander zu tun hatte. Julie war sehr hübsch. Sie biß sich auf die Lippen, hatte einen schelmischen Blick, und ihre Wangen waren hochrot vor Aufregung. Sie hatte weder ein Aspirin noch sonst etwas genommen, Marc war wirklich erstaunt.

Man wartete auf Loisel.

Er kam mit drei seiner Männer, gefolgt von Louis, den eine Streife abgeholt hatte. Louis stürzte sich auf Marc, der ihm etwas gekränkt zu verstehen gab, daß nicht er das Opfer sei, sondern die junge Frau neben ihm. Loisel führte Julie in das angrenzende Zimmer.

»Hast du gesehen, wo wir sind?« fragte Marc.

»Rue de la Comète. Wir sind richtige Arschlöcher.«

»Und hast du auch gesehen, wer es ist?«

Louis blickte zu Merlin und nickte ernst.

»Wie bist du darauf gekommen?«

»Über deine Knöchelchen. Ich erzähl's dir später.«

»Erzähl's jetzt.«

Marc seufzte und rieb sich die Augen.

»Ich habe den Weg der Knöchelchen zurückverfolgt«, sagte er. »Clément spielt. Wer hat ihm das beigebracht? Gute Frage. Marthe war es nicht, sie hat keine Ahnung davon. Im Institut hat es einen Typen gegeben, der mit ihm gespielt hat, Mau-Mau, Würfel, so ›einfache Sachen‹...«

Marc hob den Blick.

»Erinnerst du dich, daß Merlin dir das erzählt hat? Clément hat mit Paul Merlin gespielt. Und Paul Merlin kannte und konnte dieses Spiel, das war sicher. In seinem Büro hat er sich Münzen zwischen die Finger geklemmt, erinnerst du dich an diese Manie? Dann hat er sie in seiner großen Pfote aufgefangen und hat sie sich wieder zwischen die Finger geklemmt. Genau so«, sagte Marc und drückte auf seine Fingergelenke. »Da bin ich zu Merlin geflitzt und habe auf ihn gewartet.«

Die Bullen nahmen Merlin mit, und Marc stand auf. Niemand hatte daran gedacht, den Fernseher abzuschalten, und Charlton Heston kämpfte erbittert auf den Mauern des Forts. Marc hob das Bleirohr auf, das auf dem Boden liegengeblieben war.

»Bist du *damit* hergekommen?« fragte Louis etwas befremdet.

»Ja. Eine verdammt gute Waffe.«

»Dieser Mist aus Blei?«

»Das ist kein Mist, das ist der Stockdegen meines Urgroßvaters.«

42

Es war Vormittag und bereits ziemlich heiß, und Marc hatte sich im Garten hinter dem Haus im Schneidersitz auf dem diesem Zweck vorbehaltenen Brett im Schatten des Götterbaums niedergelassen, des einzigen dieser Bezeichnung würdigen Baums auf dem Rodeland. Er rührte mit einem kleinen Löffel in einer Schale Kaffee und versuchte, so schnell zu rühren wie irgend möglich, ohne dabei etwas zu verschütten. Zu seinen Füßen schepperte das alte, mit weißen Farbspritzern übersäte Radio. Alle halbe Stunde stellte Marc einen anderen Sender ein, um die neuesten Nachrichten zu hören. Die Nachricht von der Verhaftung des Scherenmörders hatte sich bereits auf allen Frequenzen verbreitet. Die junge Frau mit dem schelmischen Blick hieß Julie Lacaize, und Marc freute sich sehr, das zu erfahren. Sie gefiel ihm, und er fragte sich jetzt, ob er nicht einen großen strategischen Fehler begangen hatte, als er nach einer solchen Glanztat derart nach einem Aspirin gejammert hatte. In den Zehn-Uhr-Nachrichten hatte man ihn erwähnt und als »mutigen Geschichtslehrer« bezeichnet. Marc hatte gelächelt, ein paar Grasbüschel zu seinen Füßen ausgerupft und den Ausdruck ersetzt durch ein »Der Gefahr nicht bewußt, stürzt sich ein hysterischer Putzmann auf eine Amphibie«. Von wie wenig so etwas abhing. Der Weg zur Ehre ist mit Unwissenheit gepflastert, hätte Lucien gesagt.

Louis hatte, so rasch es ging, Pouchet angerufen und sich dann in Loisels Kommissariat begeben, wo das Verhör von Paul Merlin stattfand. Zwischendurch rief er im *Âne rouge* an, wo Vandoosler der Ältere saß und den Übermittler spielte. Loisel stand in Verbindung mit den Bullen in Nevers und den Familien der Opfer und verknüpfte alle Informationen, um Merlin in die Enge zu treiben.

Um elf wurde deutlich, daß Merlin selbst der Auftraggeber der Vergewaltigung von Nicole Verdot gewesen war, auch wenn es keinerlei Mittel gab, ihn zu einem klaren Geständnis zu bewegen oder die Namen der Ausführenden zu nennen. Sobald die Rede auf die junge Frau aus Nevers kam, verlor Merlin Fassung und wurde wild. Gegen Mittag war sein Verlangen nach Nicole Verdot und sein gleichzeitiger Haß auf sie deutlich geworden. Die junge Frau hatte nach einer unvorsichtigerweise gewährten Nacht seine weiteren Annäherungsversuche abgewiesen und damit gedroht, das Institut zu verlassen. *Rot noch glüht meine Stirne vom Kuß der Königin; – ich träumte in der Grotte, wo die Sirene schwimmt ...*

Merlin hatte sich gerächt und im Schutze eines Baumes der Vergewaltigung zugesehen. Vielleicht hatte er sich erhofft, die gedemütigte junge Frau leicht zurückerobern zu können, vielleicht hatte er sogar beabsichtigt, den Retter zu spielen und sie mit Aufmerksamkeiten dazu zu bringen, nachzugeben. Aber wie ein Geistesgestörter war da dieser Trottel von Vauquer mit seiner Wasserspritze aufgetaucht und hatte das ganze Vergnügen und die Absichten des Institutsdirektors zerstört. Schlimmer noch, er hatte Rousselet die Strumpfmaske heruntergerissen, und Nicole Verdot hatte ihren Angreifer erkannt. Rousselet war ein brutaler Kerl und ein Feigling, er hätte geredet, er hätte den Namen seines Auftraggebers preisgegeben. In der Nacht brachte Merlin Nicole im Krankenhaus um und ertränkte Rousselet in der Loire. Und Clément Vauquer sollte dafür bezahlen.

Mein Stern, mein einziger, ist tot.

Gegen drei hatte Merlin die Morde an Claire Ottissier, Nadia Jolivet, Simone Lecourt und Paule Bourgeay zugegeben. Louis erläuterte, daß Merlin den Todeskampf von Nicole Verdot offenbar genossen hatte – als auslösendes Element für den Mechanismus von Lust und Gewalt, was Vandoosler der Ältere mit den Worten zusammenfaßte, der Typ habe Geschmack dran gefunden und sich dann nicht mehr zurückhalten können. *Die Seufzer der Heiligen und die Schreie der Fee* ... Das Gedicht war ihm eines Morgens nach einer schlaflosen Nacht dreimal in der Metro begegnet. Es hatte ihm den Weg gezeigt.

Gegen halb fünf übermittelte Louis Einzelheiten der ebenso einfachen wie brillanten Methode, mit der Paul Merlin zu seinen Opfern kam. Dank seiner Stellung als hoher Beamter der Finanzkasse Vaugirard suchte er sich in den Datenbanken die gewünschten Straßen und ermittelte dort die kinderlosen alleinstehenden Frauen unter vierzig.

Merlin hatte nach dem Mord an Julie Lacaize noch zwei andere Morde geplant: einen in der Rue de la Reine-Blanche und einen anderen, den letzten, in der Rue de la Victoire. Marc runzelte die Stirn, holte den Stadtplan, der noch auf der Anrichte in der Küche lag, und setzte sich wieder auf sein altes Brett. Rue de la Reine-Blanche ... *Rot noch glüht meine Stirne vom Kuß der Königin* ... Eine perfekte Wahl, die Reine blanche, die weiße Königin, die unbefleckte Reinheit, das war ganz klar. Natürlich nur für die Fliege, die monströse Fliege mit ihren Augen aus tausend Facetten. Und zum Abschluß dann die Rue de la Victoire. *Und zweimal siegreich überschritt ich den Acheron* ... Eine perfekte Überlegung der Fliege. Marc besah sich den Plan des 9. Arrondissements. Von der Rue de la Victoire war es nur ein Katzensprung bis zur Rue de la Tour-des-Dames, die wiederum die Rue Blanche kreuzte, und all das zweihundert Meter von der Tour-d'Auvergne entfernt, die wiederum die Rue des Martyrs kreuzte. Und so weiter. Marc legte den Plan ins Gras. Eine grauenerregende Schnitzeljagd, wo alles am Ende einen Sinn ergab und sich bis zum Rausch ineinanderfügte. Die unfehlbare Logik der Fliege, und Paris ging am Ende dabei drauf.

Fünf Uhr. Marc wechselte den Sender. Auch das Schicksal von Clément Vauquer war sorgfältig geplant worden. Nach den ersten drei Morden wäre er in einem Winkel des Stadtpalais' versteckt worden; nach dem Mord in der Rue de la Victoire hätte Merlin ihn Selbstmord verüben lassen. Aber der Trottel war ihm entwischt, auch die Dummen haben einen Gott. Merlin hatte mit verschärftem Risiko weitermachen müssen. Nach Vollendung der Mordserie, unter Befolgung aller Regeln und versehen mit den Segnungen des heiligenden Glückswurfs, hätte er die Waffen gestreckt und im Genuß seiner Erinnerungen weitergelebt.

Louis, Loisel und der Psychiater, der beim Verhör anwesend war, waren alle der Ansicht, daß der Mann nie hätte aufhören können.

»Eine einzige Fliege kann Paris zu Staub werden lassen«, sagte Marc zu Lucien, der mit den Vorbereitungen für das Abendessen beschäftigt war.

Lucien nickte. Er hatte seine Schere wieder hervorgeholt und zerschnitt ein Bund Kräuter. Marc setzte sich und sah ihm schweigend zu.

»Diese Frau, Julie Lacaize...«, begann Marc nach einigen Minuten. »Die war ganz reizend zu mir. Aber angesichts der Tatsache, daß ich ihr das Leben gerettet habe, ist das fast normal.«

»Und weiter?«

»Nichts weiter. Offengestanden hatte ich nicht den Eindruck, daß mich das weit bringen könnte.«

»Lieber Freund«, sagte Lucien, ohne seine Arbeit zu unterbrechen, »du kannst nicht gleichzeitig Intelligenz und Kühnheit an den Tag legen und dir außerdem noch das Mädchen unter den Nagel reißen.«

»Und warum nicht?«

»Weil das dann kein heroischer Akt mehr wäre, sondern ein Boulevardstück.«

»Ach so«, sagte Marc leise. »Wenn ich die Wahl hätte, wäre mir, glaube ich, das Boulevardstück lieber gewesen.«

43

Am späten Nachmittag verließ Louis benommen, aber erleichtert das Kommissariat. Er überließ es Loisel, die Geschichte zu Ende zu führen. Er seinerseits hatte noch was zu erledigen.

Der ›Schnitter‹ harkte die Wege auf der Nordseite des Friedhofs. Als er Louis kommen sah, blieb er unbeweglich stehen.

»Ich hab's mir doch gedacht, daß du wieder auftauchen würdest«, sagte Louis. »Hast du erfahren, daß man den Mörder gefaßt hat?«

Der ›Schnitter‹ zog den Rechen mehrfach nutzlos auf dem Kies hin und her.

»Du hast dir gedacht, jetzt kannst du die Nase wieder rausstecken, was? Und ich würde dich nun nicht mehr kriegen? Und was ist mit der Vergewaltigung? Hast du die Vergewaltigung vergessen?«

Der ›Schnitter‹ krallte seine Hände um den Stiel.

»Ich hab nichts damit zu tun«, stieß er hervor. »Wenn der Chef sagt, daß ich dabei war, lügt er. Er hat keine Beweise. Niemand glaubt einem Mörder.«

»Du warst dabei«, versetzte ihm Louis. »Zusammen mit Rousselet und einem Kumpel, den du angeheuert hattest. Merlin hat euch bezahlt.«

»Ich hab sie nicht angerührt!«

»Weil du nicht dazu gekommen bist. Du hattest dich gerade auf sie gestürzt, als Clément Vauquer dich begossen hat. Erzähl mir nichts. Merlin hat nichts gesagt, aber es gibt einen Zeugen. Clairmont hat euch aus seiner Werkstatt mit dem Fernglas beobachtet.«

»Der alte Dreckskerl«, brummte Thévenin.
»Und du? Weißt du, was du wert bist?«
Der ›Schnitter‹ warf Louis einen haßerfüllten Blick zu.
»Ich werde dir sagen, was du wert bist, ›Schnitter‹. Keinen Pfifferling bist du wert, und es wäre mir ein leichtes, dich ins Loch zu befördern. Aber Nicole Verdot ist tot, und man kann nichts mehr für sie tun. Außerdem gibt's da noch was anderes: das Deckchen, das deine Mutter dir gelassen hat. Und nur seinetwegen, ausschließlich seinetwegen, hörst du, laß ich dich in Frieden, ausschließlich wegen dieser Hoffnung deiner Mutter. Hast Glück, daß sie dich beschützt hat.«
Der ›Schnitter‹ biß sich auf die Lippen.
»Ich laß dir die verdammte Flasche Sancerre hier, die ich während deiner kleinen Flucht jeden Tag mit mir herumgeschleppt habe. Wenn du sie trinkst, dann denk an die kleine Nicole und versuch wenigstens, die Sache zu bereuen.«
Louis stellte ihm die Flasche vor die Füße und entfernte sich über die Hauptallee.

An diesem Abend ging Louis zum Essen in die Bruchbude. Er betrat das Refektorium, aber der Raum war leer und dunkel. Durch die Ritzen der geschlossenen Fensterläden erspähte er Marc und Lucien, die im spärlichen Gras des Rodelands saßen.
»Wo ist Marthes Puppe?« fragte er, als er zu ihnen nach draußen gegangen war. »Ins Licht hinausgeflogen?«
»Aber nein«, erwiderte Marc. »Clément ist nicht ausgegangen. Ich habe ihm vorgeschlagen, durch die Straßen zu ziehen, aber er hat mir bedächtig erklärt, daß er, was ihn beträfe, lieber persönlich im Keller Kies kleben wolle.«
»Meine Güte«, sagte Louis. »Ihr werdet ihn behutsam an die Luft setzen müssen.«
»Ja, behutsam. Wir haben viel Zeit.«
»Habt ihr die Fensterläden noch gar nicht wieder aufgemacht?«

Lucien wandte den Blick zur Baracke.

»Sag bloß ...«, sagte er. »Da hat keiner dran gedacht.«

Marc erhob sich und lief zum Haus. Er machte die drei Fenster des Refektoriums weit auf und stieß die Holzläden zurück. Er entriegelte den Balken, der die Fensterläden des Zimmers blockierte, in dem Clément schlief, und ließ die Hitze in das Zimmer strömen.

»So!« rief er Louis zu und streckte den Kopf zum Fenster heraus. »Hast du gesehen?«

»Sehr gut!«

»O. k. – und jetzt mache ich wieder zu, sonst gehen wir in der Baracke noch vor Hitze ein!«

»Was hat er denn?« fragte Louis.

Lucien breitete die Hände aus.

»Widersprich dem Retter nicht«, sagte er mit ernster Stimme. »Er hätte gerne ein romantisches Ende gehabt, und jetzt hat er nur einen Stapel Wäsche zum Bügeln.«

Louis lehnte sich an den Götterbaum und schüttelte den Kopf. Lucien schniefte und steckte die Hände in die Taschen.

»Die Rückkehr der Soldaten von der Front«, murmelte er, »ist immer prosaisch.«

44

Die dicke Gisèle entschloß sich, mit der Zeitung unter dem Arm ausnahmsweise einmal die dreißig Meter zwischen ihrer Tür in der Rue Delambre und der jungen Line zurückzulegen.

Als sie bei ihr angelangt war, wedelte sie ihr mit der Zeitung vor der Nase herum.

»Also!« grölte sie. »Wer hatte nun recht? War's der Kleine von Marthe, der die armen Mädels umgebracht hat, oder war's nicht der Kleine von Marthe?«

Line schüttelte ein wenig ängstlich den Kopf.

»Hab ich nie gesagt, Gisèle.«

»Red keinen Quatsch! Noch vor zwei Tagen hast du ihn den Bullen ausliefern wollen, entschuldige. Hab mich wieder mal einmischen müssen. So was macht man nicht, meine kleine Line, das sollte dir eine Lehre sein. Der Kleine von Marthe hatte Erziehung, verstehst du? Und er *war* der Kleine von Marthe. Da gab's gar keine Diskussion.«

Line senkte den Kopf, und die dicke Gisèle entfernte sich schimpfend.

»Ist doch wirklich traurig«, knurrte sie, »daß man immer erst mal rumschreien muß, um recht zu haben.«

Fred Vargas
Die schöne Diva
von Saint-Jacques
Kriminalroman

Aus dem Französischen
von Tobias Scheffel

288 Seiten
Band 1510
ISBN 3-7466-1510-0

Im Garten der Sängerin Sophia im Pariser Faubourg St. Jacques steht eines Morgens ein Baum, der am Tage zuvor noch nicht da stand. Niemand hat ihn gepflanzt. Sophia empfindet ihn wie eine Bedrohung. Zwei Tage später ist sie spurlos verschwunden. Ihr Nachbar Marc, ein junger Historiker, derzeit ohne Job und ohne Frau, beginnt auf eigene Faust zu recherchieren, da weder der Ehemann noch die Polizei sich zunächst für den Fall interessieren. Und je tiefer er gräbt – unter der rätselhaften Buche wie in der Vergangenheit der verschwundenen Diva –, um so mehr Steine bringt er ins Rollen, die zwei Morde auslösen, bis er am Ende auf einen uralten Haß stößt, der beinahe auch ihn das Leben kosten wird.

»Es gibt eine Magie Vargas: ein origineller Blick, mehr noch poetisch denn realistisch, eine leichte, sprühende Intelligenz, ein scharfer Verstand, von Humor temperiert, die Lust am Spiel und Augenzwinkern, und eine ganz eigene Art, mit den Worten zu jonglieren.«

Le Monde

Fred Vargas

Es geht noch ein Zug von der Gare du Nord

Kriminalroman

Aus dem Französischen von Tobias Scheffel

212 Seiten
Band 1512
ISBN 3-7466-1512-7

Auf Pariser Bürgersteigen erscheinen über Nacht mysteriöse blaue Kreidekreise, darin liegt stets ein verlorener oder weggeworfener Gegenstand: ein Ohrring, eine Bierdose, ein Brillenglas, ein Joghurtbecher, ein Vogelbein, ein Kotelettknochen – und jedesmal ist der Satz dazugeschrieben: Victor, sieh dich vor, was treibst du jetzt noch vor dem Tor? Keiner hat den Zeichner je gesehen, die Presse amüsiert sich, niemand nimmt die Sache ernst. Niemand, außer dem neuen Kommissar im 5. Arrondissement, Jean-Baptiste Adamsberg, der sich mehr auf seine Eingebung denn auf Indizien verläßt. Und eines Nachts geschieht, was er befürchtet hat: es liegt ein toter Mensch im Kreidekreis.

»Dies ist ... eine vielversprechende neue Stimme des europäischen Kriminalromans.«

Der Tagesspiegel, Berlin

»Wer Donna Leon liebt, wird Fred Vargas vergöttern.«

P.S., Zürich

AtV
Aufbau Taschenbuch Verlag

Fred Vargas

Das Orakel
von Port-Nicolas

Roman

Aus dem Französischen
von Tobias Scheffel

285 Seiten. Gebunden
ISBN 3-351-02928-4

Auch ihr fünfter Krimi lebt von der »Magie Vargas« (Le Monde), die schon über 100.000 deutsche Leser in ihren Bann gezogen hat: Den Zehenknochen einer Frau findet Kommissar Kehlweiler zufällig in Paris – ein makabrer Auftakt zum »Orakel von Port-Nicolas«, dem neuesten Vargas-Krimi mit den jungen Historikern Marc, Mathias und Lucien. Vargas legt ihren Helden eine raffinierte Fährte bis nach Port-Nicolas, einem Städtchen in der Bretagne, wo vor wenigen Tagen eine alte Frau von der Steilküste stürzte ...

»Fragen Sie mich doch mal, wer meine Lieblings-Krimi-Autorin ist. Richtig, Fred Vargas. Und was sie richtig gut kann: Sehr originelle Geschichten mit herzergreifend seltsamen Typen zu bevölkern und sie komplett abstruse Gespräche führen zu lassen. Prädikat: Hin und weg!«

WDR

Aufbau-Verlag

Barbara Krohn

Rosas Rückkehr

Roman

278 Seiten. Gebunden

ISBN 3-352-00582-6

»Barbara Krohns neuer Roman schildert äußerst subtil die Gefühle einer jungen Frau, die nach langem Auslandsaufenthalt zurück in ihre Heimat kommt und dort bereits am ersten Morgen mit einem Mord konfrontiert wird. Nach und nach lernt man eine vielköpfige Familie kennen, in der es nicht nur brodelt, sondern richtig kocht. Fünf Geschwister, wie sie unterschiedlicher nicht sein könnten, die in Liebe entbrannte siebzigjährige Mutter, ein gutaussehender Kommissar und die Ostsee spielen die Hauptrollen ... Ich habe dieses Buch nur zum Essen und Schlafen aus der Hand gelegt.«

Ingrid Noll

Rütten & Loening